徳 間 文 庫

勁《けい》　草《そう》

黒 川 博 行

1

あみだ池筋──。三協銀行立売堀《いたちぼり》支店に背の低い肥った女が入っていった。黒のジャケットにグレーのパンツ、肩掛けの赤いトートバッグも聞いていたとおりだ。

「あれやな。井上幹子」

高城《たかぎ》がいった。「行って、ほんまに金をおろすか見てこい」

「おれ、三協銀行に口座持ってませんねん」

「今日は金曜や。客はぎょうさんおる。番号札とって、ロビーの椅子に座っとれ」

「もし、おろさんときは」

高城はさもうっとうしそうに、「あの女が金をおろしよったら、すぐに電話せい」

「そのまま、出てこんかい。目立たんようにな」

いわれて、橋岡《はしおか》はコンビニを出た。横断歩道を渡り、周囲に目を配りながら支店に入る。そう広くもない行内は客でいっぱいだった。ＡＴＭコーナーに七、八人が並び、ロビーのシートにも十数人が座っている。赤いトートバッグを膝に置いた女はカウンター近くにいた。髪を染めているのか、生え際が白い。

橋岡は番号札をとり、シートの最後列に腰かけた。ロビーの案内係や窓口の行員に妙な動きはない。客の中に刑事らしき目付きのわるいのもいない。

五分ほど待って女が窓口へ行った。出金依頼票と通帳を差し出す。高額の引出しなのだろう、窓口の端末機に暗証番号を入力している。

橋岡は携帯の短縮ボタンを押した。

――橋岡です。いま、手続きしてますわ。

声をひそめる。

――行員とごそごそ話してるか。

――いや、普通に通帳出しました。長話もしてへんし、変なようすはないです。

――金を受けとるのを確認せい。

――五百万もの金をカウンターでは渡さんのとちがいますか。

――あほんだら。おまえが心配することやないやろ。金を受けとったと分かったらええんじゃ。

電話は切れた。

女はまたシートに座り、ほどなくして橋岡の番号が呼ばれた。無視する。次の客が窓口へ行った。

女のそばに案内係が来た。耳もとでなにやらいう。女は立って、案内係といっしょにカウンター横のブースに入っていった。

橋岡は銀行を出た。コンビニにもどり、マンガ雑誌を見ている高城のそばに立つ。

「まちがいない。あの女は井上ですわ。ブースに呼ばれて、金を受けとってます」

「ほな、もうすぐ出てきよるな」

「どないします」

「待て」

ほどなくして井上幹子が支店から出てきた。膨らんだトートバッグを両手で持ち、不安げな面持ちであたりを見まわす。

「電話せい」

「はい……」

幹子の番号にかけた。コール音。幹子が携帯を出し、耳にあてるのが窓越しに見える。

――もしもし、井上です。

――岡田です。お金の用意、できましたか。

――はい。銀行でおろしました。

――五百二十万円？

――そうです。

――いま、どこにいてはります。

――立売堀です。三協銀行の前です。

――わたし、ちょっと都合がわるうなったんですわ。急な仕事が入って、取引先におるんです。勝手なこといいますけど、地下鉄の阿波座駅から千日前線に乗って、なんば駅で降りていただけませんか。

――岡田さん、祐介といっしょですか。

――いや、祐介くんは営業に出てます。今日は朝から神戸です。彼はほんと熱心ですよ。

――ありがとうございます。そういっていただけると一安心です。

――井上さん、難波の新歌舞伎座、分かりますよね。閉鎖して上本町に移転する前の。

――はい、よう知ってます。なんべんかお芝居を見に行きました。

――なんば駅から新歌舞伎座のほうに歩いてください。その前で会いましょ。

――時間は。

――十時半でどうですか。

――はい。十時半に。

——また電話します。わたし、黒のスーツに白のワイシャツ、水色のネクタイしてます。

——黒の背広に水色のネクタイですね。

——すみません。じゃ、お願いします。

フックボタンを押した。幹子は携帯をバッグに入れ、阿波座駅のほうへ歩きはじめる。尾行がついている気配はない。

「よっしゃ。おまえは尾《つ》いていけ。わしは車で難波に先まわりしとく」

高城は雑誌を持ってレジへ行く。

くそっ、ヤバいとこはみんなおれに振りくさる——。橋岡は舌打ちし、コンビニを出た。


井上幹子は阿波座駅に入った。切符を買い、改札を抜ける。橋岡もあとにつづいた。

ホームに降りるとすぐに電車が来た。橋岡は幹子が乗るのを待って、ひとつ後ろの車両に乗る。幹子につづいて、グレーのブルゾンの中年男とボーダー柄のジップパーカを着た若い男が同じ車両に乗ったが、ふたりとも幹子と視線を合わせることはなく、離れたシートに座るのが見えた。

西長堀駅、桜川駅——。とりたてて注意を引く乗降客はおらず、電車はなんば駅に着いた。幹子はトートバッグを肩にかけ、ストラップを握ってホームに降りる。ブルゾンの中年男とジップパーカの若い男も降りたのが少し気になったが、ふたりは幹子を追い越して階段をあがっていった。

橋岡は幹子と距離をとり、改札を抜けた。幹子は地下街の案内地図の前に立って新歌舞伎座方面の出口を確かめている。周囲に幹子を見ている人物はいない。

電話——。高城だ。

——橋岡です。

——どこや。

——なんばの地下街です。

——井上は。

——いま歩きだしました。出口に向かってます。

——尾行はついてへんな。

——大丈夫です。

——わしは新歌舞伎座の向かいにおる。

御堂筋《みどうすじ》の東側に車を駐《と》めているという。

——井上は受け子と会うたか。

——まだです。

時計を見た。十時二十分だ。十時から宇佐美を難波交差点角のスターバックスに待機させている。

——受け子を拾うて新歌舞伎座へ行け。井上はわしが張っとく。

——了解です。ほな、井上と離れますわ。

電話を切り、小走りで地上に出た。スターバックスに入る。宇佐美は窓際の席でコーヒーを飲んでいた。ああ、橋岡さん、と小さく頭をさげる。

「出ろや」宇佐美にいった。

「はい……」宇佐美は立ってトレイを返却する。

宇佐美を連れて外に出た。並んで信号待ちをする。

「復習するぞ。……おまえ、名前は」

「岡田です。岡田弘」

「部下の名前は」

「井上祐介です」

「会社名は」

「株式会社『エピック』です」

「ちがうな。有限会社『エピック』やろ」

「はい、そうです」

「そうです、やないやろ。ちゃんと憶えんかい」

「すんません……」

「井上祐介の母親は」

「井上幹子です」

「おまえはなんで井上幹子から金を受けとるんや」

「井上祐介が会社の金を流用して先物取引に投資しました。……それが焦げ付いて千四十万円の損失を出したんです。まだ表沙汰にはなってないけど、上司である課長の岡田に問い詰められて白状した。……岡田は井上が詐欺、横領で逮捕されると、自分も監督責任で会社を放り出される。そこで岡田は会社には内緒で千四十万円を井上と半分ずつ弁償することにしたんです」

「その弁償の期限は」

「今月末の金曜日。今日です」

「よっしゃ。それでええ。余計なことは喋るなよ」

宇佐美の服装をチェックした。黒のスーツ、白のワイシャツ、水色のネクタイは、高城に金をもらって橋岡が買い与えたものだ。

信号が変わった。千日前通を南へ渡る。十時二十五分。取引まで五分だ。

と、電話が鳴った。宇佐美を引きとめて着信ボタンを押す。

――はい。おれです。

――なんとなく、ようすがおかしい。井上は新歌舞伎座の前に立ってるけど、近くに男がふたりおる。右におるのは作業服、左におるのはグレーのスーツや。

――井上のほうをちらちら見てますか。

――いや、ボーッと突っ立ってる。

――刑事ですか。

――んなことが分かるかい。……おまえ、井上に電話して場所を変えろ。

――どこにします。

――そうやな……。戎橋筋《えびすばしすじ》の商店街にしよ。信号を渡って泉州銀行の横から商店街へ行くようにいえ。商店街に入ったら、宗右衛門町《そえもんちょう》のほうへ歩くんや。

――ただ歩くだけですか。

――あほか。後ろから井上に近づいて呼びとめるんや。受け子に行かすんやぞ。

――分かりました。そうします。

電話を切り、井上幹子にかけた。すぐにつながった。

――ああ、岡田です。ごめんなさい。場所を移動してもらえませんか。

――どこにいてはるんですか。

――いま、宗右衛門町ですねん。

――宗右衛門町……。

――御堂筋の向かいに泉州銀行がありますよね。そこから見えますか。

――はい、見えます。

――横断歩道を渡って、銀行の脇を入ってください。戎橋筋商店街を左のほうへ歩いたら宗右衛門町です。わたしはそのあたりで井上さんを見つけます。

――分かりますかね。わたしのこと。

――黒の上着に、肩掛けの赤いトートバッグを持ってはるんでしょ。

――はい、そうです。大きな赤い革のバッグです。

――あちこち引っ張りまわして申し訳ないです。見つけられんときは、また電話します。

携帯を切った。井上幹子が横断歩道へ歩きだしたのが遠くに見える。

「おい、商店街で金を受けとるぞ」

宇佐美にいった。「こっちや。先まわりする」

難波の交差点から御堂筋を東に渡った。戎橋筋商店街の角で幹子を待つ。幹子は人波に混じってこちらへ近づいてくる。

「あれや。おまえの標的《マト》は。赤いバッグ持ったデブのおばはん」

「ああ、あれね。分かりました」

宇佐美に緊張したふうはない。肚《はら》が据わっているというよりは鈍いのだ。橋岡は前に出て背後に宇佐美を隠した。

千日前通の信号が赤になり、商店街の通行客は横断歩道の手前で立ちどまった。幹子は橋岡から少し離れたところで行き交う車を見つめている。トートバッグのストラップは斜め掛けにしているから、ひったくることはできない。

信号が変わり、人波がくずれた。橋岡は幹子を先に行かせる。宇佐美とふたり、あいだに十数人をはさんであとを追った。


道頓堀――。幹子は戎橋のたもとで歩をゆるめた。周囲を見まわしながら、ゆっくり橋を渡っていく。

「宗右衛門町でおばはんに追いつけ」

宇佐美にいった。「後ろから呼びとめて『岡田です』といえ。金はバッグごともらうんやないぞ。このバッグに移すんや」

ポケットから黒のビニールバッグを出した。広げて宇佐美に渡す。よし、行け――。背中を押そうとしたそのとき、視界の端にボーダー柄の服が見えた。ジップパーカだ。阿波座駅からなんば駅まで幹子と同じ車両に乗っていた若い男が、幹子の斜め後ろを歩いている。短いスポーツ刈り。肩幅が広く、背も高い。

ジップパーカの周りに眼をやると、その前にグレーのブルゾンを着た中年男もいた。

あかん。刑事が囲んでる――。宇佐美の腕をつかんだ。

「中止や」

「えっ、ほんまですか」

「おれもおまえも泳がされてる。おばはんから金を受けとった瞬間にアウトや」

そう、あのトートバッグの中身は札束ではなく、紙束だ。井上幹子は警察に言い含められて受け子をおびき出す餌だったのだ。

「わし、逮捕されるんですか」

「おまえがなにをした。ちょっとミナミを歩いただけやないか」

宇佐美を連れて御堂筋へ歩いた。道頓堀橋のタクシー乗場でタクシーに乗る。新世界、通天閣──と運転手にいい、高城に電話をかけた。

──おう、金もろたか。

──いや、あきません。張りがついてました。

──なんやと。

──阿波座で見たふたり連れが井上についてました。高城さんが見た新歌舞伎座のふたりも、たぶん、そうですわ。

──やっぱり、そうかい……。

──受け子に飯でも食わせて帰りますわ。

──しゃあないの。

──高城さんは。

——わしも帰る。解散や。

五百万もの大金は右から左に稼げない。高城もよく分かっている。

「串カツでも食うか。新世界で」宇佐美にいった。

「えらいごちそうやないですか」

「たまには、な」

コンビニの弁当ばかり食っている宇佐美には串カツも贅沢《ぜいたく》なのだろう。

※　　※

井上幹子は宗右衛門町で一時間近く接触を待ったが、受け子は現れず、電話もなかった。佐竹《さたけ》と湯川《ゆかわ》は包囲を解き、井上のそばに行った。

「だめですね。勘づかれたみたいです」

「中止ですか」安堵《あんど》したように井上はいう。

「はい……。向こうも警戒してますから」

オレオレ詐欺の犯人が最初の取引場所で接触してくることはほとんどない。携帯電話の指示で対象者をあちらこちらと連れまわし、尾行がついていないかを確かめるのだ。佐竹たちも扮装《ふんそう》して追尾はしているが、犯人たちも金の受け取りが最も危ないと知っているから、容易なことでは姿を現さない。それに、受け子を逮捕しても、電話をかけていた指示役は別人であるケースが多く、指示役の上にいる元締めを受け子は知らない。受け子は日当で雇われた〝トカゲの尻尾〟であり、トカゲの頭を潰すには膨大な時間と労力を要するのだ。

「ご協力、ありがとうございました」

頭をさげた。湯川もさげる。「もう二度と電話がかかることはないはずです」

「ホッとしました。詐欺師を捕まえられんかったのは残念ですけど」

「いえ、こちらこそ、申しわけないです。井上さんのような気丈な方はめったにおられませんわ」

「そういっていただけるとうれしいです」

井上は小さく笑って、「これ、どうしましょ」

とトートバッグに眼をやった。バッグの中身は三協銀行の紙袋に包んだ、ザラ紙で作った札束だ。

「よかったら、お持ちください。話のタネになりますやろ」

「そうか……。記念になりますね。オレオレ詐欺の」

「お知り合いの方に、いっぱい話してください。特殊詐欺は身近にあると」

佐竹も笑った。「それと、このあと府警本部までご足労願えますか。携帯電話をお貸しいただいて、犯人からの通話を記録、解析します」

「はい、はい。お易《やす》いご用です」

「じゃ、車で行きましょ。御堂筋に駐めてますから」

捜査車両は二台。さっきまで井上を追尾警戒していた捜査員四人が乗っている。

※ ※

宇佐美とふたり、ジャンジャン横丁の串カツ屋で串カツとどて焼を食い、ビール三本とウーロンハイ四杯を飲んだ。それで勘定は四千三百円だから安いものだ。店を出て〝釜ヶ崎銀座〟へ歩く。

「ほんま、久しぶりに旨《うま》いもん食わしてもらいました。おおきに。ごちそうさんです」

「今日はすまんかったな。日当にもならんで」

「いや、また誘うてください」

宇佐美の口ぶりに、犯罪に加担したという後ろめたさはない。

橋岡が宇佐美を受け子に使ったのは、今日が五回目だった。一回目はターゲットに張りがついていて接触せず。二回目は七十すぎの婆さんから二百八十万円を受けとって高城から二十万円をもらい、宇佐美に四万円をやった。三回目は空振りで、四回目は三百五十万円。橋岡の分け前は二十三万円で、そこから宇佐美に五万円を渡した。ここ半年で五回に二回の成功だから、確率としてはそうわるくない。

老人を騙《だま》して金をとる……。罪悪感はないのか――。

まったくない――。これはゲームだ。いまの日本で何百万、何千万と金をため込んでいる老人は勝ち組であり、勝ち組から負け組が金を掠《かす》めとるのは、ある意味で正当な権利だ

ろう。

おれは負け組か――。

そう、負け組だ――。負け組だからこそ、高城のような腐れにあごで使われている。

この負のスパイラルから抜け出す術《すべ》はあるのか――。

これもない――。ひとつまちがったら、橋岡が宇佐美のレベルに落ちてしまう。いったん最底辺まで落ちてしまったら、なにをどう足掻《あが》いても這《は》いあがることはできないのだ。

「橋岡さん、すんません……」宇佐美が立ちどまった。

「なんや、どうした」

「煙草、もらえませんか」

「へっ、そういうことかい」

そばに煙草の自販機がある。買ってくれ、というのだ。

五百円玉を渡した。宇佐美は礼をいってロングピースを買う。釣りはいい、と橋岡はいった。

「そんなニコチン、タールのきつい煙草、よう吸うな」

「いや、軽い煙草は高い。何本も吸うでしょ」

「考えようやな」

宇佐美は五十をすぎている。京都の美術系大学を出て大阪の雑貨メーカーに就職し、独立してデザイン事務所を作ったが行き詰まり、一千万円近くの借金を抱えて倒産したという。生活保護歴は長く、四十代の半ばから受けている。


西成銀座――。宇佐美がアパートに入るのを見とどけて、萩之茶屋本通に出た。商店街の西の外れ、南海高野線の高架近くに高城のＮＰＯ法人『大阪ふれあい運動事業推進協議会』がある。木造モルタルの棟割長屋の一軒を、一階を事務所、二階を仮眠所と倉庫にして使っている。

事務所の引き戸を開け、中に入った。高城は石油ストーブの前でマグカップを手に煙草を吸っていた。

「えらい遅いやないか、え」横目で橋岡を見る。

「電話でいうたやないですか」

ソファに腰をおろした。「受け子に串カツ食わしてやったんです。ジャンジャン横丁で」

その金をくれ、といった。

「なんぼや」

「五千三百円です」

「領収書は」

「そんなもん、もろてません」

「しゃあないの」

高城は札入れから五千円札を抜き、放って寄越した。「——携帯は」

「捨てました。ティシュペーパーにくるんで、道頓堀川にね」

そう、取引が失敗に終わったとき、携帯電話はその場で処分する。

「おまえ、闇の携帯がなんぼか知っとんのか。五万や六万では買えんのやぞ」

「ほな、持って帰ったらよかったんですか」

「要らん。足がつく」さもうっとうしそうに高城はいった。

橋岡は高城の〝上〟を知らない。高城はカタギだが、〝上〟はプロの詐欺グループで、そのグループを束ねる番頭がいる。番頭はグループが稼いだ金を金主に上納し、金主はケツ持ちのヤクザに守《も》り料を渡す。何段階ものピラミッドになった複雑な系図は、橋岡のような下っ端にはまるで分からない。

橋岡は取引のたびに高城から携帯電話を渡され、名前と役どころを教えられて受け子を手配する。今回、「岡田という男になれ」といわれたのは、朝のことで、それまでのお膳立ては詐欺グループがやっていた——。

「高城さん、次の取引はいつです」

「さぁな、明日かもしれんし、来週かもしれん」

「今日の日当はないんですか」

「おまえ、ふた言めには金やの」

「受け子にも、ちょっとは渡したいんですわ」

「へっ……」

高城は一万円札をテーブルに放った。橋岡はポケットに入れる。

「すんませんでした。帰ります」

立って、事務所を出た。

※　　※

佐竹は井上から借りた携帯電話を鑑識にまわした。鑑識はソフトバンクに協力を要請して着信記録を調べ、発信元がプリペイド携帯であることを突きとめたが、その携帯は東京新宿のコンビニ店の元店長と中国人貿易会社社長が共謀し、架空人物の外国人登録証を使うなどして不正入手した三千台のうちの一台だと判明した。佐竹は井上に携帯電話を返却し、婦警をつけて自宅に送らせた。

「携帯はあかん。あとは写真やな」湯川にいった。

「写りはどうやろな」

湯川はカメラのチップをパソコンに差した。マウスを操作して画像を出す。

「こいつらやな」

「ああ……」

十数枚の画像のうち、七点に対象のふたりが写っている。

井上のあとを追って阿波座駅からなんば駅まで地下鉄の同じ車両に乗った茶髪の男がいた。男の年格好は三十代なかばで、レンズの角張った縁なし眼鏡をかけ、黒のズボンに紺色のブルゾンを着ていた。次にその男を見たのは新歌舞伎座から百メートルほど北に離れた御堂筋沿いの歩道で、黒いスーツの五十代の男が隣にいた。茶髪の男は携帯電話をかけ、そのあと、井上が横断歩道を渡って戎橋筋商店街へ歩いた。茶髪と黒スーツも千日前通から戎橋筋商店街へ向かう。佐竹と湯川はそのふたり連れが金の受けとり役だろうと見当をつけ、他の捜査員に特徴を伝えて隠し撮りをさせた。

ふたり連れは千日前通から道頓堀まで井上を尾《つ》けたが、接触はせず、御堂筋へ歩いてタクシーに乗った。捜査員ひとりが追尾をし、タクシーを撮ったからナンバーは分かる。

「この若いほう、憶えがないか」

「ある。先々月の〝取引〟や。被害者《ガイシャ》は松浦」

大阪・藤井寺市の老人がひっかかった事件だった。通報者は松浦隆之といい、妻の幸恵に息子を偽装した男から電話がかかったという。息子は〝電車に鞄を忘れた。駅から連絡はなかったか〟と幸恵に訊《き》いた。幸恵は〝連絡はない〟と電話を切ったが、すぐあとに大阪駅の遺失物係と名乗る人物から電話がかかり、〝鞄の中におたくの息子さんのものと思われる携帯電話と名刺があったから電話をした、本人確認をしたいので息子さんの名前と勤め先、お母さんの名前、住所を教えてくれ〟といった。幸恵は疑うことなく質問に答えたが、三十分後に息子から電話がかかり、〝いま大阪駅にいる。鞄を返してもらったが、携帯電話と会社から預かった通帳が抜きとられている。通帳の口座はとめたが、今日中に取引先に金を支払わないといけない。五百万ほど用意してくれないか〟といった。幸恵は〝そんな大金はお父さんに相談しないと用意できない〟と電話を切り、大阪市内で建築金物の卸業をしている夫に事情を話した。夫は話を聞くなりオレオレ詐欺と直感し、息子の携帯に電話をすると、息子は鞄など忘れていなかった。夫は一一〇番通報し、佐竹の属する特殊詐欺合同特別捜査班に事件捜査の指令が来た。

佐竹と湯川は通報者の松浦隆之に会い、捜査協力を依頼した。松浦は了承し、取引現場には自分が行く、といった。

そうしてまた、息子役から幸恵に電話がかかった。〝金は用意できそうか〟と訊く。幸恵は〝お父さんが銀行へ行った〟といった。息子役は〝上司の山田という男に金を渡してくれ〟といい、時間と場所を指定した――。

「松浦さんもあちこち引っ張りまわされたな」

「西天満、南森町、天神橋筋商店街……」

「商店街を歩かせるのは同じパターンや」

追尾を気取られたのか、受け子は現れなかったが、それらしいふたり連れは写真に撮った。その片割れが今回の〝三十代なかば・茶髪・レンズの角張った縁なし眼鏡〟だった。

湯川はもう一台のパソコンにチップを差した。画像が出る。天神橋筋商店街を歩く松浦と、その後ろを歩く茶髪の男──。

「こいつや。まちがいない」

「次の取引やな。接触がないときは職質かけよ」

職務質問をし、所持品を出させるのだ。プリペイドの携帯電話を持っているにちがいない。その発信履歴を見れば逮捕できる。

湯川は双方の画像をプリントアウトした。そうして、ふたり連れが御堂筋で乗ったタクシーの画像を見る。

「大阪　500　い　28××……」

佐竹はメモをした。ルーフの表示灯に『いずみ交通』とある。

『いずみ交通』を検索した。城東区関目のタクシー会社だ。

「行くか」

「行こ」

上着をとって刑事部屋を出た。

地下鉄谷町線で関目高殿駅、国道1号を南へ行くと、『いずみ交通』はすぐに見つかった。車が二十台ほど駐められるガレージの奥に陸屋根の社屋がある。

佐竹と湯川は事務所に入った。カウンターの向こうで制服を着たおばさんと六十年輩の男が顔をあげた。

佐竹は手帳を提示した。

「大阪府警の佐竹といいます。ちょっと、よろしいか」

「あ、はい……」

男が立って、そばに来た。

「特殊詐欺の捜査をしてます。……今日の午後二時十分ごろ、御堂筋道頓堀で男ふたりの客を乗せた運転手さんから事情をお聞きしたいんです。車のナンバーは『大阪　500　い　28××』です」

「特殊詐欺?」

「いわゆる、オレオレ詐欺、振り込め詐欺、還付金詐欺です」

「今日、『28××』に乗ってるのは誰かな」

男は振り向いて訊いた。女は配車表を繰って、

「辻さんです」

「電話して、いまどこにいてるか訊いてくれへんか」

男に指示されて、女は受話器をあげた。少し話して、

「新大阪駅で客待ちしてます」

「新大阪か……。ちょっと遠いな」

「すんません。我々が行きますわ」

佐竹はいった。「勝手なこといいますけど、新大阪駅で待ってもらえるようにお伝え願えませんか。三十分ぐらいで行けると思います」

「はいはい、そうしてください。警察には全面協力ですわ」

言葉とは裏腹に、男は迷惑そうな顔をした。

佐竹と湯川は丁重に礼をいい、『いずみ交通』をあとにした。

2

JR新大阪駅タクシー乗場――。車体を白と黄に塗り分けた『いずみ交通』の車は見あたらなかった。

「まずいな。客を乗せて、どこか行ったかな」

関目からここへ来るのに地下鉄を乗り継いで四十五分もかかった。十五分の遅刻だ。

「訊いてみますわ」

湯川はいずみ交通に電話をかけ、少し話をして切った。「――下の駐車場に移動したそうです」

「なんと、律儀な」

駅にもどって一階に降りた。駐車場へ行く。タクシーはすぐに見つかった。サイドウインドーがおりる。

「辻さんですか」

「そうです」

運転手は六十年輩の瘦《や》せた男だった。

「えらい申し訳ないです。長いこと待ってもろて」

湯川が手帳を提示して、「府警特殊詐欺捜査班の湯川といいます」

「佐竹です」頭をさげた。

「事情は会社から聞いてます。オレオレ詐欺の捜査をしてはるんやね」

「今日の午後二時すぎ、御堂筋道頓堀で男ふたりの客を乗せましたよね」

「はい。この車にね」

辻はうなずいて、「見張ってはったんですか」

「そう。チームで尾行捜査してました」

「わしが乗せた客が犯人ですか。オレオレ詐欺の」

「幸い、犯行は未遂でした」

「道頓堀の銀行とかコンビニのATMで金をおろそうとしたんやね」

「いや、被害者に会うて金を受けとろうとしたんです」

「あのふたり連れが？」

「受け子ですわ」

辻はあれこれ訊いてくる。面倒だが、湯川はまじめに答えている。

「ウケコ……？」

「業界の符牒《ふちょう》ですわ、金の受けとり役を受け子、電話をかけて騙す役を掛け子といいますねん」

そう、振り込ませた金融機関から現金を引き出すのが〝出し子〟、被害者に接触して金を受けとるのが〝受け子〟、〝掛け子〟を管理しているのが〝番頭〟、出し子と受け子が金を持って逃走するのを防止するための〝見張り〟、出し子と受け子をスカウトする〝リクルーター〟、闇の携帯電話や架空口座を売る〝道具屋〟、多重債務者や株取引経験者、大手企業退職者といった名簿を売る〝名簿屋〟も存在する——。

「そういや、茶髪の男は車ん中で、ずっと携帯片手に喋ってましたわ」

「どんな話でした」佐竹が訊いた。

「小声でぼそぼそ話してたし、聞いてません」

「ふたりはどこで車を降りました」

「新世界です。通天閣の下あたり」

タクシー料金は茶髪が支払った。ふたりは車外に出て南へ歩いていったという。

ジャンジャン横丁に向かったのかもしれない。ジャンジャン横丁を南へ抜ければ西成だが、目的地が西成なら通天閣でタクシーを降りる必要はない。

「ジャンジャン横丁でなにか食うような話はしてなかったですか」

「ああ、串カツですわ。どこそこの串カツは旨いとか、衣が厚いとか、そんなことというてました」

「なるほどね」やはり、ジャンジャン横丁へ行ったようだ。

「タクシー料金はいくらでした」湯川が訊いた。

「はいはい……」

辻は日誌を手にとった。「千四百六十円やね」

「千円札で払いましたか」

「いや、それがね、一万円札を出しよったんです。八千五百円ほどの釣り銭を渡したから、よう憶えてますねん」

「その一万円札、ありますか」

「ああ、あるでしょ」

辻はポケットから小さなバッグを出した。ジッパーをひく。「一万円札は二枚ですな」

どちらかが茶髪から受けとった札だろうという。

「それ、わたしの札と換えてくれますか」

佐竹は札入れから二万円を出して交換した。茶髪の指紋が採取できれば身元が割れる。

辻からもらった一万円札はふたつ折りにしてメモ帳にはさんだ。

「お忙しいとこ、手間をとらせました。ありがとうございます」

「刑事さんも大変やね。……犯人はなんぼほど要求してたんです」

「百万以上の大金ですわ」

「おそろしいな。わしら、一日走っても、売り上げ三万にとどかんのでっせ」

「犯罪者は必ず捕まります」

湯川がいった。「懲役囚の日給、知ってますか。五十円、百円の世界です。まじめに働くのがいちばんです」

「わしはね、詐欺師の真似事なんかする気はないんですわ」

辻は気をわるくしたのか、「ほな、行きますわ」

サイドウインドーをあげて走り去った。

「おれ、要らんことといいましたかね」湯川は首に手をやる。

「懲役の日当は余計やろ」

佐竹は笑った。「ジャンジャン横丁、行くか」

「串カツ、食いますか」

「ビールは飲めんけどな」

額にポツリときた。空が暗い。

「久しぶりやな。雨」

「今朝の新聞の天気予報、傘マークでしたわ」

「寒うなるぞ」


十一月二十九日、金曜——。

「な、ゆーちゃん、明後日はもう師走《しわす》や。一年て、あっというまやな」

「ほんまですわ。ついこないだまで半袖のシャツ着て、暑い、暑いというてたのにね」

湯川はデブだ。背は百七十に足りないが、九十キロを超えている。夏、汗みずくの湯川のそばにいると放射熱でこちらまで茹《ゆ》だりそうになる。湯川は暑苦しいが、童顔で人懐っこいから訊込《ききこ》みが巧《うま》い。こわもてで無口な佐竹の相棒にはうってつけだろうと、班長の日野も考えたのだろう。特殊詐欺合同特別捜査班は刑事部捜査二課と生活安全課、捜査四課の混成部隊で、湯川は生安、佐竹は四課から、この春、特別班に配属された。

「さ、行こ」

「はい」

小走りで駅にもどった。夕刊紙を買い、地下鉄御堂筋線に乗る。夕方のラッシュアワーにはまだ少し間があるのか、電車は空いていた。

ジャンジャン横丁──。串カツ屋の前は行列ができていた。若いカップル、女の三、四人連れが多い。東京あたりから遊びで来たのか、ガイドブックを持っている女もいる。佐竹と湯川は最後尾に並んだ。

「このあたりは変わった。昔はニッカボッカに地下足袋《じかたび》、タオル鉢巻きしてるオヤジが闊歩《かっぽ》する、おもしろい街やったのにな」

「それ、えらい昔のことやないんですか」

「大阪花博の前までかな」

一九九〇年の開催だったか。当時の知事が〝花博を機に大阪を浄化する〟と張り切ったせいで、大阪中のソープランドで本番がなくなり、天王寺公園周辺も整備されて、釜ヶ崎の日雇い労働者が新世界のほうへ来ることも少なくなった。行政の方針ひとつで街は変わる。それも、たいていはわるいほうに。

「佐竹さんはいつのころから新世界を知ってたんですか」

「子供のころからジャンジャン横丁に来てた。親父に連れられてな」

父親が将棋好きだったのだ。この横丁に将棋道場が二軒、通天閣の地階にも道場があって、自分の段位をいえば、道場主が手合いを組んでくれる。一日、いつづけても五百円ほどだったろうか。「——親父は将棋。おれは小遣いもろて通天閣にのぼったり、そこらでどて焼食うたりしてな。けっこう楽しかったわ」

「学校も行かずに新世界をうろうろしてたんですか」

「あほいえ。日曜や。小学校はやってへん」

「しかし、小学生の子供をほったらかして将棋びたりとはね」

「おふくろが怒るから、ほんまのことはいうな、と親父に口どめされてた。なかなかにようできた教育方針ではあったな」

父親には麻雀も教えてもらった。家族麻雀ではない。高校生のころ、ルールも知らないうちから麻雀荘に連れて行かれ、安いレートで打ったのだ。若いときはヒキが強いから大負けはせず、ツイたときは父親の代打ちをすることもあった。ヤクザな父親は三年前に心筋梗塞で逝《い》き、おふくろには一千万円ほどの生命保険金と住之江区加賀屋の文化住宅が残された。

「ま、変わった親父やった。出世もせず、一生ヒラのままで行った、お気楽人生やな」

「公務員でしたよね」

「いちおうはな」

一級建築士の資格を持ち、府の建築課で建築確認申請や開発許可申請の審査をしていたらしいが、仕事の話は聞いたことがない。

「それを考えたら、うちの親父はくそまじめですね。パチンコ、ウマ、麻雀、賭けごとはいっさいやらず。ゴルフや釣りとか、遊びごとにも縁がない。毎晩、家で酒飲むだけが楽しみですわ」

「本はよう読むとかいうてたやないか」

「壁中が本棚ですわ。文芸書の初版本を蒐《あつ》めてますねん」

「それは立派な〝趣味〟というもんや」

湯川の父親は元銀行員だ。定年後、関連会社の嘱託になり、枚方《ひらかた》から北浜に通勤しているという。

佐竹は大阪の三流大学を出た。雀荘に入り浸って就職活動などせず、四回生の夏になってハッと気づいたときは、まわりの学生はほとんどが内定をとっていた。大学の就職案内を見て大阪府警察官採用試験が九月にあると知り、なんとなく申し込んで、なんとなく試験を受けたら、思いがけず合格した。がしかし、卒業するには単位が足りない。講義など出たこともない教授に酒を配り歩いてレポートを書き、やっとの思いで卒業した。

警察学校の訓練は厳しかったが、それまでの怠惰な生活をただすにはよかった。体育会的な規律に縛られた世界がそう辛いとも思わなかったのは、佐竹の根が警察の水に合っていたのかもしれない。佐竹は河南署地域課に配属され、交番勤めからはじめた――。

「佐竹さん、空きました」

「ああ……」

いつのまにか列の先頭にいた。店内に入る。カウンターの端に腰を据えた。飲み物は――。店員に訊かれた。アルコールは飲めんのや――。ウーロン茶を頼み、串カツとどて焼を六本ずつ注文した。

「それと、ちょっと教えて欲しいんや」

「なんです」

「今日の二時半ごろ、こんな客が来んかったかな」

戎橋筋商店街で撮った〝茶髪〟と〝黒スーツ〟の写真を店員に見せた。

「さぁ、どうやろ……。おれは憶えないですね」

「ほかの従業員にも訊いてくれんかな」

「お客さん……」あとの言葉を店員は飲み込んだ。

「わるいな」

上着を広げて、目立たぬように手帳を見せた。店員は写真を手に、レジに立っている男のそばへ行った。

串カツとどて焼を食い、ウーロン茶を飲んだ。湯川はレンコンやシシトウを注文する。

「こんな時間に腹いっぱい食うたら、帰って晩飯が食えんやろ」

「そのほうがよろしいねん。ちょっとは痩せんとね」

「ダイエットか」

「糖質オフダイエット。炭水化物を食わんようにしてます」

「いつからや」

「この一週間」

「一昨日、おれとラーメン食うたよな」

井上幹子の自宅で事情を聞いたあと、中央大通のラーメン屋に寄った。

「ラーメンだけは我慢できませんねん」餃子と焼飯は我慢したという。

「一週間で、二、三キロは減ったんか」

「それはいいません。五キロ痩せたら報告します」

「せいぜい頑張ってくれ」

九十キロ超が八十キロ台になったところで、デブに変わりはない。

レジに立っていた男が来た。写真をカウンターに置いて、

「みんなに訊きましたけど、見憶えはないそうです」

「ジャンジャン横丁に食い物屋は何軒あります」

「居酒屋とか入れたら、二十軒はありますやろ」

「二十軒ね……」

大したことはない。一軒あたり三分の訊込みなら、一時間で済む。

〝茶髪〟と〝黒スーツ〟がジャンジャン横丁でものを食ったという確証はないが。

「マスター、玉子とタマネギと串カツ三本」

湯川がいった。「それと、ウーロン茶も」

「ゆーちゃん、食いすぎやで」

「勘定は割り勘ね」

湯川はキャベツをつまんで口に入れた。


店を出たあと、訊込みをした。三軒目の串カツ屋で、それらしい男のふたり連れが来た、と証言を得た。ふたりはビールやウーロンハイを飲みながら四十分ほど店にいて、〝茶髪が金を払って出て行った〟という。ふたりが使ったグラスの指紋を採りたかったが、グラスはすぐに洗う、といわれた。

佐竹と湯川は天王寺から地下鉄谷町線で府警本部に帰った。

※　※

月曜日――。

橋岡は『ふれあい荘』の住人のうち五人を連れて銀行へ行った。ＡＴＭコーナーで、住人から預かっていたキャッシュカードを各々に渡す。自分の暗証番号を忘れる人間が多いから、番号はキャッシュカードの裏にフェルトペンで書いてある。

五人が十一万円から十三万円ほどの生活保護費を引き出した。橋岡は銀行を出て、それまでの前貸しや家賃を計算し、キャッシュカードといっしょに徴収する。五人とも手元に残るのは五、六万円しかないが、みんな、その足でパチンコ屋へ行き、立呑み屋で酒を飲む。たいていは半月ももたずに生活費を使い果たし、あとは日雇い労働に出る。日雇いは高城の〝人夫出し〟であり、ひとりあたま四千円ほどを高城が抜く。五人のうちいちばん若いのが四十八、いちばん上が七十六で、六十をすぎると日雇いの口もなく、街で空き缶拾いでもするしかない。ふれあい荘の住人の大半は保護費を支給されたその日から、次の支給日を待つ生活だ。

銀行前で住人たちと別れ、橋岡は萩之茶屋本通の高城の事務所にもどった。

「これ、五人分。三十二万二千円です」

金をデスクに置いて、ひとりひとり住民の名をいった。高城は出納簿をチェックしながら集計し、金を数えて足もとの小型金庫に入れる。金庫の中には常時七、八十万円の現金があり、百万円を超えると、高城は銀行へ行く。高城の年収はたぶん、三千万から五千万。〝名簿屋〟として振り込め詐欺にかかわってきた年月を考えると、二億や三億はため込んでいるにちがいない。

「あとの九人分、今日中に集金するんやぞ」

「昼飯食うたら、アパートに行きますわ」

ふれあい荘の家賃は共益費込みでひとり四万五千円だから、九人で約四十万円。そこに貸し金の取り立て分を足すと七十万円を超えるだろう。橋岡はその中から手取り二十万円の給料――振り込め詐欺の臨時収入は別になっている――をもらう。

「九人の前貸し、なんぼか知ってるんやろな」

「はい。帳面持ってます」

「おまえはどこぞ甘いとこがある。布団を引っぱがしても集金せい」

「すんません。気ぃつけます」

別に同情するわけではないが、自分の父親のような年寄りから金を取り立てるのは、いい気分ではない。彼らは長年の日雇い暮らしと不摂生で肝臓病や糖尿病を患っていたり、脳梗塞などの後遺症で手足が不自由だったり、なにかしら身体の不具合を抱えている。真冬の凍えるような日、空き缶拾いから帰ってきて足を摩《さす》っている年寄りを見ていると、橋岡まで情けなくなる。おまえら、福祉で食うてるつもりかもしれんけど、ほんまのワルはおまえらを食うて生きてるんやぞ——。保護費の受給日にパチンコをするくらいの気晴らしは、世間から責められるようなことではないと橋岡は思っている。

「集金したら、二時までに帰ってこい。矢代が来るから、羽曳野《はびきの》で下見や」

下見とは『介護施設入所コンサルタント』を名乗って騙しの名簿を補正する作業をいう。そのためのパンフレットと親名簿は高城が用意しているから、橋岡はスーツに着替えてターゲットの自宅を訪問し、資産や世帯構成を調査するのだ。

「羽曳野のどこです」

「羽曳が丘」

昭和四十年代に分譲された住宅地だから、住人のほとんどは老人だという。「矢代の車で行け。二千世帯の住宅地や」

「二千世帯はでかいですね」

「調べに一週間やそこらはかかるやろ」

高城は椅子にもたれかかって、「昼飯はなにを食うんや」

「牛丼でも食います」

「たまにはええもん食え」

高城は一万円札をデスクに放った。

「どうも。ありがとうございます」

吝《しわ》い男やで——。さっきの三十二万円の分け前が、たったの一万円だ。

「ほな、二時に」

橋岡は札を拾って事務所を出た。

※　※

鑑識から電話がかかった。一万円札から採取した指紋のひとつが照合できたという。佐竹は湯川を呼び、鑑識課にあがった。係長の清水が待っていた。

「親指の指紋がヒットした。見てくれ」

清水はパソコンの画像をスクロールした。指先の半分ほど、かなり不鮮明——が、警察庁保管のデータ指紋と重なる。

「これは、合致したといえるんですか」湯川が訊いた。

「ま、九〇パーセントやな」

清水はうなずく。「橋岡恒彦。前歴一回。前科一犯。占脱と万引や」

占脱とは〝占有離脱物横領〟——つまり、遺失物横領で、その多くはネコババだ。

「橋岡の犯歴データをとった」

清水はいって、レターケースから紙片を出した。犯歴データセンターから送られてきたデータをプリントアウトしたものだ。

犯歴該当者
住居――和歌山県海南市庄内2丁目19番3号。
氏名――橋岡恒彦　昭和55年3月22日生。
犯歴――平成8年10月15日　和歌山県日方警察署　占脱　審判　不開始
　　　平成12年7月4日　和歌山県日方警察署　窃盗（万引）

「昭和五十五年生まれということは、三十三歳か」

佐竹はいった。戎橋筋商店街で追尾した〝茶髪〟の年齢に符合する。

「平成十二年以降、犯罪歴がない。極道やなさそうですね」湯川がいった。

「半グレでもなさそうやな」

振り込め詐欺犯は半グレが多い。半グレにはたいてい傷害や暴走の前科がある。

「こいつ、海南におるんですかね」

「それはない。住民票を移してないんやろ」

橋岡はおそらく独身で、海南市庄内に生家があるのだろう。

「海南に行きますか」

「ああ……」

海南で訊込みをすれば、捜査の手がついたと橋岡に気取られる恐れがあるが、橋岡の身元確認をし、いまのヤサを知る必要がある。

「行こ、海南。ドライブや」

清水に礼をいい、橋岡のデータをもらって鑑識課を出た。


阪和自動車道――。海南インターをおりたのは午後二時だった。湯川はナビを見ながら国道42号を北へ走る。日方川の河口近く、日方署の駐車場に車を駐めた。

署内に入り、カウンターの車庫証明係に手帳を提示した。

「大阪府警の佐竹です。こっちは湯川。副署長か刑事課長、いてはりますか」

「ご用件は」

「詐欺事犯で、教えてもらいたいことがあります」

「お待ちください」

係員は電話をとった。少し話して、

「刑事課長がお会いします」

「刑事課は」

「三階です」

係員の視線の先に階段があった。

佐竹と湯川は三階にあがった。《刑事課》のドアを引く。大部屋に十数人の刑事がいた。

「課長さんは」

「はい、こっち」

応じたのは、窓際の席にいるゴマ塩頭の男だった。

デスクのそばに行き、身分と名前をいった。課長は高橋と名乗り、ふたりを奥の別室に案内した。

「――で、大阪から来られた用件は」

高橋は長テーブルの向こうに腰をおろした。

「先週の金曜日、ミナミの商店街でオレオレ詐欺の包囲捜査をしたんです。受け子はふたり。金の受けとりは未遂に終わったんですけど、受け子のひとりの指紋が採れたんです。データセンターに照会して、橋岡恒彦、三十三歳と判明しました。その橋岡の住所が海南市庄内二丁目十九番三号というわけです」

「橋岡は平成十二年、窃盗で日方署に引かれてます。逮捕時の顔写真と現住所が欲しいんです。ご協力、お願いします」湯川がいった。

「逮捕写真と現住所ね……。写真はたぶん、記録が残ってますやろ」

高橋はいって、「平成十二年のいつです」

「七月四日です」

「平成十二年七月四日、橋岡恒彦ね。探させますわ」

　高橋は立って、部屋を出ていった。

「けっこう協力的やな」

「ちゃんと仁義を切ったからでしょ」

「和歌山にも電話詐欺は多いわな」

「検挙率は低いでしょ」

「それは大阪でもいっしょやで」

　特殊詐欺の検挙率は極めて低い。今年一月から九月までの認知件数は八千五百二件で、被害額は三百三十八億円にものぼっているが、検挙率は二〇パーセントに満たない。それも検挙されるのはＡＴＭや金の受け渡し現場に現れる出し子と受け子が大半で、騙し役の掛け子や掛け子をまとめている番頭に捜査の手が及ぶことはほとんどない。出し子と受け子を検挙しても、彼らは集金チームの頭から一方的に命令を受けているだけだから、掛け子や番頭の声を聞いたこともなければ、顔を見たこともない。いま佐竹が追っている橋岡恒彦にしても、被害者である井上幹子と電話で話しはしたが、掛け子ではなく、受け子の指示役だとみるのが妥当だろう。

　であれば、橋岡を逮捕して、どんな情報が得られるのか──。

橋岡は受け子の指示役だから、集金チームの頭を知っている。その頭は番頭とつながっているから、橋岡を逮捕して口を割らせれば番頭の存在も割れる。橋岡が口を割るかどうかは、逮捕してからの取り調べだ――。

高橋がもどってきた。

「いま、記録を調べてます。ちょっと時間がかかりますわ」

「どうも。お忙しいとこ、申しわけないです」

佐竹は頭をさげた。湯川もさげる。

「このごろのオレオレ詐欺は、振込みが減ったそうですな」高橋は椅子に座った。

「ATMの送金限度額が一回十万円になってから激減しました。いまは受け子が被害者に対面して百万単位の金を受けとるのが主流です」と、湯川。

「受け子いうのは、どういう連中です」

「多重債務者、ネットカフェ住民、ホームレス、生活保護受給者もいてます」

「社会的弱者いうやつですか」

「弱者以下ですね。最底辺に落とされてしもた人間ですわ」佐竹がいった。

受け子や出し子には、これは犯罪だ、という多少なりの罪悪感と怯えがあるが、掛け子にはそれがかけらもない。掛け子はゲーム感覚で老人を騙し、大金を騙しとったときはチームで祝杯をあげる。掛け子の論法は、大金を出せるのは金持ちであり、金持ちから金をとってどこがわるい、というものだ。

「偉そうにいうつもりはないけど、日本という国が腐ってきたんですわ。ひとを騙すのは悪であるという最低限のモラルが消え失せた。つまりは拝金主義。金さえ稼げたらなにをしてもええという考えが蔓延《まんえん》してきたんでしょうね」

「ほかの国に振り込め詐欺はないんですか」

「あることはあるけど、日本は突出してますね。韓国やアメリカは増えてると聞きますけど、大したことないですわ」

「韓国はともかく、アメリカは世界一の金持ち国やのに？」

「アメリカのＡＴＭの送金限度額は州によってちがいはあるけど、一日三百ドルほどです。それに、新規口座には送金できんのが普通です。個人間の支払いは小切手やし、貯蓄率が低いから何万ドルという金は持ってない。多額の現金を動かしたら、脱税や麻薬取引の犯罪を疑われるんです」

「するとなんですか、日本は世界でいちばんの振り込め詐欺先進国ですか」

「ま、そういうことです。残念ながら」

「根本的な解決策て、ないんですか」

「電話がかかっても、とらんかったらよろしいねん」

「そら、当たりまえでしょ」

「冗談です。……固定電話をナンバーディスプレイにして、非通知電話拒否サービスの契約をするのがいちばんですね。月額四百円ほど要るけど」

「それでシャットアウトできますか」

「詐欺屋は携帯の番号を知られるのが嫌ですねん。非通知拒否してる相手にしつこくかかっていく暇はないし、名簿にペケ線引いて、次の電話をかけますわ」

「そもそも非通知の電話なんか、わしはとりませんで」

「ところが、統計では七割のひとが非通知電話をとりますねん。老人に限ったら九割方とるみたいですね」

「寂しいんですな、老人は」

そこへノック。ドアが開いた。スポーツ刈りの刑事が高橋の前にファイルを置く。

すまんな。ご苦労さん――。いえ――。刑事は一礼して出ていった。

高橋はファイルを開いた。俗にブロマイドとか見合い写真と呼ばれる逮捕写真のコピーだ。正面と横向きの二点。横向きの写真は《561》という番号札と《平成12年7月4日・日方警察署》のプレートがいっしょに撮影されている。

佐竹は戎橋筋商店街で撮った〝茶髪〟の写真を出した。逮捕写真と照合する。

「同一人物やな」

「まちがいないですね」と、湯川。

眉が薄く眼が細い、頰の削《そ》げた顔だ。《身長・171センチ、体重・63キロ》とある。

「現住所は分からんですか」高橋に訊いた。

「平成十二年以降の逮捕歴がないからね」

「庄内二丁目の住所は、橋岡の実家ですか」

「たぶん、そうでしょ」

「管轄の交番は」

「庄内交番。六丁目です」

「了解です。行ってみますわ」

交番には案内簿があるはずだ。

「交番に連絡入れときましょ。協力するように」

「お願いします」

もう訊くことはないか、と湯川を見た。湯川は小さくかぶりを振る。

「いや、ありがとうございました。このブロマイドは」

「持ってってください。コピーやし」愛想よく、高橋はいう。

立って頭をさげ、佐竹と湯川は刑事部屋をあとにした。

3

庄内交番は海南市の北、黒江駅近くにあった。辺りは新しく造成された住宅地だろう、街路樹は枝振りが疎《まば》らで、枡目《ますめ》に区画された五十坪ほどの敷地に同じような青い瓦屋根の一軒家が整然と建ち並んでいる。交番の前には自転車が駐められ、制服警官がひとり、デスクに座って窓の外を眺めていた。

佐竹たちは車を駐め、交番に入った。にきび面の若い警官だった。

「すみませんな。大阪府警のもんです」

手帳を示して所属をいうと、警官は畏《かしこ》まって敬礼した。

「特殊詐欺捜査班で、オレオレ詐欺を捜査してます。いまは〝お母さん助けて詐欺〟というみたいやけどね」

佐竹には〝偽電話詐欺〟というほうがぴったりくるが、警察庁がそう命名した。漫才のネタにもならないネーミングセンスだ。

「お疲れさまです。本署の高橋課長から聞いてます」

警官はほほえんだ。素直でいい。

「庄内地区はこの交番の管轄ですよね」

湯川がいった。「二丁目十九番地の橋岡さん、案内簿を見せて欲しいんです」

案内簿とは、外勤警察官が管内の各戸を訪問し、家族構成（全員の氏名、生年月日、勤務先や学校）、非常の場合の連絡先、保有自動車、その他の留意事項などを収集して作成している個人情報資料をいう。

「失礼ですが、もういっぺん手帳を見せていただけませんか」

「はいはい、どうぞ」

佐竹はクリップを外して手帳を渡した。警官は階級と氏名、証票番号をメモし、キャビネットに鍵を挿して案内簿を出す。当該のページを広げた。

＊橋岡洋平　庄内2―19―3（953・41××）
＊家族　橋岡洋平―昭和48年9月6日生　建築（塗装）
　　　　橋岡理恵―昭和50年3月18日生　農業（みかん）
　　　　橋岡翔―平成12年11月23日生　黒江中学校
　　　　橋岡詩音―平成14年2月19日生　庄内小学校
　　　　橋岡貞子―昭和24年8月30日生　無職
＊非常の場合の連絡先
　田中保子

０９０・４４５２・６８××

「橋岡洋平の弟で恒彦いうのがおるんやけど、その住所は分からんですか」

「同居家族は書いてますけど、そのほかは……」

「恒彦は昭和五十五年生まれで、洋平と齢が離れてる。……田中保子いうのは、洋平の妹ですか」

「さぁ、そこまでは分からんです」

警官はひとつ間をおいて、「最近は、巡回しても質問事項にちゃんと答えてくれるひとは少ないです」

「橋岡家の暮らし向きは」

「普通やと思います……」

警官は言葉を濁す。巡回はしても記憶に残っていないのだろう。

「庄内二丁目は、この六丁目とちがって、旧《ふる》い家の多い地区です」

水田やみかん畑も点在しているという。

「庄内二丁目の住人は黒江中学に行くんですか」湯川が訊いた。

「庄内の公立校は黒江中学だけです」

「どこです。黒江中学」

「9号線を南へ行ってください」一キロ先、右に見えるという。

「了解。ありがとうございました」

橋岡洋平と田中保子の電話番号をメモして交番をあとにした。

黒江中学校は県道9号から一方通行路を少し入った高台にあった。校門脇に車を駐めて校内に入る。グラウンドは広く、陸上部とソフトボール部の生徒たちが放課後の練習をしていた。

「懐かしい風景やな。佐竹さんはスポーツ、なにしてました」

「おれは帰宅部や。中学も高校も」

「ぼくは水泳部です。夏のプール練習より、冬の基礎練のほうがきつかった」

「水泳部とは初耳やな。種目はなんや」

「バックです」

肩関節が柔らかく、腕がよく伸びて記録はよかったという。

「バサロとか、できたんか」

「そこそこは。長い距離は無理でしたけど」

「水泳の選手は体形がきれいな」

「それはどうも」

「けど、ゆーちゃんはO脚や。尻もデカい」

「興味あるんですか、男の身体」

「あほいえ。気持ちわるい」

湯川と組んだのはこの春からだ。そろそろ八カ月になる。

水泳はともかく、湯川は柔道が強い。警察官になって受け身からはじめたという柔道だが、組んでみると体幹の強さとバランスのよさにすぐ気づく。二段の佐竹が初段の湯川にまるで太刀打ちできないのだ。

「おれの運動神経が六やったら、ゆーちゃんは七か八やな」

「佐竹さん、刑事は運動神経で給料もろてるわけやないです」

「どういう意味や」

「別に、深い意味はないです」

埒《らち》もないことをいいながら校舎に入った。玄関事務室の窓口で教頭を呼んでもらう。少し待って、グレーのスーツの小柄な男が階段を降りてきた。

「大阪の刑事さん？」男が訊く。

「教頭先生ですか」

「西郷といいます」

頭をさげた。佐竹たちも一礼して、身分と名前をいう。

「立ち話もなんですから、こちらへ」

進路指導室に通された。椅子を引いて座る。

「ご用件はなんでしょう。生徒のことですか、保護者ですか」西郷が訊く。

「卒業生のことで、お聞きしたいんです」

湯川がいった。「橋岡恒彦。昭和五十五年三月生まれ。たぶん、こちらの中学を卒業したと思うんですが、現住所が分からんのです。進学した高校と、中学三年時の担任を教えていただけませんか」

「昭和五十五年三月生まれ……。早行きですね」

「当時の住所は庄内二丁目。橋岡恒彦です」

「橋岡君はなにをしたんですか」

「それはちょっと、いえんのです」

「分かりました。調べてきましょう」

西郷は進路指導室を出ていった。

「公立学校の先生て、どれくらいもろてるんですかね、給料」

「同じ公務員やし、そうはちがわんけど、四十くらいまでは教員のほうがええみたいやな。それが四十すぎると逆転して、あとは広がるばっかりやと聞いた」

警察官は手当が厚い。住宅手当、危険手当、時間外手当など、教員にはない手当が多くある。「教員採用試験に較べたら警察官採用試験は楽や。給料もええんやから、いうことないで」

「実はぼく、中学の教員採用試験も受けたんです」

「ほう、それも初耳やな」

「みごとに落ちましたわ。教員試験」

「教科はなんやったんや。保健体育か」

「社会科です」倍率が三十倍を超えていたという。

「おれもゆーちゃんも警官になったんは正解や。この稼業が水に合うてる」

上意下達の階級社会だが、二、三年で馴《な》れた。警察業界は人脈だ。ボス選びと組織のルールさえまちがわなければ、警部あたりまでは行ける。

西郷が白いジャージの女を伴ってもどってきた。橋岡恒彦の担任だったという。

「大矢と申します。三年二組の担任をしました」

「佐竹です」

「湯川です。さっき、ソフトボールを指導してはりましたね」

「あ、はい……」

「グラウンドを見ながら来たんです」

「そうですか」

大矢はにこりともしない。小肥りで、齢は五十すぎか。よく陽に灼《や》けている。

「橋岡君のことは憶えてます」

ぽつり、大矢はいった。「有田《ありだ》の箕島《みのしま》農業高校に進学しましたけど、二年生で中退したと聞いてます」

「すると、その高校に行っても橋岡の消息は……」

「分からないと思います」

「そら困りましたね」

「一昨年、同窓会に呼ばれました。そのときの名簿です」

大矢はジャージのポケットから四つ折りの紙片を出した。湯川が受けとって広げる。担任の大矢を上にして、あいうえお順に男女の名が並び、その横に連絡先住所と電話番号が書かれている。橋岡恒彦の欄は空白だった。

「住所不明ということですね」

「幹事の阿部君と石井さんに訊かれたらどうですか。ふたりとも地元にいますから」

「ありがとうございます。……この名簿、コピーしてもらえますか」

「プライバシーがあるので、阿部君と石井さんの連絡先だけ控えてください」

「なるほど。配慮が足りませんでした」

湯川はメモ帳にふたりの住所と電話番号を書いて、「阿部さんと石井さんに大矢先生の名前を出してもいいですか」

「それはかまいません」

「助かりました。ご協力、感謝します」

佐竹は立って、礼をいった。

阿部という幹事の連絡先は冷水の《阿部商会》となっていた。住所を頼りに国道42号を西へ行く。阿部商会は海南港沿いの船具屋で、店先に塗料缶が堆《うずたか》く積まれていた。防波堤のそばに車を駐め、佐竹と湯川は阿部商会に入った。グレーの作業服を着た男が床に置いたロープをたぐってスチール棚に巻きあげている。ずいぶん重そうだ。

こんちは——。声をかけた。男は振り返って、いらっしゃい、といったが、スーツ姿のふたり連れを見て、すぐに客ではないと気づいたようだ。

「お忙しいとこ、すんませんな」

佐竹は手帳を提示した。「大阪府警のもんです」

「刑事さん？」

「そうです」

所属と名をいった。「——阿部託治さん？」

「はい……」

「黒江中学の大矢先生に聞いて来ました。クラス会の幹事をされてるそうですね」

「はい、頼まれてやってます」阿部の怪訝《けげん》そうな顔。

「同じクラスの橋岡恒彦さんをご存じですか」

「ああ、知ってますけど……」

「橋岡さんの連絡先、分かりませんか」湯川がいった。

「いや、聞いてないですね。橋岡がどうかしたんですか」

「捜査上の理由で事情はいえんのです」

湯川は答えず、「一昨年のクラス会で名簿を作りはったんですよね。そのとき、現住所とか電話とか、調べたんですか」

「あちこち連絡とって、名簿は作りました」

「橋岡さん、大阪に住んでるみたいです」

「大阪ね……」

阿部は下を向き、顔をあげた。「加藤やったら知ってるかもしれませんわ」

「橋岡さんの友だちですか」

「しょっちゅう、つるんでました。加藤も橋岡も箕島農高へ行って、橋岡は中退したけど、加藤は卒業した。……加藤に訊いてみましょか」

「ありがとうございます。お願いしますわ」

「えーっと、加藤の電話は……」

阿部は奥へ行き、デスクの抽斗を開けてクリアファイルを出した。それを見ながら携帯のボタンを押す。すぐに話しはじめた。

「――あ、おれ、阿部です。久しぶり。――うん、ぼちぼちやってる。――おまえ、橋岡の電話とか住所、知らんか。――いや、ちがうねん。次の同窓会の連絡をとろうと思てな。――おう、すまん。待ってる」

阿部は電話を切り、こちらに来た。

「年賀状を探してもろてます」

「ほんま、申しわけないですね」佐竹がいった。

「指名手配ですか、橋岡は」

「事件の容疑者とか参考人やないです。ひとつふたつ、話を聞きたいだけですわ」

「容疑者でもないのに、大阪の刑事さんが和歌山に？」

「いろいろありますねん。刑事は足を使うてなんぼです」

笑ってみせた。阿部はにこりともしない。

「このロープ、何メーターです」話題を変えようと、湯川がいった。

「五十メーターです」

「えらい太いですね」

そう、直径が五センチはある。

「〝四九級〟の鋼船用ですわ」

「ヨンキュウキュウ?」

「五百トンほどのタンカーとか貨物船です」

「錨《いかり》やプロペラは置いてないんですか」湯川は店内を見まわした。

「アンカーやスクリューは造船所が付けますねん」

船具店は塗料の売上が半分近くをしめるという。「鉄は潮で錆《さ》びます。定期的にペンキ塗らんかったら、二、三年でぼろぼろですわ」

「このごろの船はプラスチックが多いんやないんですか」

「FRPで造るのはプレジャーボートとか漁船です」

「なんです、FRPて」

「ファイバー・レインフォースド・プラスチック。……ガラス繊維をプラスチックで補強した素材をFRPといいます」

「へーえ、プレジャーボートはガラス製ですか」

「プラスチックは紫外線に弱い。FRPの船もペンキ塗ってこまめにメンテせんといかんのです」

そこへ、コール音が鳴った。阿部は携帯を開く。

「——阿部です。ごめんな。——うん。住所からいうてくれるか。——大阪市大正区三軒家南……」

阿部の言葉を湯川がメモする。

「——橋岡の携帯の番号は、090・5838・99××。——すまんな。今度、飲みに行こ。——ほな」

阿部は携帯を閉じた。湯川はメモ帳をポケットに入れる。

「ご協力感謝します」

佐竹はいった。「勝手ながら、我々が来たことは内緒ということで」

「誰にもいいませんわ」阿部はうなずく。

佐竹と湯川は阿部商会を出た。

※　　※

二時前、萩之茶屋本通の事務所にもどると、高城は奥のデスクに座り、矢代はその前に立って話をしていた。

「集めたか」橋岡をみとめて、高城はいう。

「八人分、六十四万三千円です」

橋岡は矢代の隣に立ち、集金バッグをデスクに置いた。

「一人、足らんのは誰や」

「米田勝夫です。四階の一号室」

「米田？　そんなやつ、アパートにおったか」

「六十五の爺さんですわ」

高城は米田の生活保護申請をしておきながら、名前もろくに憶えていないのだ。

「米田は部屋におらんのか」

「病院に行ったみたいでした。肝臓わるいし」

米田の顔はいつ見ても土気色だ。真夏でも丸首の長袖シャツを着ているから、総身に刺青《いれずみ》を入れているのだろう。むかしはヤクザにも彫り師にもウイルス性肝炎という知識はなく、針を消毒することもなかったから、多くのヤクザがC型肝炎に感染した。感染、発症、肝硬変、肝ガンという経過だ。いつも無口でパチンコ、競輪、競馬もしない米田だが、若いころは切った張ったの世界にいたにちがいない。

「米田にいうとけ。病院行くんは家賃払うてからにせいと」

高城は集金バッグのジッパーを引いて金を出し、橋岡と矢代に三十万円ずつを数えてデスクに放った。

ありがとうございます──。ふたりは金を拾ってポケットに入れる。

「ほら、着替えて下見に行け。名簿、持ったな」

高城は矢代にいった。矢代と橋岡はデスクを離れ、隣のロッカー室に行った。

「偉そうに、たった三十万で、人づかいの荒いおっさんやで」

ブルゾンとジーンズを脱ぎ、グレーのスーツに着替えながら矢代はいう。「いっぺん、どついたらなあかんな」

「夜道でどつくんや。後ろから煉瓦《れんが》で」

橋岡はズボンを穿《は》き替えてワイシャツを着る。

「おっさんを恨んでるやつは山ほどおるしな」

「どつき倒して、財布奪ったろか」

「あいつはシケてる。十万も持ち歩いてへんやろ」

「この事務所で半殺しにして、通帳奪《と》るのはどないや。二億や三億は隠しとるぞ」

「三億はデカいな。被害届も出んで」

「おれはよう夢に見るんや。倒れて風船みたいに膨らんだおっさんの腹を裂いて、札束を掻《か》き出す夢をな」

シャツのボタンをとめた。ネクタイは紺にする。「ま、しかし、おっさんをやったら、あとがめんどい。ケツ持ちの極道が束になって追いかけて来よる」

「二度と大阪の土は踏めんな」

「おれは逃げとおしても、おふくろや兄貴が追い込みかけられる。それがきつい」

そう、高城は橋岡の経歴、身内を知っている。高城に仕事の手伝いをするよう誘われたとき、根掘り葉掘り訊かれたのだ。高城も万一にそなえて橋岡や矢代が裏切らないよう保険をかけている。

「さ、行こかい」

「車、どこや」

矢代の車は高城にもらった白のアルトだ。十年前のポンコツだが、ナビとETCはついている。

「いつものコインパーキング」

矢代はロッカーの扉を閉めた。

4

阪神高速、阪和道、南阪奈道を走って羽曳野。運転は橋岡がした。

「このあたりやな」

家電量販店の角を左折すると、住宅街が広がっていた。バス道路は広く、どの家にも庭がある。

「羽曳が丘東一丁目……」

徐行して電柱の住所表示を見る。

「停まれ」

矢代がいった。名簿を膝に置いて繰る。「――東一丁目三の黒澤弘司。七十二歳。九八年に先物取引をしてる」

「株は」

「分からん。……先物やって株をやってないやつはおらんやろ」

矢代が高城から預かった名簿は三枚。先物取引経験者と株式特定口座契約者が書かれたものと、老人介護施設待機者リストだ。この羽曳が丘地区で百人以上の該当者が三種の名簿のどれかに載っている。

羽曳が丘東一丁目三――。黒澤の家を見つけた。敷地は約百坪、きれいに手入れされた生垣、ガレージにSクラスのベンツと3シリーズのBMWが並んでいる。

「おいおい、こいつは〝金的《キンテキ》〟やぞ」

騙しのターゲットを標的《マト》といい、金持ちのそれを金的という。

生垣の端にアルトを駐め、橋岡と矢代は車外に出た。矢代が門柱のボタンを押す。はい――。返事があった。男の声だ。

――大同証券藤井寺支店の羽川と申します。

インターホンのレンズに向かって頭をさげた。

——黒澤さまはNISA《ニーサ》制度をご存じでしょうか。

——うちは大同証券と取引してません。

——いえ、証券業界として、分担してNISA制度の説明をさせていただいてます。

——NISAとかいうのは聞いたことがある。三協証券から案内が来てた。読んでないけど。

——本年十二月三十一日をもって、上場株式等の譲渡益、配当金等に対する軽減税率が廃止され、来年一月一日以降は、適用される税率が一〇パーセントから二〇パーセントに変更されるんです。

——一〇パーセントから二〇パーセント？　ほんまかいな。

——NISA制度は『少額投資非課税制度』といいまして、口座開設をされますと、譲渡益、配当金等が、今後五年間、非課税となります。

——非課税……。そらよろしいな。

——わたしどもの大同証券でNISA口座を開設していただければうれしいですが、黒澤さまが取引されている三協証券で手続きをしていただいてもけっこうです。

——ほな、三協の窓口で訊きますわ。

——勝手ながら、わたしどもの説明を聞いていただけないでしょうか。各社分担して羽曳が丘地区をまわっているものですから。

——ま、せっかく来たんやし、話ぐらいは聞きましょ。

——ありがとうございます。よろしくお願いします。

矢代と並んで、また頭をさげた。

玄関ドアが開き、男が出てきた。でっぷり肥った赤ら顔、髪はほとんどない。黒のハイネックセーターに焦げ茶色のカーディガンをはおっている。

「黒澤です」

「羽川と申します」

「山口と申します」

名刺を差し出した。黒澤は受けとって、カーディガンのポケットに入れる。

「で、話は」

「あ、はい……」

黒澤は家に入れといわなかった。この寒いのに、玄関先で話を聞くようだ。

橋岡は手短にＮＩＳＡ制度の概略を説明した。黒澤はときおり質問を挟みながら聞く。ほんとうのＮＩＳＡには購入制限があり、非課税対象となるのは毎年百万円までの株と投信だとはいわなかった。

「――失礼ながら、黒澤さまは奥様とおふたりでこのお宅にお住まいでしょうか」

「そう、ふたりです。子供はとっくに出ていって、孫が四人いてますわ」

「お子さまは、おふたりですか」

「息子がふたりね」

　ひとりは奈良、ひとりは大阪市内にいるという。

「さっき申しました非課税期間は五年間ですが、それ以降は息子さんの名義でＮＩＳＡにお申し込みいただくと、また五年間、非課税対象になります」

「なんと、それはええ話ですな」

「息子さんは証券会社に口座をお持ちですか」

「上の息子は堅物やから株なんかせんけど、下はやってますな」

「だったらぜひ、大同証券でＮＩＳＡ口座開設の手続きをお願いしたいです」

「あんたが手続きするんかいな」

「いえ、次男さんのお名前を聞かせていただいたら、うちの支店から連絡するように申し伝えますが」我ながら口がうまい。

「芳樹。黒澤芳樹です」

「字は」

「芳しいの芳。樹木の樹」

「お勤め先は」

「公務員」

「学校の先生とかですか」

「なんか、オレオレ詐欺みたいですな」笑いながら黒澤はいう。

「それで迷惑してるんです」

橋岡も笑った。「毎日、こうして説明にあがってるんですが、話を聞いていただけないお宅が多くて」

「電話一本で金を騙しとられる人間がおるんやから、日本はおかしい。わしには信じられんね」

そういうあんたがいちばんに騙されるんや――。嗤《わら》ってやった。

「あと、ひとつだけお願いがあります」

矢代がいった。「次男さんが大同証券でNISA口座を開設されたら、わたしと羽川の営業成績になります。……次男さんは公務員とお聞きしましたが、どこか、役所にお勤めですか」

「府庁でね、都市計画とかやってるわ」

「建築課ですね」

「そう、建設局」

「府庁は、うちの天満橋支店が近いです」

「次男に会うのはかまわんけど、口座を開くかどうか分からんよ」

「そこは営業ノウハウで頑張ります」

「長々と話を聞いていただいてありがとうございました」

橋岡はいった。「失礼します」

「あんたらも大変やな。いろいろと」

「十二月はノルマがきついです」

一礼して、玄関先を離れた。車に乗り、聞いたことをメモする。

黒澤弘司（72）――。家族／妻。家／B。100T。車／ベンツS。BMW3。

長男／奈良住。株取引無。次男／黒澤芳樹。大阪府庁勤。建築課。都市計画。株取引有。

その他／弘司・話し好き・三協証券に株口座有。妻会わず。

「こんなもんか」家／Bは、AからEまでのBランク。100Tは、百坪だ。

「そんなとこやな」

「次は」

「待て」矢代は名簿を広げる。「――東一丁目五番地に特養の待機者がおる。松尾賢次。

七十八歳」

「よっしゃ。それ行こ」

メモ帳を放ってシートベルトを締めた。

松尾賢次の家は敷地が七十坪、こぢんまりした木造の一軒家だった。薄汚れた外壁のところどころにクラックが走っている。〝家／D〟だ。

橋岡はインターホンのボタンを押した。

——はい、松尾です。

女の声。

——介護施設紹介の『花陽社』から参りました羽川と申します。松尾さまは桃山台の『杏の里』に入所申し込みをしていらっしゃいますね。

——はい。決まったんですか、入所。

——いえ、『杏の里』はまだ五十人以上の待機者がいらっしゃいます。そこで、ほかにも紹介できる優良施設を松尾さまにご案内しようと、説明にあがりました。いま、お時間はよろしいでしょうか。

——はいはい、いま出ます。

少し待って庭の奥のドアが開き、白髪の女が顔をのぞかせた。

「どうぞ。お入りください」

「あ、どうも。お邪魔します」

門扉を引き、敷地に入った。女は警戒するふうもなく、橋岡と矢代を家にあげて八畳の和室に通して座布団を勧めた。

「このところ、主人の調子がわるいんです」

女はすぐに話しはじめた。「しょっちゅう咳《せき》をして、痰《たん》が絡んで苦しがるんです。一日も早う施設に入れてもらうようお願いします」

「ご主人はどちらに」

「台所の隣の部屋です」介護用のベッドを置いているという。

「奥さまがお世話を?」

「はい……」伏目がちに女はうなずく。

「失礼ですが、ご主人のご病気は」

「脳梗塞です。左半身が不自由ですけど、食べるのはよく食べてくれます」

「糖尿は」

「高いです。血糖値」

「透析とかは」

「そこまでわるくないです」

「食事のお世話とか大変ですね。お疲れでしょ」

矢代がいった。「申し遅れました。花陽社の山口と申します」

矢代は名刺を差し出した。女は両手で受けとって、

「松尾妙子です」深々と頭をさげる。

「わたしどもは介護施設入所コンサルタント業務をしておりまして、大阪府内の百二十の老人ホームや介護つきマンション分譲会社と業務提携しております」

橋岡はいい、ファイルを広げた。「この羽曳が丘地区に近い優良施設としましては、『杏の里』『悠生会』『ながいき』『夕陽丘コンド』『エンブルいずみ』『エバーグリーン富南』『すこやか会』『エミネンス応神』『光明舎』などがありますが、わたしどもと契約していただければ、以上の施設を松尾さまに優先的に紹介することができます」

「契約料はいただきません。無料です」

矢代がつづけた。「ただし、わたしどもの紹介で入所が決まった場合は、入所一時金の三〇パーセントをいただけるようお願いしてます」

「藤井寺の『エバーグリーン』と古市の『すこやか会』は申し込んでます」

松尾はいった。「でも、もう一年以上待ってます」

「それはしかたないかもしれません。どこも五十人から百人は入所待ちですから」

「おたくに頼んだら入所できるんですか」

「確約はできません」

矢代はかぶりを振った。「しかしながら、わたしどもは入所コンサルタントですから、

いろいろとルートがありますし、それなりのコネもあります。古市の『すこやか会』なら、半年以内に入所していただけるかと思います」

「その三〇パーセントて、いくらぐらいですか」

「お待ちください」

矢代はファイルを繰った。「――『すこやか会』の入所一時金は約三十万円ですから、その三〇パーセントとして九万円をご負担ください」

「九万円……」

思ったより安かったのだろう、松尾の表情がゆるんだ。「おたくと契約しても、そのお金は要らないんですよね」

「もちろん、要りません」

橋岡はいった。「入所が決まった時点で、お支払いください」

「じゃ、お世話になります」

「ありがとうございます」

ひっかかった。あとはなにを訊いてもいい。「契約書作成のため、いくつか質問があります。よろしいでしょうか」

「はいはい、どうぞ」

「同居のご家族は何人ですか」

「ふたりです。主人とわたしです」

松尾の答えを矢代が書きとめていく。

「お歳は」

「主人は七十九、わたしは七十八です」

「お子さまは」

「三人です」

長女、次女、長男だという。「長女は五十三、次女は五十、長男は四十八です」

「お名前は」

「長谷川芳子、春木和美、松尾隆弘です」

「長男さんは、会社にお勤めですか」

「はい。『ダイテツ』の岐阜支店で支店長してます」

東証一部上場の鉄鋼商事会社だ。支店長という役職をいいたかったらしい。

「みなさんのお住まいは」

「長女は高槻、次女は横浜、長男は名古屋です」

「長男さんは岐阜に単身赴任ですか」

「そうです。去年の春から」

「緊急連絡先は長男さん……松尾隆弘さんでよろしいでしょうか」

「いえ、長女のほうがいいです。高槻ですから」

「この場合、男の方にお願いしたいんです」

偽電話詐欺は息子が母親に電話するのが常道だし、詐欺グループの掛け子は男がほとんどだから、長女の情報は必要ない。「松尾隆弘さんの携帯の番号をお教えください」

「ちょっと待ってくださいね」

松尾妙子は立って応接間を出ていった。

「ちょろいな。なんでも喋りよる」矢代は嗤った。

「そら喋るやろ。おれらは掛け子とちがうんやからな」

そう、橋岡と矢代は詐欺グループに売る名簿の下見をしているにすぎないのだ。

「ニコチン切れた。煙草吸いたい」

「やめとけ。我慢せんかい」

矢代の歯は茶色だ。一日に三箱は煙草を吸う。

松尾がもどってきた。度の強そうな老眼鏡をかけ、手に小さな紙片を持っている。携帯の番号が書かれていた。

橋岡は紙片を受けとって矢代に渡した。

「松尾さまは携帯電話をお持ちですか」

「ごめんなさい。持ってません」

「パソコンは」

「使えません」

「お子さまとの連絡は固定電話ですね」

「そうです」

「固定電話の番号は」

「072・958・44××です」

「お子さまとは月に何回くらい連絡をとられますか」

「三日に一回くらいですね」長女からかかることが多いという。

「長男さんから電話は」

「めったにかかりません。二、三カ月に一回です」

「このお宅に来客は多いですか」

「そうですね……。ヘルパーさんが火曜と金曜、友だちが週に二、三回、顔を見に来てくれます」

次女が小学生だったころのPTA友だちが近所にいるという。「去年、ご主人を亡くされて、ワンちゃんと暮らしてはります。その散歩の途中で、うちに寄ってくれるんです」

「その方は、老人ホームは」

「ワンちゃんがいるから、独りで頑張るっていうてます」

「ペット同居型の介護つきマンションも紹介できます。その方を紹介してもらえますか」

「間宮さんです。間宮利恵さん。東六丁目です」

「松尾さまの紹介というてもよろしいですか」

「それはかまいません」

「ありがとうございます」

餌が増えた。「――いま、悩んでられることや、不安に思ってられることはないですか」

「主人の介護と老人ホームのことですね」

「株投資とか悪徳商法で被害に遭われたことはないですか」

「株はしませんけど、主人の投資信託はあります」

株と投信は同じものだが、区別がついていないようだ。

「――『リッチウェイ』て、悪徳商法ですか」

松尾はつづけた。十年以上前、知人に勧められて、浄水器とキッチンセットを買ったことがあるという。

「はっきり悪徳商法とはいえませんけど、『リッチウェイ』はマルチまがい商法ですね」

「浄水器とキッチンセットで五十万円も払いました」

「その値段は充分に悪徳ですわ」

この女は騙され体質だ。知り合いに勧められれば高いと思いつつも断れず、あとで悔やむのだ。

「最後に資産状況をお訊《たず》ねしますが、よろしいでしょうか。それによって『すこやか会』の入所優先順位が左右されますから」

「いや、それは多めにいうたほうがいいんですか」

「はい、正直なとこをお願いします」

「まず、訊いてください。大した財産やないですけど」松尾妙子は小さくうなずいた。

「銀行預金は」

「銀行は三つです。ゆうちょと三協と南河銀行。主人の年金はゆうちょに振り込んでもらってます」

そういう余計なことは訊いていない。額をいえ――。

「預金は三つ合わせて七百万円くらいです」

「定期預金は」

「三協銀行に千五百万円くらいあります」

「投資信託は」

「九百万円くらいやと思います」

「このお宅……土地建物はご主人の名義ですか」

「そうです」

「住宅ローンは」

「ないです。返済しました」

「このお宅のほかに不動産は」

「ありません」

「その他、金地金とかゴルフ会員権といった資産は」

「ありません」

「ありがとうございました。立ち入ったことをお訊きして申しわけなかったです」

橋岡は礼をいい、「後日、当社から契約申込書を郵送します。よくお読みになって疑問点等がなければ、署名していただいて返送してください。印鑑は不要です」

「わたしの名前でいいんですか」

「けっこうです。松尾妙子さまのお名前で」

矢代がいった。「当社も審査等で時間がかかりますので、申込書の郵送は三十日ないし四十日後とさせてください」

「もう少し早くしてもらえないですか」

「あいにくですが、当社は月に千件以上の新規申込みを抱えてますんで」

「そうですか……。良心的な会社なんですね」

「施設に入所希望された方が無事に入所されて、はじめて当社の利益が発生しますから」

しれっとして矢代はいった。橋岡と組むようになってまだ半年だが、名簿屋のマニュアルトークが板についている。

「ごめんなさい。お茶もお出ししてなかったですね」松尾は腰を浮かした。

「いえ、これから教えていただいた東六丁目の間宮さんのお宅にまわりますから」

「電話しときましょか。間宮さんに」

「すみません。そうしていただけるとありがたいです」

「消防署の裏手です。玄関の横に大きな棕櫚《しゅろ》の木が植わってる家です」

松尾妙子は老眼鏡を外して卓に置く。ドア越しにゴホッゴホッと濁った咳が小さく聞こえた。


松尾家を出た。アルトに乗る。エンジンをかけ、ヒーターを最強にした。

「あれはやられるな」橋岡は煙草を吸いつけた。

「ああ、やられる」矢代も煙草をくわえてライターを摩《す》る。

「騙しのトークまで見えるようやで」

「株か」

「そう、株や」

ある日、松尾妙子に電話がかかる――。

母さん、おれ。隆弘――。ああ、隆弘……。どうしたん？　声がちがうようやね――。ひどい風邪ひいてるんや。喉にきた――。気ぃつけなあかんで。このごろの風邪はひどいから――。実は母さん、頼みがあるんや――。なに？　頼みて――。うちの岐阜支店の総務課長が帳簿に穴あけた。支店の剰余金で投資信託買うてるんやけど、それが暴落してな、いまのとこ、三千五百万の損失や――。えらいことやんか――。部下のミスは支店長の責任や。本社に知られたら、おれの立場が危うい。総務課長とおれで二千六百万ほどかき集めたんやけど、まだ九百万足らん。母さん、助けて欲しいんや――。九百万円はないけど、七百万円やったら銀行にあるけど――。ちょっと待って。総務課長に代わるから――。

支店長にはいつもお世話になっております。総務の宮本と申します。はい、初めまして――。申しわけありません。わたしの運用がまずくて、こんな事態になってしまいました。実を申しますと、この××日が本社の監査で、それさえ乗り切ったら、お母さまに都合していただいたお金は、他の剰余金を取り崩して返済できます。……監査の日だけでもかまいません。岐阜支店の口座に所定の預金があれば、支店長にご迷惑をおかけすることはありません。どうか、支店長とわたしを助けてくださるよう、お願いします――。分かりました。どうしたらいいんですか――。支店長から伺ったんですが、お母さんは複数の銀行に預金を分散されてるんですよね――。はい。三つの銀行です――。ご足労ですが、いまから通帳と印鑑を持って銀行に行っていただけないでしょうか――。分かりました。行きます――。引き出したお金は大きめの茶封筒に入れて、ガムテープで封をしてください。わたしは堺支店に連絡を入れて、総務課員をひとり、そちらに向かわせますから、「これは書類です」といって、課員に渡してください。くれぐれも気をつけていただきたいのは、課員が金を受けとったと知ると、岐阜支店の損失が本社に知られてしまいますから、その点だけはよろしくお願いします――。分かりました。お金やと分からんように札束を平たく並べて封をします――。それともうひとつ。銀行で多額のお金をおろしたら、窓口係がお母さんに声をかけるかもしれませんが、そのときは「リフォーム資金です」といってください。そうしたら怪しまれません――。ご丁寧にありがとうございます――。堺支店の総務課員は鎌田利夫といいます。名前を確認してから渡してください――。鎌田さんにはどこでお会いしたらいいですか――。藤井寺駅前の三協銀行の近くでいかがでしょうか。どこか、お母さんの分かりやすいところをお教えください――。じゃ、三協銀行の並びにハンバーガー屋さんがあります。コーヒーも飲めます――。店内ではなくて、ハンバーガーショップの店先で鎌田に会ってください――。何時に行けばいいですか――。午後三時にお願いします――。分かりました。午後三時、鎌田利夫さんですね――。ありがとうございます。支店長に代わります――。母さん、助かった。ほんと、ごめんな――。なにをいうてんの。あんたのためや――。このことは誰にもいわんようにな。クビがかかってるんやから――。うん、いわへんよ――。ほな、頼むわ――。

そこで電話は切れる。一丁あがりというわけだ。

「橋やん、どないした。ボーッとして」矢代がいった。

「いや、トークを考えてた」ウインドーをおろして煙草の灰を落とした。

「いっそ、掛け子になったらどうやねん。金、稼げるぞ」

「おれは名簿屋のパシリでええ。ほんまもんの詐欺師にはなりとうない」

そう、名簿の下見が詐欺罪で立件されることはない。ただ、名簿に掲載された人物からいくつかの情報を得ただけだ。橋岡と矢代が下見をして、これは騙せる、となった〝優良案件〟は、ボスの高城がひとつの名簿にまとめて詐欺グループに提供する。その提供は譲渡ではなく、成功報酬の一〇パーセント前後の歩合制だ。高城はむかし、ひとりでやっていた名簿屋だが、橋岡たちが下見をするようになって、稼ぎが何倍にも増えた。高城はまた、詐欺グループの番頭とつながって〝手渡し集金〟の差配もし、ふれあい荘の住人を受け子にして金を掠《かす》めているが、住人は高城が受け子の黒幕だとは知らない。日頃、住人と接するのは橋岡であり、住人の多くはふれあい荘のオーナーが高城政司というNPO法人の代表者であることすら知らないのだ。

「なぁ、橋やん」

真顔で、矢代はいう。「金の受けとりて、ヤバいんか」

「オレ詐欺の受けとりか」

「ああ、そうや」

「このごろは、けっこうヤバいな。こないだ、ミナミでやったときは、標的《マト》を難波から戎橋筋商店街を歩かして道頓堀まで引っ張ったけど、結局は諦めた。標的のようすが妙に落ち着いてるし、刑事臭いやつが何人か、まわりを囲んでた。それでやめたんや」

「標的はどんなやつや」

「ちんちくりんの婆さんやった。七十五、六の」

「なんぼ持ってたんや。婆さん」

「五百二十万。立売堀の銀行から、おれはずっと婆さんを尾けた」

「五百二十万を途中で諦めたんは惜しいな」

「惜しいとは思わんな。婆さんは赤いバッグ提《さ》げてたけど、あんなもん、中身が札束か新聞紙の束か、この眼で見るまで分からん。君子危うきに近寄らず、や」

「橋やんは君子かい」鼻で笑われた。

「おまえ、ひょっとして受け子をやりたいんか」舌打ちした。

「受け子のリーダーをしたいんや。金になるんやろ」

「いつでも代わったるぞ。高城のおっさんに、そういうたろか」

「もし五百二十万を騙しとったら、橋やんはなんぼほどもらうんや」

「いちおう、五パーセントいう約束や。……五百二十万なら二十六万か」

高城から三十万ほどもらって受け子に四万を渡す。そういうパターンだ。

「ほんの一時間で二十六万は美味しいな」

「受け子が捕まったら、芋づるでおれも逮捕される。どえらいリスクを負うてるんやぞ」

「橋やんは手錠かけられても喋らんのか、高城のこと」

「ま、そのつもりや。いまんとこはな」

高城を刺したところで橋岡にはメリットがない。不起訴になるのならまだしも、減刑すらないだろう。なら、シラを切りとおして、出所したあと高城から慰謝料をふんだくるほうがマシだ。

「高城のおっさんはどれくらい抜いとるんや」

「名簿で一〇パー、金の受けとりで一〇パー……。二〇パーセントは抜いとるな」

「くそったれ。ひとの褌《ふんどし》で相撲とりくさって、二割もか」

「ほんの十年前まで、あのおっさんはしがない名簿屋やったんやで。それがどうや、オレ詐欺につるんでからは飛ぶ鳥落とす勢いやないけ」

　五年前、高城は釜ヶ崎に敷地六十坪、五階建のアパートを買ってＮＰＯ法人を設立し、生保《ナマポ》の連中を囲い込んで貧困ビジネスに参入した。橋岡が高城に雇われたのがその一年後で、橋岡は家賃の集金や貸し金の取り立てを任された。そうして二年後、高城は矢代を雇って名簿の下見をするようになり、オレ詐欺グループとより深く関わって、受け子の差配にまで手を染めた——。

「おれが高城を知ったころは中古のクラウンに乗ってた。それがあっというまにBMW、アウディと乗り換えて、いまはベンツのSクラスやで。NPOのオヤジがスモークガラスのベンツに乗ってどないするんや。あのボケは世の中を舐《な》めとる」

「橋やん、なんでおっさんと知り合うたんや」

「なんや、知らんかったんか」

「聞いてへんもんは知らんやろ」

「釜ヶ崎の立ち呑み屋で会うたらしいけど、おれは憶えてへんのや。朝、ドヤで眼が覚めたら、上着のポケットに名刺が入ってた。〝NPO法人　大阪ふれあい運動事業推進協議会代表　高城政司〟……。裏に〝管理人求む〟と書いてあった」

その日の仕事にあぶれた橋岡は電話をかけてみた。高城が出て、面接に来い、といわれた。固定給が二十万だという。橋岡は萩之茶屋商店街へ歩いて高城の事務所へ行った。

「胡散《うさん》臭いおっさんやった。派手なストライプのジャケットにだぶだぶのゴルフズボンで、頭はヅラや。ふんぞり返って偉そうに喋りくさるから極道かなと思たけど、そうでもないらしい。釜ヶ崎にアパート持ってるというたから、ぴんと来た。日雇い連中を食い物にしてる半堅気やとな」

「橋やん、見込まれたんやな。立ち呑み屋で」

「そんなんやない。立ち呑み屋の客でいちばん若かったんが、おれやったんや」

即採用と決まり、ふれあい荘の一室に入居したが、家賃はタダではなかった。ワンルームでバストイレつき。月に四万五千円は高いが、それまでのドヤ暮らしを思うと、文句はいえなかった。仕事は家賃の集金やアパートの保守管理で、週に二回のゴミ出しや電気、水道、ガスの点検は大した労働ではなく、パチンコや競輪で暇をつぶした。

「おっさんはアパートの連中相手に闇金もしてた。おれはその手伝いもするようになったんや」

「橋やんのことを信用できると思いよったんやな」

「クソに信用されても値打ちはないで」

サイドウインドーをおろして煙草を捨てた。路上に火花が散る。

「橋やん、おれがなんで高城んとこに来たか知ってるか」

「知らんな」興味もない。

「おれは保護司の紹介で来たんや」

「へーえ、そうかい」

「玉出の乾物屋のオヤジや。高城のおっさんとは中学がいっしょやとかいうてた」

「そのオヤジは高城の正体を知ってんのか」

「知らんから、おれを『ふれあい』で働かすように頼みよったんや」

「要らん節介を焼くやつがおるんやな」

「ええ気なもんやで。本人は人助けのつもりや」

「おまえ、仮釈はとれたんか」

「来月や。あとひと月できれいさっぱりする」

矢代が仮釈放の身だということは知っていたが、どんな犯罪をおかして何年の刑を打たれたかは訊かないようにしてきた。矢代はまだ二十二だ。長めの髪で隠しているが、左の側頭部に五センチほどの刃物傷があり、左の肩には牡丹《ぼたん》のタトゥーが入っている。矢代は組織の一員――盃はもらっていない――だったのかもしれない。

「橋やん、今日はどないするんや」矢代も煙草を捨てた。

「さっき聞いたやないか。間宮いう家に行く」

「間宮で下見したら、あとは博打《ばくち》をしようや」

「なんの博打や」

「賽本引《さいほんび》き」

「賭場か」

「行ったことあるか」

「ない」

仲間うちのサイコロや裏カジノは経験があるが、本式の賭場は行ったことも見たこともない。「——どこや、賭場は」

「常盆《じょうぼん》とちがう。約日《やくび》の盆や」

「なんのこっちゃ、それ」

「知らんのかいな」

常盆は、毎日開いている賭場。約日の盆は、週に一回とか、十日ごととか、一定の日を決めて開帳する賭場だと、矢代はいった。「今日が、その約日なんや」

「おまえ、しょっちゅう行ってんのか。約日の盆とかいうのに」

「めったに行かへん。月に一回しかやらんからな」

「場所は」

「分からん」

「分からんとこに、どうやって行くんや」

「タマリいうてな、集合場所があるんや。タマリで待ってたら、若い衆が車で迎えにきてくれる」

「そいつはヤクザか」

「もちろん、ヤクザや。下っ端のな」

今日のタマリは新世界の『コンドル』というパチンコ屋だと、矢代はいう。「時間は八時。パーラーで待つんや」

「八時まで時間があるぞ」

ダッシュボードの時計を見た。四時すぎだ。

「新世界で飯食うてパチンコでもしよ。『コンドル』で」

「賭場はええけど、もろた給料、みんなスッてしまいそうやな」

「ヒット・アンド・アウェイや。十万勝ったら洗うたらええ」

「おれは二十万で洗う」見栄でいった。

「えらい欲どぉしいな」

「博打は欲と気力やろ」

「橋やんのいうとおりや」

さもおかしそうに矢代は笑った。

「行こ。間宮の家」

シートベルトを締めた。

※　※

大正区三軒家南——。環状線大正駅から西へ三百メートルほど行った川沿いの街だった。木造モルタルの家と集合住宅が密集している。

「ゆーちゃん、停めてくれ」

佐竹は車外に出た。電柱の住所表示を見る。《3－2》とあった。和歌山で聞いた橋岡恒彦の住所は〝3の2の18の303〟だった。

「このあたりや」

湯川にいうと、車を脇に寄せて降りてきた。

「そのアパートがそうとちがうか」

佐竹は指を差した。「ちょうど三階建や」

狭い敷地いっぱいに建てられたこぢんまりした建物だ。道路側にだけ白いタイルを張っている。鉄骨階段の柱に《大正ハイツ》のプレートが取り付けられていた。

佐竹と湯川は階段をあがった。カンカンと靴音が響く。建物の奥行きは短い。

三階、外廊下。鉄扉が六つ並んでいる。たがいの間隔が狭いから、中はおそらくワンルームだろう。303号室のドアに差し込まれたプラスチックの表札には、《矢代》と書かれていた。

「これはどういうことや。まちがいか」

「年賀状にでたらめの住所は書かんでしょ」

「くそっ……」

三階から一階まで表札を確かめながら降りた。十八室のうち五室はたぶん空き室で、〝橋岡〟の表札はなかった。

「どこかに郵便受けがあるはずやな」

「そうですね」

一階の階段裏にステンレスのメールボックスがあった。暗くて字が読めない。湯川がライターの火を点《っ》けた。

３０３号室のプレートは《矢代穣》だった。その下に小さく《橋岡》と書かれている。

「ビンゴや。ゆーちゃん」

ホッとした。３０３号室に入居しているのは矢代という人物で、橋岡恒彦は郵便物の受けとりにだけこの住所を使っているらしい。矢代穣を特定する必要がある。

湯川は１０１号室のチャイムを押した。ほどなくしてドアが開き、学生風の若い男が顔をのぞかせた。

「すんません。ちょっとよろしいか」

「なに?」男は指で眼鏡を押しあげた。

「大正駅の近くでアパート探してるんやけど、ここはワンルームやね。広さはどれくらいですか」

「八畳くらいかな。バス、トイレは別で」

「台所は」

「小さい流しとコンロ台がついてる」

「ラーメンぐらいは作れそうですな。……大家さんはどこですか」

「この先の商店街の福島いう電器屋」

「福島さんね。……いや、ありがとうございました」

湯川は一礼してドアを離れた。


三軒家商店街──。『パルショップ　FUKUSHIMA』は間口四間ほどの小さな家電販売店だった。液晶テレビ十数台と掃除機や炊飯器、照明器具などが展示されている。佐竹と湯川をみとめて、小肥りの四十男が近づいてきた。

「すんません。客やないんですわ」

湯川は手帳を提示した。男は徽章《きしょう》に眼をやって、

「刑事さん……」驚いたようにいった。

「福島さんは大正ハイツのオーナーさんですよね」

「そうです」

「二、三、お訊きしたいことがあります。ご協力ください」

湯川は手帳をしまって、「303号室の矢代穣さんですが、契約申込書とか入居者名簿はお持ちですか」

「あります。もちろん」

「見せていただけませんか」

「すみません。刑事さんのお名前は」

「湯川です」

もう一度、湯川は手帳を見せた。福島は湯川の身分証を確認して奥へ行き、キャビネットからファイルを出してきた。カウンターに載せて広げる。

「これです。〝303〟の矢代さん」

賃貸借契約書の日付は平成二十五年三月二十日で、添付された履歴書には顔写真が貼付されていた。長髪、薄茶色のセルフレームの眼鏡、眉が薄く顎の尖った、いまどきの若者だ。矢代穣は平成三年八月四日生まれで、住所は『滋賀県高島市泉滝沢103—12』、携帯番号は『080・4233・78××』。連帯保証人は『高城政司』で、住所は『大阪市西成区萩之茶屋3—2—28』。矢代穣の勤務先は『NPO法人　大阪ふれあい運動事業推進協議会』で、その住所は高城政司のそれと同じだった。

「矢代さんはどういう経緯で入居されたんですか」佐竹は訊いた。

「大正通の不動産屋の紹介ですわ」

矢代本人に面接したことはない、不動産屋が入居申込みの書類を持ってくれば印鑑を押し、入居に立ち会うこともない、と福島はいった。

「家賃は銀行振込みにしてもろてるし、アパートの補修や清掃は業者に委託してます。入居者の顔を見ることはめったにないんです」

「家賃の振込みはいつです」

「毎月の初めですわ」

「矢代さん、家賃が遅れたことは」

「ないと思いますよ。遅れたら、うちのよめが集金に行きますから」

「大正ハイツに契約駐車場はあるんですか」

「契約はしてないけど、車を持ってる入居者は公園裏の『野口モータープール』で車庫証明をもろてますね」

「この賃貸契約書と履歴書、コピーしてもろてもよろしいか」

「うちはコピー機ないんですわ」

　福島は首を振る。電器店にコピー機能つきのファクスがないはずはないが、協力したくないらしい。湯川がメモ帳を出して契約書と履歴書の事項を書き写しはじめた。

「さっき、大正ハイツのメールボックスを見てきたんですけど、３０３号室の矢代さんの名前の下にマジックで〝橋岡〟いう名前が書いてありました。心あたりはないですか」つづけて佐竹は訊く。

「橋岡？　知りませんね」

「ワンルームにふたりが居住してるようなことは」

「それはないでしょ。もし住んでたら、契約違反で即退去です」

「大正ハイツの家賃はいくらですか」

「共益費を入れて五万二千円です」

駅から歩いて二、三分のアパートが、月に五万二千円というのは高いのか安いのか。相場より安ければ満室になっているだろうが。

湯川がメモを書き終えた。佐竹に向かってうなずく。

「どうも、お邪魔しました」

佐竹は頭をさげた。踵《きびす》を返す。

「矢代さん、なんかしたんですか」呼びとめるように福島は訊いた。

「犯罪容疑やない。ただの訊込みですわ」

いって、店をあとにした。


車に乗り、ナビを見た。大正ハイツの西、百メートルほど行ったところに『P』のマークがある。隣は児童公園。福島のいった〝野口モータープール〟だろう。

「矢代は車なんか持ってますかね」

「ま、持ってないやろな」

佐竹はシートベルトを締めた。

「念のためや。あたってみよ」

「そうですね」

湯川はエンジンをかけて走り出した。

野口モータープールは二方にフェンスを巡らせた敷地百五十坪ほどの月極駐車場だった。通路の両側にスレートのルーフが立ち、車が十台ほど鼻先をこちらに向けて駐められている。出入り口の横に《車庫証明承ります》とあり、電話番号が書いてあった。

佐竹は電話をした。

──はい。野口です。

──ちょっと、お伺いします。いま、モータープールの前におるんですけど、そちらさんにはどう行ったらいいですか。

──あの、ご用件は。

──駐車契約のことでお訊きしたいんです。

──そこから右のほうへ行ってください。四つ角を越えたら郵便局があります。その隣の家です。

──了解です。すぐ行きます。

電話を切った。

野口家の前に車を駐めた。佐竹は降りて、インターホンのボタンを押す。はい、と返事があった。

——いま電話した者です。

——はい、どうも。

ドアが開き、赤いセーターの女が現れた。

「府警特殊詐欺捜査班の佐竹といいます」

手帳を見せた。女は訝《いぶか》しげに、

「なんでしょう」

「野口さんのモータープールに、大正ハイツの居住者で矢代というひとが車を駐めてないか、お訊きしたいんです」

「大正ハイツの矢代さん……」

女は下を向き、視線をもどした。「はい、駐めてはります」

「あ、そうでしたか」

期待していなかっただけに、ハッとした。やりとりを聞いて、湯川も車から降りてきた。

「車はなんです」佐竹は訊いた。

「軽四です。白の」

「車種は」

「ごめんなさい。詳しくないんです」

「車のナンバーとか分かりますか」

「それは分かります」

「お教え願えますか」

「はい。待ってください」

女は家に入り、ほどなくして出てきた。手にクリアファイルを持っている。

「これ、矢代さんの書類です」

ファイルを受けとった。車検証のコピーと駐車契約申込書が入っていた。

車種はアルト、所有者は高城政司だった。駐車契約の日付は平成二十五年の五月一日で、借主は矢代穣。矢代の住所は大正ハイツになっていた。

「駐車場代は月にいくらですか」湯川が訊いた。

「三万円です。屋根つきなので」

「賃料は矢代さんが持ってくるんですか」

「そうです」

「どんなひとですか、矢代さん」

「感じのいいひとです。まじめそうで、きっちりしてて」

駐車場代の支払い日は月末だが、受けとりが遅れたことは一度もないという。

「なるほどね。好青年ですな」

「矢代さんのこと、調べてはるんですか」

「矢代さんは被害者ですねん。車上盗の」

偽電話詐欺の被疑者だとはいえない。「今後の捜査もありますから、我々が来たことはいわんようにお願いします」

「はい、いいません。誰にも」言葉を飲み込むように女はうなずいた。

「手間をとらせまして、すんませんでした」

ファイルを返して、車に乗った。

5

特殊詐欺合同特別捜査班に帰着したのは七時前だった。班長の日野に今日の行動を復命し、矢代穣と高城政司のデータ照会を依頼する。

「矢代の生年月日は平成三年八月四日です。高城の住所は西成区萩之茶屋三の二の二十八で、ＮＰＯ法人、大阪ふれあい運動事業推進協議会の代表やないかと思います」

対象者の氏名と生年月日が分かり、犯歴があれば個人データはとれる。高城が佐竹の読みどおりＮＰＯ法人の代表なら、これもデータはとれるだろう。

「分かった。照会する」

日野はいった。「そのあいだに、飯食うてこい」

「了解です。三十分でもどります」

「もっとゆっくりでもええぞ」

「ほな、四十分で」

「九時までに帰ってこい」

日野はパソコンから視線を離さず、そういった。


府警本部を出て谷町筋のうどん屋に入った。佐竹は五目飯とてんぷらうどん、湯川はいなりずしときつねうどんを注文した。

「いちいち面倒なこっちゃ。データひとつ取るにも上司に頼まないかん。むかしは照会センターに警電一本入れたら、取り放題やったんやで」

そう、いまは個人情報の管理が厳しくなり、府警データ照会センターにアクセスできるのは管理職だけになった。それでも毎年のように警察官による情報流出事犯が発覚し、関係者が起訴、懲戒処分を受けている。

「佐竹さん、マル暴が長かったんですよね」

「河南署から機動隊に異動して、そのあと鳳《おおとり》署の暴対に配属された。そのときの上司が

「本部四課にスカウトされて、おれもついでに引っ張られたんや。人事はコネとヒキで動くからな」

「本部四課にあがったときはうれしかったですか」

「そら、うれしいやろ。支社勤務よりは本社勤務や。まわりの眼がちがう」

しかしながら、四課の班長はヤクザに輪をかけたようなアナクロ体質で、なにかといえば精神論を振りかざし、佐竹とは合わなかった。特殊詐欺捜査班が組織されると知ったとき、班で真っ先に手を挙げたのは佐竹だった。

「ゆーちゃんはなんで本部にあがったんや」

「それが分からんのですわ。別に異動願を出してたわけでもないし、いわれるままに来たんやけど、いま思たら、豊島《てしま》署の課長に嫌われてたんかもしれませんね」

五目飯とてんぷらうどんが来た。佐竹は箸を割って、

「ゆーちゃんみたいな、できた部下を出すのは、課長が無能やったんとちがうんか」

「おれはできてませんて。要領わるいし、べんちゃらのひとつもよういいません」

湯川はいなりずしをつまみ、きつねうどんを食う。

「媚《こ》び諂《へつら》いをせん人間は上に嫌われるわな」

「課長の家の新年会、行ったことなかったんですわ」

「それがあかんのや。歳暮くらい送っとけ」

五目飯は醬油味がきつい。鶏もぱさぱさしている。いなりずしにすればよかった。

「うちの班長、ものいいませんね。なにを考えてるんか、もひとつ分からん」

「あれは堅物や。おれの見るとこ、まじめすぎて幅がない。その分、要らん気を使わんでもええけどな」

「部下は選べても、上司は選べんのですね」

「おれもゆーちゃんも、部下なんぞおらんがな」

不味《まず》い五目飯を搔き込み、うどんの汁を飲んだ。


うどん屋の近くのスターバックスでコーヒーを飲み、刑事部屋にもどると、日野はデスクでカップ麵を食っていた。

「どうも。お世話さまです」

「データ、取ったぞ」

日野はカップを脇にやって、「高城政司は名簿屋、矢代穣は半グレや」

Ａ４のコピー用紙を二枚、デスクに広げた。

「名簿屋いうのは……」

「平成十二年に電磁的記録不正使用で書類送検、平成十六年に不正アクセス禁止法違反で有罪、執行猶予判決を受けてる。平成十二年の不正使用は、先物投資会社に千二百人分の大手企業退職者名簿を売って発覚した」

「前科二犯。ばりばりの犯罪者やないですか」

「NPO法人、大阪ふれあい運動事業推進協議会の設立は平成二十年の三月。高城はその年の一月、西成区萩之茶屋一丁目に五階建の集合住宅を登記してる。高城はNPO法人を隠れ蓑《みの》にして、集合住宅に西成の労働者を囲い込んだんやろ」

「名簿屋は平成十六年の有罪判決で足を洗うたんですかね」湯川がいった。

「それはないやろ。いまは巧いこと立ちまわっとるんや」

「高城政司を洗いますわ」

「徹底的にやれ」

「矢代穣の犯歴は」

「立派や。橋岡恒彦よりずっとひどい」

日野はコピー用紙を指で突いた。

犯歴該当者
住居――大阪市生野区喜多西4丁目10番17号
氏名――矢代穣
平成3年8月4日生

犯歴——平成18年9月19日　大阪市今里警察署
道路交通法違反（暴走）
平成19年5月5日　大阪市高津警察署
窃盗　道路交通法違反（暴走）
平成21年10月7日　東大阪署
暴行　傷害
平成22年12月23日　堺中央署
詐欺　恐喝　競売等妨害　強制執行妨害

「こいつは暴走族から半グレにシフトしたんですね」と、湯川。

「平成二十一年の暴行傷害で少年院。平成二十二年の詐欺その他で実刑や」

「刑期は何年です」

「三年や。今年の二月、仮釈で出てきた」

矢代は出所後、高城に連絡をとり、大正ハイツに入居したのだろう、と日野はいった。

「高城はオレ詐欺の名簿屋。矢代と橋岡は受け子ですか」

「橋岡は受け子やけど、矢代はどうや分からん。ふたりとも、高城に使われてるのはまちがいないけどな」

日野はいって、「橋岡と矢代は大正ハイツに住んでるんか」

「それはないと思いますわ。八畳のワンルームやし」

「橋岡のヤサを突きとめんといかんな」

「明日から高城のＮＰＯの事務所を張りますわ。橋岡と矢代が出入りするはずです」

「高城が所有してる萩之茶屋一丁目の集合住宅も調べてくれ」

「了解です」

「大正ハイツは関本と大森に張らせる」

独《ひと》りごちるように日野はいい、椅子にもたれて首を揉みはじめた。

※　　※

新世界――。『コンドル』のパーラーで迎えを待った。シートに座って煙草を吸ったり、缶コーヒーを飲んでいるのは、橋岡と矢代のほかに男が九人と女が三人だが、そのうち何人が賭場の客かは分からない。男はみんな橋岡より年上で商店主ふう。女は若いが、三人とも水商売だろう。

「この博打、胴元はどこや」矢代の耳もとで、橋岡は訊いた。

「ああ、それな……」

矢代はひとつ間をおいて、「ほかにはいうなよ。鶴見橋の白燿会《はくようかい》や」低くいう。

「白燿会……。聞いたことないな」

「川坂会の枝の枝や。兵隊は十人ほどかな」

「いまどき、博打で十人もの組員は食えんやろ」

「そら、食えるわけない。シノギはたぶん、これや」

矢代は腕に注射を打つふりをした。

「ほな、賭場でやるやつもおるんか」

「盆布《ぼんぎれ》の前で打ったりはせんけど、トイレで打つやつはおるわな」

「約日の盆とかいうのは、誰に教えてもろたんや」

「おれの連れや。〝年少〟のな。初めはそいつに誘われた」

連れは矢代といっしょに一度、賭場に行ったきり姿を消した。博打に大負けして白燿会に追い込みをかけられ、東京あたりへ逃げたのだろうという。

「大したトロやない。せいぜい三、四十万や。それで飛ぶんやから世話ないわ」

「トロて、なんや」

「盆の借金や」

「トロとかタマリとか、いろんな符牒があるんやな」

「橋やんもすぐに憶えるわ」

「タマリはここだけか」パーラーにいる連中を横目で見た。どいつもこいつも胡散臭い。

「ほかにもある。このあたりのパチンコ屋とか喫茶店がそうや」

「女も博打するんか」

「あたりまえやろ。お水や風俗のねえちゃんはむちゃくちゃ張りよるで」

「いっぺんに二、三万、張るんか」

「宵の口はそうでもないけど、明け方になったら十万でも行きよる。そういうやつはたいがい、体中にシャブがまわっとるわ」

「シャブ中の博打はきついやろ」

「眼が血走ってぴりぴり震えとる。人間のクズや」

吐き捨てるように矢代はいう。パチンコで二万円も負けて機嫌がわるい。


午後八時、革のフライトジャケットにジーンズの男がパーラーに来た。お待たせです――、と小さくいう。それに応えるように腰を浮かしたのは、勤め人ふうの男ひとりを除く十三人だった。

フライトジャケットにつづいて『コンドル』を出た。堺筋へ歩く。恵比須町の交差点のそばに白いハイエースが二台、駐められていた。

「定員は十人やし、分かれて乗ってくれますか」

いわれて、橋岡と矢代は前のハイエースに乗った。ドライバーは角刈りの五十男だ。車内は薄汚れて煙草の臭いが染みついている。このハイエースは普段、釜ヶ崎の寄場で日雇い労働者を集めて飯場に連れていくための車だろう。

「橋やん、なんぼ持ってきたんや」矢代は煙草をくわえ、シートの灰皿を引き出した。

「二十ほど持ってるけど、足らんか」

「上等や。二十を五十にしたれ」

「おまえはなんぼ持ってきた」

「おれは三十。百にしたら洗う」

車体が揺れて動きだした。堺筋を南へ向かう。

「勝てるんか。ホンチャンの賭場で」橋岡も煙草を吸いつけた。

「博打はめりはりや。ツイたら押す、流れがわるかったら退く。それだけや」

「いままで、勝ってんのか」

「負けとるわ。テラ銭負けや」

「どんなテラや」

「六分の五・六とか、六分の五・八やな」

「意味が分からん」

「サイコロの目は一から六やろ。二点張りしたら確率は三分の一。六千円張って当たったら、五千六百円とか五千八百円がもどるんや」

「ということは、ひと勝負につき、三パーセントから六パーセントほどのテラか」

「橋やん、電卓みたいな頭やの」

「これでも算数はできたんや」

ハイエースは堺筋から国道26号に入った。玉出から粉浜、住之江を走る。

「どこまで行くんやろな」大和川を越えれば堺だ。

「けっこう遠いとこへ行くぞ。おれは岸和田とか泉南に行ったことがある」

「賭場は旅館とか別荘か」

「旅館はないな。岸和田に行ったときはゴルフ場の近くのログハウスやった」

フライトジャケットが車内の客にカップ酒と缶ビールを配りはじめた。橋岡はビールをもらってプルタブを引く。よく冷えていた。

「サービスええな」

「酔わして大張りさせようとしとんのや」

矢代はルーフに向かってけむりを吐いた。

ハイエースは堺泉北道路の高架をくぐり、和泉市に入った。一キロほど行って左折する。阪和線の信太山《しのだやま》駅をすぎて府道を行くと、あたりは住宅街になり、《信太山青少年野外活動センター》の案内看板が見えた。

急傾斜の坂をつづら折りに上り、車は砂利道に入った。突きあたりのゲートを抜けて広場に停まる。後続のハイエースも停まった。

橋岡たちは車外に出た。月明かりに、三角屋根に煙突のついた建物がシルエットで浮かぶ。小さな玄関灯がともっているだけで、窓はどれも真っ暗だ。

「足もとに気ぃつけてください」

フライトジャケットが先導して建物の階段をあがり、ドアを開けた。玄関は広く、タイル敷きの三和土《たたき》に革靴とヒールが十足ほど並んでいた。先客がいるようだ。

靴を脱ぎ、廊下にあがった。足裏がひんやりする。スリッパはない。

「どうぞ。こっちです」

フライトジャケットが右のドアを開けた。中は明るい。二階まで吹き抜けになった三十畳ほどのワンルームで、奥が一段高くなり、カーペットに晒《さらし》の布が敷かれて、周囲に十数人の男女が腰を据えていた。窓という窓は段ボールで目張りをされ、たちこめる煙草のけむりで視界が白くかすんでいる。

さあ、張った、張った、ええかな、ええかな、できたかな——。黒いTシャツを着た若い衆が声をかけ、晒を囲んだ男女が札を伏せる。張り客の正面には藍の作務衣《さむえ》の男が正座し、膝に拳をおいてじっと眼をつむっている。

「橋やん、突っ立てんと座れや」

矢代にいわれてテーブルの椅子を引き、座った。

「ここ、貸し別荘みたいやな」

家具が少なく、暖炉のそばに薪《まき》がない。テレビは液晶だが、画面が小さい。

「いまどき貸し別荘なんぞ流行《はや》れへんから、安う借りるんやろ」

「しかし、こんなに客が多いとは思わんかったな」

「どいつも端金《はしたがね》しか持ってへんからな。人数を集めんとあかんのやろ」

「あの晒が盆布というんか」

「おう、そうや」

矢代はうなずいて、「盆布は汚れてるほど縁起がええ。ガサ入れがなかった証拠や」

「へーえ、そういうことか」

テーブルに置かれた鮨桶《すしおけ》からトロとウニをつまみ、醤油をつけて口に入れた。鮨飯がほろりとくずれて旨い。矢代が瓶ビールの栓を抜いてグラスに注ぐ。

「あの作務衣のおっさんが胴師。両隣で、張った、張った、いうてるのが合力。胴師の前に横に並んでる木の札がモク札いうて、いままでの出目を客に示してる。胴師の後ろに控えてる黒スーツのおっさんが帳付いうて、配当やテラの計算したり、貸し金の帳面付けをしてる」

「ほな、あの茶碗はなんていうんや」胴師の膝前に大振りの茶碗が伏せられている。

「あれは賽つぼ。千円札を十枚、二つ折りにして輪ゴムでとめてるのは、ズク」

そこへ、勝負、と合力の声があがり、胴師が賽つぼを開いた。賽子《さいころ》がふたつ見える。五と三の二――。合力がいった。

「なんで、五と三が二なんや」

「賽の目が五と三で八。そこから六を引いたら、二や」

「賽子をふたつ使うとは思わんかったな」

「賽子ひとつやったら、サマがやりやすいやろ。それでふたつや」

「サマて、イカサマのことか」

「橋やん、いちいちおれに訊かんでも、サマぐらい分かるやろ」

さも面倒そうに矢代はいい、グラスのビールを飲みほした。

橋岡と矢代が盆布の前に座ったのは九時半だった。まずは矢代が張り、橋岡は見《ケン》をする。賽本引きの子の賭け方は一点張りから四点張りまであり、子札の配置によって、二点張りは、サブロク、グニ、ケッタツ、三点張りはクイチ、ロクサンピン、ヤマポン、四点張りはウケ、トンパチ、テナミと呼ばれる。その配当はやたら複雑で、橋岡は見をしていてもなかなか理解できない。ただ、ひと勝負につき、五パーセントほどのテラはとられていると、おぼろげながらに理解した。

矢代の張りは好調だった。ウケのアタマとクイチのソデがたてつづけに当たり、ズクが二十あまり膝前に積まれた。矢代は勝負に出てズクを五つロクサンピンに張り、アタマが当たってズクを十、もらった。

「すごいやないか、おい。三十万も勝ってるぞ」

「パチンコに負けたんがよかったんかもな」

矢代はにやりとして、「そろそろ、橋やんも行ってみいや。おれの真似して張れ」

いわれて、橋岡もズクをひとつウケに張った。きれいに外れて、とられた。

取りもどそうと、ズクをふたつクイチに張った。これも外れて連敗する。熱くなってズクを三つに増やしたら、あっけなく負けた。

「橋やん、行きすぎや。流れのないときは見《ケン》せんかい」

「ああ、分かった」

立って胴前を離れた。トイレに行って放尿し、顔を洗う。鏡に映ったのは無精髭、眼の落ち窪《くぼ》んだ生気のない顔だ。おいおい、こんな不景気なツラして勝てるわけないぞ——。自分に言い聞かして盆にもどった。テーブルに座り、鮨をつまむ。世話役の若い衆がインスタントの赤だしを作ってくれた。

「兄さん、あんた、初めてですか」

若い衆が話しかけてきた。

「うん、初めてや。こんな本物の賭場は」

赤だしをすすった。「熱っ」

「わるい、わるい。ビール飲んで」

グラスにビールを注いでくれる。一気にあおって舌を冷やした。

「しかし、ぎょうさんいてるな、客」ざっと数えて、十七、八人はいる。

「おかげさんで、今日は多いですね」

にきび面、細く切りそろえた眉、若い衆は耳にガラス玉のピアスをしている。まだ二十歳前か。

「みんな、一本くらい持ってきてるんかいな」

「そんな太いお客は四、五人ですやろ。あとはちびちび遊んではる」

「あのひとが胴元？」

矢代に教えられた〝帳付〟を見た。脇のみかん箱にズクが山になっている。

「いや、おやっさんは盆に顔出さんのが定《き》めですねん」

おやっさんとは、組長のことか――。

「なんで千円札をズクにするんや。万札一枚のほうが簡単やろ」

「兄さん、なんも知らんのですね」

若い衆は笑った。「万札をやりとりしたら、懐されるやないですか」

「ふところ……？」

「勝った客は金を隠すんです。パンツとか靴下の中にね。それで帰られたら、盆が盛りあがらんでしょ」

「ほな、わざわざ嵩張るように千円のズクにしてるんか」

「そう。そういうことです」

若い衆はまた笑って、「東京の賭場はカジノのチップを使うとこもあるらしいけど、大阪はあきません。現金の張り取りをせんと、盆らしい風情がないいうてね」

この男はよく喋る。ひとはよさそうだが緩い。わるいことはいわないから、早くこんな稼業から足を洗え。

あっちゃあ、抜けてしもた——。矢代の声が聞こえた。ネが三回もつづくか——。

「〝ネ〟て、なんや」

「同じ目、ですわ」

若い衆は首を伸ばして胴前を見た。「四がつづけて出たみたいです」

「四。次は二かいな」

「シニ目は縁起がわるいでしょ」

「おおきに。戦列復帰するわ」

赤だしを飲みほして胴前にもどった。矢代の隣に座る。さっきまで三十ほどあったズクが半分に減っている。

「くそったれ。四が三回も出た」

「らしいな。後ろで見てた」

ポケットからズクを出した。「次はなんや」

「分からん。見や」

「ほな、おれは二で行ってみる」

盆布に置いていた子札をとり、二をアタマに五と六を張った。

さぁ、できたか、できたか、勝負――。合力がいい、胴師が賽つぼをあげた。

四ぞろの二――。合力がいう。

「おい、当たった」

矢代の肩を叩いた。「いまは四の目が強いんや」

「…………」矢代はなにもいわない。

配当が来た。ズクがふたつと八千円だ。

「次は小やな」ぽつり、矢代がいった。

「なんや、小て」

「一、二、三が小。四、五、六が大。サイの片方が大やったら、あとのサイも大やろ。

……大と大を足したら小になる」

「そんな簡単に行くんか」

「いまは四の目が軸や」

矢代は一をアタマにして、二、三と張った。脇にズクを五つ置く。

できました、勝負――。賽つぼが開いた。
五、六の五――。
「くそっ」

矢代は舌打ちした。震える指で煙草をくわえる。

「四、出んかったな」

「医者の車や」

「なんや、それ」

「わるいとこばっかり行く」

「それ、おもろいな」

「どこがおもろいねん」矢代は橋岡を睨《にら》む。

「おまえ、熱うなってるぞ。コーヒーでも飲んで頭冷やせ」

「誰が熱いんや。おれはまだ勝ってるんやぞ」

「好きにせい」

橋岡は大にズクをひとつ、矢代は小にズクを五つ張り、一が来た。次の勝負は六が来て、矢代は膝前のズクをみんな溶かした——。

明け方、六時——。橋岡は元金の二十万円をキープしていたが、矢代の負けはおそらく百万円を超えていた。矢代の張りはひと勝負あたり五万円、十万円で、膝前のズクがなくなるたびに廻銭を頼み、帳付が段ボール箱からズクを出して矢代に放る。

「穣、洗え。今日はツイてへんのや。このまま行ったら底なしに負けるぞ」

「あほぬかせ。一晩中、いつまでもツイてへんてなことはない。潮目が変わったら勝負かけたる」

それでも矢代はずるずる負けつづけた。八時——。また膝前のズクを溶かして廻銭を頼むと、帳付は首を横に振った。廻銭まわすのがあんたの商売とちがうんかい」

「なんでやねん。廻銭まわすのがあんたの商売とちがうんかい」

「な、矢代さんよ、こっち来いや」

帳付に手招きされて、矢代はそばに行った。帳付は矢代に帳面を見せて、なにやら言い含める。矢代は食いさがったが、ええ加減にせんかい、と帳付にいわれて、歯嚙みをしながらもどってきた。橋岡は矢代の腕をとってテーブルに座らせた。

「どないした。なにいわれたんや」

「おれのトロ、二百五十やと」矢代は両手で顔を被い、目頭を揉む。

「二百五十……。シャレにならんぞ、おい」

「いつのまにか、ひどいことになってしもてた」

「賭場の借金て、どえらい利子がつくんとちがうんか」

「トイチや。安いわ」矢代は吐き捨てる。

「おまえ、ほんまに分かってんのか。ヤクザにトイチの借金したんやぞ」

「おれは素人《トーシロ》やないんやぞ。いわれんでも分かってるわい」

「二百五十、あるんか」

「あるわけないやろ」

「白燿会に追い込みかけられるぞ」

「まだ十日ある。なんとかするわ」

「アテはあんのか」

「ないな……」

矢代は嘲《わら》った。「高城からつまむか」

「あの腐れが貸すとは思えんで」

「ほな、橋やん、貸してくれるんか」

「おれはその日暮らしや。知ってるやろ」

橋岡がしぶとく持っていた二十のズクも矢代がとっくに溶かした。銀行には八十万ほどの預金があるが、矢代に都合してやる義理はない。

「くそったれ。ボートでもどしたる」

今日、住之江競艇に行く、と矢代はいう。「橋やん、つきあえ」

「おれはもう裸や。身ぐるみ剝がれた。……おまえ、舟券買う金、あんのか」

「五万や十万、アパートの金をかき集めたらある」

「ボート、詳しいんか」

「いっぺん行った。たった六艇のボートが出て、オッズが十万を超えるんや」

「それ、連複か」

「三連単に決まってるやろ」

「当たるとは思えんな」

「博打の金は博打でとりもどす。それがルールやろ」

あほくさ。そんなルール、誰が決めた――。

まちがいない。矢代は白燿会に追われて飛ぶ。貸した二十万円は諦めた。

6

十二月三日――。佐竹と湯川は西成銀座の大通りに車を駐め、『ふれあい荘』を遠張りした。仕事にあぶれた労働者が寄場からドヤにもどり、人気《ひとけ》が少なくなった十一時すぎ、茶髪に黒スーツの若い男がさも疲れた足どりで新今宮駅のほうから歩いてきた。ドヤ街にスーツ姿は似合わない。

「ゆーちゃん、あれ、橋岡とちがうか」

男はレンズの角張った縁なし眼鏡をかけている。

「あ、橋岡ですね。まちがいない」

橋岡はふれあい荘に入っていった。

「やっぱりや。橋岡は高城のアパートに住んでるんですわ」

「部屋、知りたいな」

「そうですね」

「おれが行こ」

佐竹は車を降りた。ふれあい荘へ歩き、玄関前の電柱のそばに立つ。しばらく待っていると、観音開きのドアがあき、痩せた野球帽の男が出てきた。

「ちょっと、すんません」

声をかけた。「ここ、賃貸のアパートですよね」

「そうやけど……」

男は立ちどまった。白い髭。六十すぎか。

「このあたりで部屋を探してるんですけど、空室ありますか」

「いや、ここは満室のはずやで」

「管理人は」

「いてるで」

「誰です」

「橋岡とかいうたな」

「このアパートにいてはるんですか」

「ああ、住んでる」

「何号室ですか」

「五階の一号室や。さっき顔見たし、部屋におるやろ」

「エレベーターは」

「そんなもん、あるかいな」

「エレベーターのない五階建はつらいな」

「ま、話は管理人に訊いてみいな」

男は踵を返して去っていった。

佐竹は車にもどった。ドアを引き、

「501号室や」助手席に乗る。

「どうします。まだ張りますか」

「橋岡の部屋は分かった。高城の事務所を張ろ」

「了解」

湯川はハンドブレーキをもどした。


萩之茶屋本通商店街――。NPO法人『大阪ふれあい運動事業推進協議会』の事務所は乾物屋と豆腐屋に挟まれた三間間口の仕舞《しも》た屋だった。一階はシャッターがおり、右にプリント合板のドアがある。シャッターにはグレーのペイントが塗られているが、〝青果やまもと〟という字がうっすら見えた。

佐竹と湯川は筋向かいの喫茶店に入り、窓際に席をとってサービスランチを注文した。

「マスター、そこの山本さん、いつ商売やめたんですか」湯川が訊いた。

「さぁ、もう六、七年前になりますやろ。一年ほど空き家やったんやけど、いつのまにやら事務所になりましたな」厨房から顔をのぞかせてマスターが答える。

「NPO法人は、ようひとが出入りするんですか」

「どうやろ。あんまり気にしてへんさかいね。……たまに、わしと同じくらいの齢のよう肥えたひとや若いひとが出入りしてますな」

「その肥えたひとはコーヒーの出前とか頼まんのですか」

「そういうのはいっぺんもないですね。うちに来たこともないですわ」

マスターはいって、厨房《ちゅうぼう》に引っ込んだ。


オムライスとサラダを食べ、コーヒーを飲んでいるところへ向かいのドアが開いた。ツイードジャケットに白いシャツの肥った男が出てきて、ドアに施錠する。齢は五十前後、ダークグレーのソフト帽をかぶっている。

「高城や」

「そうですね」

「マスター、勘定。釣りは要らん」

二千円を置いて喫茶店を出た。

高城は商店街を西へ歩いていく。

「ゆーちゃん、車や。おれは高城を尾ける」

湯川と別れた。佐竹たちのカローラは商店街から一筋南のコインパーキングに駐めている。

高城は南海高野線の高架の手前を左にまがった。百メートルほど歩いて月極駐車場に入っていく。佐竹は湯川に電話した。

——おれや。高城は車に乗る。南海電車の脇の道に来てくれ。

――すぐ、行きます。

高城は白いベンツのドアをあけた。乗り込む。

じりじりした。湯川はまだか。

高城はベンツの車内で携帯を耳にあてている。話しながらベンツを発進させた。

ベンツが駐車場を出たとき、カローラが現れた。佐竹は電柱の陰から出て手招きする。カローラが停まり、佐竹は助手席に乗った。

「白のベンツや」

「その先の信号を左に行きましたわ」

ベンツを追った。点滅信号。湯川は強引に入って左折した。

白のベンツはトラックとミニバンの前にいた。松虫通を東へ走る。湯川は追い越し車線に出てミニバンの前に入った。

「名簿屋は金まわりがよさそうやな、え」

Sクラスのベンツは一千万円で買えないだろう。「むかしは極道ご用達の車やったで」

「高城は極道より質《たち》がわるいですわ」

ベンツは松虫通からあびこ筋へ入り、南へ走る。高城の運転は車の流れに乗ってゆっくり走るから尾行はしやすい。佐竹は日野に連絡した。

――班長、佐竹です。

——おう、どうした。

——いま、車で高城を追尾してます。……あびこ筋、西田辺です。

高城の車はベンツのSクラス、白、ナンバーは〝大阪　330　さ　15××〟といった。

——どこへ行くんや、高城は。

——それが分からんから電話したんです。今日、オレ詐欺の受けとりとか、情報はないですか。

——ないな。……どうかしたんか。

——いや、気になるんです。虫の知らせというやつですわ。

——尾行をつづけてくれ。……で、橋岡はどうなんや。

——ヤサが分かりました。萩之茶屋一丁目、ふれあい荘の501号室です。

——高城が所有してる集合住宅か。

——五階建のぼろアパートです。橋岡はそこの管理人です。

——そいつはおもしろい。橋岡はアパートの住人を受け子にしてるんかもしれんな。

——そう、自分もそんな気がします。

ベンツは長居交差点を左折した。長居公園通を東へ行く。

——班長、また連絡します。

電話を切った。ベンツは軽自動車二台を挟んだ前にいる。

「真っ昼間に同じ車が尾いてたら怪しまれませんかね」湯川がいった。

「ここまで来たんや。班長にもいうたし、とことん尾けよ」

高城はソフト帽を脱いでいた。頭が丸い。禿げている。


長居公園をすぎ、近鉄南大阪線の高架の手前でベンツのウインカーが点滅した。左に寄って停車する。湯川はベンツを追い越してそのまま走り、少し離れたコンビニの駐車場にカローラを入れた。

「なんでや。なんで、あんなとこに停まった？」

佐竹はリアウインドー越しに周辺を見まわした。分離帯を挟んだ通りの反対側に協和信用金庫がある。ベンツはウインカーを消して動かない。

「ゆーちゃん、ひょっとしたらひょっとするぞ」

「まさか……」

「虫の知らせが当たったかもしれん」

高城は受け子ではないが、金の受けとりの現場に来る可能性は充分に考えられる。広い通りにベンツを停めたまま、車外に出ないのはおかしい。

そうして十分──。ベンツはハザードランプも点けずに停車し、高城は頻繁に携帯を耳にあてる。高城が佐竹たちの存在に気づいているふうはない。

──と、協和信用金庫から女が出てきた。黒のハーフコートにグレーのマフラー、あずき色のショルダーバッグを両手で抱え、ストラップを斜めがけにしている。歩道に立ちどまってあたりを見まわす動作がどことなくぎごちない。

「ゆーちゃん、あれ、どう思う」

「臭いますね。オレ詐欺の被害者《ガイシャ》ですか」

「あれが被害者やったら、受け子が接触してくるぞ」

信用金庫の真ん前で金を受けとることはないはずだ。オレ詐欺グループは普通、被害者を何度か移動させて包囲捜査の有無を確かめ、それから接触する。

──女がコートのポケットに手を入れた。携帯を出して開く。話しはじめた。

「やっぱり、取引ですわ」

「くそっ、困った」

応援を要請しても間に合わない。ここは湯川とふたりで対処するほかない。

「被害者をつかまえて事情を聞きますか」

「それはあかん。おれらの顔を詐欺グループにさらすことになる」

今日は被害を予防できても、今後の捜査に支障をきたす。

「被害者を張って、受け子が接触したら引きますか」

「逮捕はできる。……けど、ここまで積みあげた捜査が無駄になるかもしれん」

佐竹たちの狙いは末端の受け子ではない。受け子の背後にいる掛け子や、掛け子を操っている元締めを含めて、オレ詐欺グループ全体を一網打尽にするのが目的なのだ。

「ほな、あの被害者には泣いてもらいますか」

金を受けとった受け子を尾行して、どこへ運ぶか突きとめるのだ。がしかし、受け子の尾行に失敗するようなことがあると、金を取りもどすことはできない。

「受け子が金を受けとって、高城に渡すような気がするんやけど、どうですか」

「そうやな。それが正解か」

高城は受け子の集金役かもしれない。「ゆーちゃん、スマホで写真撮れるな」

「撮れます。動画も」

「おれの携帯でも撮る。高城が受け子から金を受けとったら引っ張ろ」

――そのとき、女が携帯をたたんだ。東へ歩きだす。交差点の横断歩道の前で立ちどまった。こちらに渡ってくるようだ。

ベンツが動きはじめた。佐竹たちのいるコンビニをすぎ、近鉄の高架に沿った一方通行路を北へ入っていく。

「どういうことです」

「被害者に次の移動場所を指示したんかもしれん」

信号が変わり、女が横断歩道を渡ってきた。なにかを思い詰めたような固い表情だ。齢は七十前後か。

女は横断歩道を渡り、住宅地をまっすぐ北へ歩いていく。少し待って佐竹が車を降りようとしたとき、脇道から男が現れた。グレーのステンカラーコート、ゴマ塩の髪を七三に分けている。男は佐竹たちの車に気づくふうはなく、女と距離をとってついていく。受け子だ。

佐竹と湯川は車を降りた。佐竹はゴマ塩頭と五十メートルほど離れてつづき、湯川は佐竹のあとをついてくる。

しばらく行くと、アーケードが見えた。《駒川商店街》とある。女は商店街に入り、男も入った。

アーケードは高く、明かりとりのルーフがドーム状になっている。舗道はタイル敷き。人通りが多い。佐竹は少し間合いを詰めた。

女は漬け物屋の前で立ちどまった。落ち着きなく周囲を見る。佐竹は携帯をカメラモードにし、フラッシュをオフにした。

女の背後からグレーのコートが近づいた。女に話しかける。女はうなずき、二言、三言、なにかいってからショルダーバッグのジッパーを引く。佐竹は携帯を腰に構えてつづけざまにシャッターボタンを押した。

「引きますか」湯川が後ろにいた。

「いや、まだや。あいつは受け子で、このあと高城に会う」

そう、高城はこの商店街の近くにベンツを停めて受け子を待っているのだ。

「動画は」

「撮ってます」

湯川は目立たないようにスマホを男と女に向けている。

女はバッグから茶封筒を出した。週刊誌大で少し厚みがある。男は受けとって頭をさげた。女も低頭して、ふたりは分かれた。

佐竹と湯川は男を尾けた。女を呼びとめて事情を訊きたいが、人員がいない。

茶封筒を小脇に抱えた男は商店街のコンビニの前で足をとめた。宅配便の幟《のぼり》に眼をやって中に入る。佐竹と湯川は筋向かいの金物屋の角に立った。コンビニはガラス張りだから店内が見透せる。

男はカウンターで宅配用の段ボールを買った。ガムテープで箱に組み立て、茶封筒を入れて蓋をする。送り状をもらって住所を書き、段ボール箱と送り状を店員に渡して金を払った。

「くそっ、高城には会わんな」

「どうします。引きましょか」

「あかん。ここで引いたらものにならん」

男を任同して取り調べてもシラを切る。封筒の中身は書類やと聞きました、と。男は携帯で指示を受けていただけだから、高城の名前も正体も知らないはずだ。

「ゆーちゃん、あいつを尾けてくれ。おれはコンビニや」

佐竹はカローラのキーをもらい、コンビニに入った。カウンターに行く。

「警察です。大阪府警」

手帳を提示した。店員はこくりとうなずく。二十代半ば。胸の名札は《藤本》とある。

「いま、宅配を受け付けましたよね。ちょっと見せてもらえませんか」

カウンターの中、足もとの段ボール箱を指さした。店員は箱をとってカウンターに置く。貼られた送り状の届け先は、〝〒556—0017　大阪市浪速区湊町2—8—96オフィス・アルム　野沢洋一　電話06・6633・12××〟で、依頼主は、〝〒550—0014　大阪市西区東堀江4—12—11—522　林和夫　電話090・7832・02××〟だった。

「この荷物、犯罪の証拠品として預かりたいんですが、よろしいですか」

「あの、それは……」

「いや、書類は出します。ハザマ急便に」

カウンターから離れて携帯を開いた。帳場にかける。

――はい、日野。

――佐竹です。いま、駒川商店街の『セブンデイ・駒川店』にいてます。高城を尾行し、オレ詐欺の被害者と思われる女性と受け子が接触した経緯を話した。

――それで、捜索差押状が欲しいんです。段ボール箱の中身は現金ですわ。

――分かった。梨田を地裁に遣って差押許可状をもらう。駒川のセブンデイに行くのは夕方になるやろ。

――自分はこれから協和信用金庫に行きます。

――湯川は受け子を尾けてるんやな。

――班長からも連絡とってください。

――よし。また電話くれ。

携帯を閉じた。カウンターにもどる。

「夕方、別の捜査員が書類を持ってきます。荷物は発送せずに、ここに置いててください」

「なにが入ってるんですか」

「危険物やないです」

「覚醒剤とか、ですか」

「それは箱を開いたときに分かりますわ。藤本さん、立ち会いしてください」

一礼して、コンビニを出た。二時半。早くしないと信用金庫が閉まる。


佐竹は長居公園通にもどった。横断歩道を渡り、協和信用金庫矢田支店に入る。窓口係の女性に、

「支店長、お願いします」

手帳を見せた。「府警の佐竹といいます」

お待ちくださいーー。女性は奥の席へ行き、三つ揃いのスーツの男と話をしてもどってきた。

どうぞ、こちらですーー。女性に案内され、応接室に入った。布張りのソファとキャビネットがあるだけの殺風景な部屋だ。

佐竹は湯川に電話した。つながらない。電車にでも乗っているのだろうか。

ノックーー。さっきの三つ揃いの男が入ってきた。赤ら顔、小肥り、度の強そうな黒縁眼鏡をかけている。

「支店長の末永と申します」男は名刺を差し出した。

「府警特殊詐欺捜査班の佐竹といいます」

立って、名刺を交換した。

「どうぞ、おかけください」

末永はソファに腰をおろした。名刺を手に、「特殊詐欺捜査班というのは、振り込め詐欺を捜査されてるんですか」

「オレオレ詐欺、還付金詐欺、架空投資詐欺……。このごろは手が込んでます」

「今年の被害額は四百五十億円を超えそうですね」まるでひとごとのように末永はいう。

「今日、おたくのこの支店で被害が発生したんですわ」

「えっ、ほんとうですか」

末永の顔色が変わった。

「今日の二時すぎ、多額の現金をおろした七十歳くらいの女性がいるはずです。調べてもらえませんか」

「あの、お名前は……」

「それが分からんから訊いてますねん」

「ごめんなさい。ちょっと、お時間をください」

末永は応接室を出ていった。

佐竹は湯川に電話をかけた。つながった。

――湯川です。いま、天王寺です。

湯川は受け子を尾行して近鉄南大阪線の針中野駅から普通電車に乗り、阿部野橋駅で降りて新今宮のほうへ歩いているといった。

――受け子はたぶん、釜ヶ崎へ行きますわ。

――前を歩いてるんか。

――機嫌よう歩いてますわ。ぺらぺらのコート着て。

――そいつは、ふれあい荘の住人か。

――みたいですね。

――パズルが嵌《は》まったな。

――嵌まりましたね。

高城はふれあい荘の入居者を受け子に使っているにちがいない。

――ふれあい荘に入りよったら、どうにかして身元を洗いますわ。

――深追いはするなよ。気取られたらアウトや。

――無理はしません。……先輩は。

――おれはいま、協和信金におる。

――被害者の名前、分かったんですか。

――もうすぐ、分かる。

そこへ、末永がもどってきた。佐竹は電話を切る。

「本日二時十分に、西村早苗さんというお客さまが普通預金口座から三百二十万円を払いもどしされてました」

末永はＡ４のコピー用紙をガラステーブルに置いた。「還元帳票です」

《12月３日　支払い　￥３２０００００》と、ある。

「多額の払いもどしなので、窓口係が声をおかけしましたが、リフォーム資金です、といわれたそうです」

「なるほど。それはけっこうですな」

笑ってやった。「西村早苗さんの口座開設は」

「八六年の三月です」

末永はまた一枚のコピー用紙を置いた。ボールペンの手書きで、

▼　西村早苗様　昭和19年８月１日生まれ　東住吉区上矢田２―６―13

「上矢田はこの近くですか」

「この支店の南になります。鷹見神社のあたりが二丁目です」

「ありがとうございました。これ、よろしいですか」二枚の用紙を取りあげた。

「はい、お持ちください」

殊勝な顔で、末永はいった。

鷹見神社はすぐ分かった。電柱の住所表示を見ながら、西村という家を探す。白いタイル張りの三階建、玄関先にたくさんの鉢植を並べている家がそれだった。門柱のインターホンを押した。すぐに返事があった。

――はい、西村です。

――ごめんなさい。大阪府警のものです。

レンズに向かって手帳をかざした。

――特殊詐欺捜査班の佐竹といいます。西村早苗さんでしょうか。

――はい、そうですけど。

――今日、協和信用金庫の矢田支店で三百二十万円をおろされましたね。

――えっ、どうしてそれを……。

――あの三百二十万円ですが、オレオレ詐欺の疑いがあります。

――帰ってください。

――なんですて。

驚いた。意外な反応だ。

――わたし、息子に渡したんです。変なお金やないです。

――電話がかかったんですよね、息子さんから。会社の金を紛失したとか、投資に失敗したとか、女関係でトラブったとか。それで、お母さん、助けてと。

――なんで、そんなことを知ってるんですか。

――息子さんに電話しましたか。確認のために。

――しましたよ、もちろん。

――携帯の番号、変わってなかったですか。

――変わってました。携帯が壊れて買い換えたと、そういいました。

――息子さんの携帯は壊れてません。いま、かけてみてください。

――おたく、ほんとに刑事さん？

――特殊詐欺捜査班の刑事です。

手間のかかる被害者だ。警察を疑う前に詐欺電話を疑え。また、手帳を広げてレンズに向けた。

しばらく待って玄関ドアが開いた。さっき、佐竹が尾行した女だ。短めのパーマの髪、くっきりした眉、切れ長の眼、鼻筋がとおっている。若いころは美人だったろう。

「刑事さん、息子に電話しました」

申しわけなさそうに西村早苗はいう。「わたし、騙されてました」

「詳しい話をおうかがいしたいんですけど、よろしいか」

「あ、どうぞ、入ってください」

「失礼します」

家に入った。靴を脱ぎ、廊下にあがる。八畳間に通された。

「寒い部屋ですみません」

早苗はリモコンをとり、エアコンの電源を入れた。「コーヒーでいいですか」

「いや、けっこうです。気ぃ使わんとってください」

「でも、お客さんですから」

とめるのも聞かず、早苗は出ていった。佐竹は座卓の前に腰をおろして部屋を見まわす。床の間に一輪差しの寒椿と山水の掛軸、押入の襖《ふすま》は〝波に千鳥〟、違い棚に染め付けの皿や民芸風の壺、座卓は銘木の一枚板で脚に獅子《しし》が彫られている。趣味の良し悪しは分からないが、調度類には金がかかっているようだ。

佐竹は湯川に電話した。

――ゆーちゃん、どうや。

――案の定ですわ。受け子はふれあい荘に入りました。

部屋は確認できていないという。

――このまま遠張りします。飯でも食いに出てきよったら、尾けますわ。

――おれはいま、被害者の家におる。西村早苗。六十九歳。協和信金で三百二十万をおろした。

——そうですか。三百二十万もやられてましたか。

——事情を聞いたら、そっちへ行く。

——了解。待ってます。

電話は切れた。

西村早苗が漆塗りの盆を持ってもどってきた。コーヒーカップとスプーン、砂糖、ミルクを佐竹の前に置く。

「突然、押しかけて申しわけないです」

頭をさげ、カード入れから名刺を抜いて差し出した。「——実は、今日、詐欺グループのひとりを尾行してまして、西村さんが駒川商店街で金の受けとり役に茶封筒を渡すところを写真に撮りました。……グレーのコートを着た男に現金三百二十万円を渡したことはまちがいないですね」

「はい、三百二十万円を渡しました」

「あのグレーのコートの男は、なんて名乗りましたか」

「三浦さんです。伊丹弁護士事務所の」

「伊丹弁護士事務所の三浦ね」

メモ帳に書いた。「——三浦は西村さんと別れたあと、商店街のセブンデイに入って、茶封筒を宅配便に出しました。その荷物は我々が押収して西村さんに返却するよう手配してます」

「ありがとうございます。安心しました」

息子に電話してひどく怒られた、と早苗はいう。

「ただし、現金をお返しするには西村さんから調書をもらわんとあきません。府警本部にご足労願えますか」

「はい。今日でも明日でも、いつでもいいです」

「ほな、明日の午前中はいかがですか。十時から」

「はい。お伺いします」

「府警本部はご存じですか」

「知りません」

「ここからやと、矢田駅から近鉄に乗って天王寺に出てください。地下鉄の谷町線に乗り換えて『谷町四丁目』で降ります。本町通を東へ三、四分歩いたら府警本部です。受付でわたしの名刺を出してもろたら、お迎えに行きます」

「分かりました。明日の十時ですね」早苗はうなずく。

「で、今日は簡単に事情をお訊きします。息子さんのお名前は」

「西村大介。次男です」

「年齢と勤め先は」

「三十九です。道修町《どしょうまち》の丸富薬品に勤めてます」

「大介さんからの電話は何時にかかりました」

佐竹はメモをしながら質問をつづける。

「一時半ごろやと思います」

「そのとき、名前をいいましたか。大介と」

「さあ……。どうでしたやろ」

「オレや、オレ、とかいいましたか」

「ごめんなさい。ちゃんと憶えてないんです。……次男は自分のことを〝ぼく〟というので、わたしのほうから、大介か、と訊いたかもしれません」

「声は似てましたか」

「はい、そっくりでした」

西村早苗はうなずいて、「でも、いま思ったら、大介より早口で若い感じでした」

「どんな理由で金に困ってるといいました」

「取引先の女性社員を妊娠させてしまった。手術して堕《お》ろしてもろたけど、後遺症がひどい。五百万円の慰謝料を要求されてる、といいました」

「妊娠はともかく、中絶で五百万は法外ですね」

「その取引先は同族会社で、妊娠した女性は副社長の娘さんです。短大を出たばっかりやから、齢は二十歳。次男は家庭があって、娘がふたりいます」

「そら、不倫はまずいですな」

「娘を傷物にされたと、副社長がすごく怒ったんです。それで会社の顧問弁護士に相談したそうです。……次男は弁護士事務所に呼び出されて話をしてたんですけど、途中で、弁護士さんが電話を代わったんです」

「それが伊丹という弁護士ですね」

絵に描いたような劇場型オレ詐欺の手口だが、いったん息子と信じてしまった被害者は冷静な判断ができない。

「娘さんは中絶手術によるストレス障害で勤めをつづけられない。訴訟を起こすつもりだが、大介さんが誠意を示した場合はその限りではない、と弁護士さんはいいました」

「誠意は、慰謝料と女性社員の退職金やというたんでしょ」

「そうです。……その取引先をしくじったら馘《くび》になるって、次男もいいました」

「西村さん、OKしたんですね。息子さんのために金を払うと」

「五百万円は無理です、といいました。そしたら、いくらなら払えます、と訊くから、預金が三百二十万円あるといいました」

「あとの百八十万は息子さんが都合するとなったんですね」

「はい、そのとおりです」

西村早苗は協和信金で金をおろすといい、伊丹は事務所の三浦という男に金を渡してくれといった。早苗は誰にも相談することなく、通帳と印鑑を持って家を出た——。

「よう分かりました。お母さんは息子さんを思えばこそ、騙されてしもたんです」

「すみません。冷静に考えられなかったんです」早苗は指先で目頭を拭いた。

「被害は未然に防げました。お金はもどります。これも勉強やったと思てください」

「ほんとにありがとうございます」早苗は深く頭をさげた。

「ほな、明日の十時、府警本部にお願いします」

ぬるいコーヒーをブラックで飲みほして、佐竹は立ちあがった。

※　※

尿意で目が覚めた。布団から出てトイレに行く。バスルーム一体型の狭いトイレには窓がなく、換気扇も壊れている。小便は泡立って甘い臭いがした。賭場で飲みつづけた酒のせいだろう。

ベッドに腰かけて携帯をとりあげた。着信履歴をチェックする。午前中、高城から四回も電話が入っていた。

橋岡は発信ボタンを押した。

——はい、高城。

――橋岡です。電話もらいましたね。

――なにをぬるいこというとんのや。もう用事は終わった。

――すんません。電源切ってました。

十一時すぎ、この部屋に帰ったのだ。ベッドの脚もとに服を脱ぎ散らしている。

――朝の十時から電話してたんやぞ。なにしてたんや。

――いや、女ですわ。たまにはやらんとね。

賭場にいたとはいわなかった。賭場で携帯は使えない。

――なんの用事でした。

――用事もくそもあるかい。金の受けとりやったんや。おまえに連絡つかんから、矢代を使うた。

――矢代はおったんですか。大正のアパートに。

――矢代を呼んで、ふれあい荘に行かせた。受け子の段取りや。

――誰を受け子にしたんです。宇佐美ですか。

――上坂や。宇佐美は部屋におらんかった。

上坂は弁護士事務所の事務員役で金を受けとったという。

――矢代は上坂に携帯を渡して針中野に遣った。わしは長居公園へ走って、上坂にあれこれ指示した。上坂は駒川商店街で金を受けとって、宅配で送った。

——矢代はおれのこと、なにもいわんかったんですか。

——どういうことや。

——受け子の段取りは橋岡のシノギです、と。

——誰がいつ、おまえのシノギと決めた。金が欲しかったら電話に出んかい。

くそっ、矢代のやつ。おれを出し抜いて受け子を差配しくさった——。

——矢代はどこにおるんです。

——知るかい。大正に帰ったんやろ。

——今日はなんぼの売り上げでした。

——んなこと、知ってどないするんや。おまえには関係ないやろ。

——教えてくれてもええやないですか。

——うるさいのう。三百二十や。

そこで、ぷつりと通話は切れた。

「あほんだら」

携帯に向かって怒鳴りつけた。三百二十万の五パーセント……。橋岡は十六万円の稼ぎを矢代にさらわれたのだ。

矢代の携帯番号を出して発信ボタンを押した。七回のコールでつながった。

——おれや。橋岡。

――なんや、どうした。
――おまえ、釜ヶ崎に行って上坂を拾たんか。
――なんで知ってんのや。
――いま、高城に聞いた。
――橋やん、寝てたんやろ。
――そら、寝るやろ。賭場でくたくたになったんやからな。
――おれはへろへろのよれよれや。シャブでも入れたい気分やで。
――住之江に行ったんとちがうんかい。競艇。
――行くつもりで部屋を出たとこへ、高城から電話がかかったんや。
――賭場の借金、どないするつもりや。受け子の段取りするぐらいでは追いつかんぞ。
矢代が白燿会に二百五十万の借金をしたことを思い出した。それもトイチの金を。
――橋やん、おまえ、金持ってるやろ。貸してくれや。
――あほぬかせ。逆さに振ってもないわい。
――おれが埋められてもええんか、え。
――二十万、貸したんやぞ。忘れんなよ。
――ついでに百万ほど、貸せや。
――やかましわい。寝言をいうな。

このボケ。完全に開きなおっとるわ——。思いつつ、矢代の干からびた死体が枯れ葉に覆われている光景が瞼に浮かんだ。おもしろい。縊《くび》り殺されて死ね。

——眠たい。切るぞ。

——ああ、切れや。

フックボタンを押した。携帯をベッドに投げて横になる。眼をつむると、すぐに眠り込んだ。

7

佐竹は車に乗り、長居公園通に向けて走り出した。湯川に電話する。

——はい、湯川です。

ふれあい荘を遠張りしている、尾行した男は姿を見せない、といった。

——そのまま張ってくれ。おれはいま、西村早苗の家を出た。

——了解。待ってます。

信号を左折した途端、街路樹の脇から制服警官が三人現れた。ひとりが旗を振り、左へ寄れという。佐竹はウインカーを点けて車を停め、サイドウインドーをおろした。

「なんです」シートベルトは締めているが。

「走行中、携帯で話してはりましたね。違反なんですわ」

「仕事の電話してたんです」

「それはもちろん、承知してます」

警官は少し先の駐車場に入るようにいった。警告ではなく、切符をきるつもりらしい。

「わるいけど、堪忍してくださいな」

上着の内ポケットから手帳を出して広げた。

「あ、捜査中ですか」

「特殊詐欺捜査班です」

「失礼しました。どうぞ、行ってください」

警官は佐竹の身分証を確認するでもなく、徽章を見ただけでそういった。


長居公園通から国道26号を北上し、岸里の西成区役所に入った。駐車場にカローラを駐め、ロビーへ。保健福祉課の窓口で責任者を呼んでもらうと、五十がらみの小柄な女性が来た。

「府警特殊詐欺捜査班の佐竹といいます」

手帳を提示した。「ちょっと教えていただきたいんですけど、管轄が萩之茶屋一丁目の民生委員はどなたですかね」

「それはどういったご用件でしょうか」

「萩之茶屋一丁目の集合住宅に入居してるひとに関して、民生委員の方に訊きたいことがあるんです。……いや、決して迷惑をおかけするような内容やないです」

「分かりました。お待ちください」

　女性は窓口を離れ、キャビネットからファイルを抜いてデスクに広げた。電話をとってかける。少し話して受話器を置き、民生委員の名前と電話番号だろう、メモ用紙に書いてもどってきた。

「萩之茶屋地区の民生委員は複数いらっしゃって、一丁目を担当されてるのは根本一郎さんです。いま電話をしましたら、お会いしてもいいそうです」

「どうも、ありがとうございます。お手数かけました」

　近頃の役所というやつは民生委員の名前ひとつ教えるのに七面倒な手続きを踏むものだ。佐竹はメモを受けとり、区役所を出た。根本一郎に電話をして所在を訊く。花園二丁目の米屋だと、根本はいった。

　根本米穀店は花園中学の真ん前にあった。店先に袋入りの銘柄米を並べ、中に雑穀や精米機を置いている。『ふすま有ります』と、ガラス戸にチラシを貼っているが、米糠《こめぬか》のことだろうか。

佐竹は店内に入った。精米機の陰に男が座っている。

「区役所で聞いて来ました。民生委員の根本さん?」

「はいはい、そうです」

愛想よく、男はいった。短く刈りあげた白髪、グレーのセーターにあずき色のカーディガン、六十代半ばか。

「どうぞ。かけてください」根本はパイプ椅子を勧めた。

「オレオレ詐欺や振り込め詐欺を捜査してます」

椅子に腰をおろして名刺を渡した。根本は老眼鏡をかける。

「ほう、こういう捜査をしてはる刑事さんもいるんですな」

「寄せ集めの班ですわ。わたしは四課から来ました」

「捜査四課いうのは、暴力団でしたか」

「よう知ってはりますね」

「一課が殺人、二課が知能犯、三課が泥棒でしょ」

「おっしゃるとおりです」

府警刑事部には薬物対策課、組織犯罪対策課、国際捜査課、捜査共助課、鑑識課、科学捜査研究所検視調査課機動捜査隊、刑事特別捜査隊もあるが、説明するのも面倒だ。

「府警本部の班て、何人ぐらいです」

「うちの班は班長、係長以下、八人です」

「へーえ、そんなに多いんですか」

「一個班の人員は、だいたい十人ほどですね」

よく喋る男だ。話を聞くには好都合だが。

「で、なんですか。民生委員のわしに訊きたいのは」

「萩之茶屋一丁目のふれあい荘、ご存じですか」

「ああ、ふれあい荘ね。入居者のお世話はたくさんしてます。援助相談とか、生活保護申請とか、福祉課との連絡調整なんかでね。月に一、二回は、ふれあい荘に行きますな」

「ほな、写真を見てもらえますか。写ってるひとを特定したいんです」

「はいはい、見ましょ」根本は指で眼鏡を押しあげた。

佐竹は携帯を開き、井上幹子の金の受け渡し現場で撮った画像と西村早苗のそれを根本に見せた。根本は二件の画像を見るなり、戎橋筋商店街で撮った〝黒いスーツ〟の男を宇佐美といい、駒川商店街で撮った〝グレーのコート〟の男を上坂といった。

「――宇佐美さんも上坂さんも、生活保護を受給してはりますわ」

「ふたりの身元が分かる資料とか、ありますか」

「そら、持ってますけど、なんで要るんですか」

民生委員には守秘義務がある、と根本はいう。

「わたしがいまからいうことは捜査上の守秘事項なんですけど、内緒にしてくれますか」

「もちろんですわ。わしは口が固いんですよ」

そうは見えないが、情報をとるにはこちらの情報も少しは明かす必要がある。

「宇佐美と上坂は受け子ですねん」

「受け子……」

「特殊詐欺で電話をかけるのが掛け子、騙された相手が詐欺グループの口座に振り込んだ金を銀行やコンビニのATMから引き出すのが出し子、被害者に現金を用意させて受けとるのが受け子というんですわ」

「なるほどね。こんなことというたらなんやけど、粋《すい》のないネーミングですな」

根本はティシュペーパーをとって洟《はな》をかむ。

「犯罪用語に粋や趣向は要らんでしょ」佐竹は笑ってみせた。

「刑事さん、わし、オレオレ詐欺とかいうやつは虫酸《むしず》が走りますねん。年寄りを騙してなけなしの金を奪《と》るやて、人間のすることやない。そういうことなら、協力させてもらいますわ」

根本は傍らの机の抽斗を開けた。ノートを出して繰る。

「よろしいか。いいますよ」

「はい、どうぞ」メモ帳を広げた。

「宇佐美知隆、昭和三十七年五月四日生まれ。本籍は愛媛県越智郡吉海町大瀬乙一一八。それと、上坂健三は昭和三十五年十一月二十七日生まれで、本籍は広島県佐伯郡八千代町一の三十六です」

現住所は、宇佐美がふれあい荘の１０３号室、上坂が３０２号室だといった。

「ふたりとも無職ですよね」

「そら、生活保護受給者は無職ですわ」

「前の職業とか、分かりますか」

「さぁ、どうやろね。訊いても黙ってるひとが多いから」

根本はまたノートを見る。「宇佐美さんは〝デザイン業〟と書いてるけど、上坂さんは分かりませんわ」

ふれあい荘のような困窮者アパートに住んでいるのは、釜ヶ崎で日雇い労働をしていたひとがほとんどだという。

「なにせ、労働者の平均年齢が六十歳を超えてるんです。人夫出し業者の年齢制限は五十五歳やから、それ以上のひとは就労機会がない。困窮者アパートに囲い込まれて、生活保護費のほとんどをピンはねされてるのが実情ですな」

「宇佐美は昭和三十七年生まれやから五十一、上坂は昭和三十五年生まれやから五十三ですよね」

「宇佐美さんは糖尿病で週二回の透析、上坂さんは前立腺ガンで病院通いです。身体がしんどいのは分かるけど、オレオレ詐欺の片棒かついだりしたらあきませんわな」

「そら、おっしゃるとおりですわ」

メモ帳を閉じてポケットに入れた。「偽電話詐欺の被害者の中には老後の生活資金を奪られて、生活保護に陥るケースもあります。持病の薬代にこと欠いて心中しようとした夫婦もいました。受け子は末端の使い捨てやけど、逮捕されたら、まちがいなく実刑です」

「世も末ですな。なんでこんなひどい世の中になったんです」

「金さえ稼げたら、なにをしてもええという風潮ですわ」

「日本は腐りかけてますか」

「腐ったやつらを潰していくのが我々の仕事です」

「がんばってください」

「ありがとうございます」

佐竹は立ちあがった。パイプ椅子を折って机の脇に置く。ガラス戸のチラシが眼に入った。「ふすま、てなんです」

「小麦の糠ですわ。ダイエットパンに混ぜて焼いたりします」

ちょっと匂いがありますけどな――。根本は笑った。

釜ヶ崎――。人通りが少ない。枯れ葉が路側に溜まっている。湯川はふれあい荘を見とおせる街路樹の陰でコートの襟を立て、紙パックの牛乳を手に菓子パンを食っていた。佐竹は車を停め、湯川を乗せた。

「寒い。日が傾いたら、いっぺんに冷え込んできましたわ」

「マフラーが要るな」

「ダウンジャケットもね」

「牛乳は温《ぬく》いんか」

「コンビニで温めてもろたけど、冷めてます」

湯川はストローで牛乳を飲む。

「来る途中、区役所に寄って民生委員を教えてもろた。根本いう米屋のおやじさんや」受け子ふたりの身元をつかんだといった。「宇佐美知隆、五十一歳。上坂健三、五十三歳や」

「宇佐美と上坂ね。……データは」

「照会する」

本部に電話をした。

――はい。日野。

――ふれあい荘の受け子が判りました。犯歴データをとってください。

メモ帳を見ながら、宇佐美と上坂の生年月日、本籍を伝えた。

——どうやって調べた。受け子の名前。

——民生委員にあたってみたんです。

——そうか。ええ調べや。

珍しく、日野が褒《ほ》めた。

——いま、ふれあい荘を遠張りしてますけど、つづけますか。

——受け子の名前が分かったんなら、そこは離れてもええやろ。さっきの宅配便の住所に走ってくれ。

上坂がセブンデイ駒川店から段ボール箱に入れた三百二十万円を送ろうとした届け先だ。

佐竹はメモ帳を繰った。

——浪速区湊町二の八の九六、オフィス・アルム、野沢洋一ですね。

——アルムを調べた。湊町にそんな会社はない。たぶん、住所貸しの私書箱サービスや。

——送り主の林和夫はどうですか。

——そんなやつはおらへん。西区に東堀江という住所はないし、携帯の電話番号は該当者なしやった。

——了解です。湊町に走ります。

——梨田はさっき、地裁を出た。

差押状を持って駒川に向かっていると日野はいい、電話は切れた。

「ゆーちゃん、うどんでも食お。腹減った」

「おれ、パン食いましたけど」

「うどんとパンは別腹やろ」

ハンドブレーキを解除した。


湊町二丁目に着いたときは日が暮れていた。〝八番地九六〟の建物はビルの狭間にある三階建、陸屋根の一軒家だった。

佐竹と湯川は車を降り、玄関先に立った。プリント合板のドアに『SUN・ASSIST』と、小さなプレートが貼られている。湯川がインターホンのボタンを押した。

――こんばんは。アルムの野沢洋一さんはこちらですか。

――はい、アルムはこちらです。

と、女の声。

――ちょっと話をお訊きしたいんですけど、よろしいか。

――宅配じゃないんですか。

――大阪府警です。

湯川は庇《ひさし》の防犯カメラに向けて手帳をかざした。

――どうぞ、お入りください。

ドアは施錠されていなかった。中に入る。手前に短いカウンター、向こうにデスクがふたつと壁際にガラスキャビネットとスチール棚、網付き台車には段ボール箱がいくつか積まれていた。

「ご苦労さまです」

紺色ベストの制服を着た茶髪の女がこちらに来た。厚化粧、描き眉が不自然に長い。四十代後半か。緊張しているのか、表情が固い。

「大阪府警の湯川といいます」

特殊詐欺捜査班とはいわず、湯川は手帳を提示して、「失礼ですが……」

「石井といいます」

「フルネームは」

「石井晃子です」

「こちらさんの業務は私書箱サービスですよね」

「はい、そうです」

石井はうなずいて、「住所レンタル、電話対応、転送、03発信、ＩＰ電話とか、バーチャルオフィス業務もさせていただいてます」

バーチャルオフィスを女ひとりでやっているのなら大したものだが、実態は郵便物、宅配便の受けとりと電話転送だけだろう。

「アルムという会社は実在するんですか」佐竹は訊いた。

「それは、あると思います」

「こちらさんと契約したとき、野沢洋一さんの免許証とか身分証のコピーはとってないんですか」

「契約時に身分証が必要になったのは、今年の四月一日からです。それまでは身分証が要らなかったんです」

「野沢洋一は偽名かもしれんのですね」

「あ、はい……」

「野沢はどんな男です」

「さぁ……、はっきりとは分からないんです。毎日、たくさんの方が出入りされますけど、顔を合わすことはないし、口をきくこともありません」

石井はカウンター右横の別室を手で示した。ドアは開け放しで、狭いスペースにコインロッカーのようなスチールキャビネットが並んでいる。

「あれが私書箱ですか」

「わたしどもは契約された方にキーをお渡しするんです」

石井は私書箱宛に送られてきた荷物を受けとり、ロッカーに入れるだけ。あとは契約者が来て荷物を回収するという。

「ひとつのロッカーから複数の人間が荷物を出すこともあるんですね」

「はい。キーを持ってこられたら出せます」

「契約者に渡すキーは一本ですか」

「一本です」

それを聞いて、佐竹は別室に入った。ロッカーの上、中段の扉は幅十五センチ、高さ三十センチほどで上部に横長のスリットがあり、ネームプレートが差されている。最下段は幅二十センチ、高さ四十センチほどで、容量が大きい。ロッカーは縦に六段、横に三十列はあるから、総数は百五十を超えているだろう。

佐竹は『アルム』のプレートを探した。真ん中あたりの二段目で、ナンバーは『78』。確かめて、事務所にもどった。

「ありましたか」湯川が訊く。

「あった。下の段の七十八番」

いって、携帯の画像を出した。橋岡恒彦と宇佐美知隆のそれを石井に見せる。

「このふたりに見憶えないですか」

「ありません」

「こっちは」

上坂健三と矢代穣の画像を見せた。石井はかぶりを振る。

「ゆーちゃん、高城の画像を出してくれ」

萩之茶屋本通商店街の喫茶店で張っていたとき、湯川はNPO法人の事務所から出てきて施錠する高城をスマホで撮っている。

「これですね」

ツイードジャケットにソフト帽、高城がディスプレイに出た。横顔を湯川は拡大するが、粒子は粗い。

「この男に見憶えは」石井に訊いた。

「こんな帽子をかぶってるひとは知りませんね」

「帽子をとったら禿げてます。この写真のとおり、かなり肥ってますわ。齢は五十五。背は低いです。この男が野沢洋一で、おたくさんと契約したかもしれません」

「ごめんなさい。わたし、ひとの顔はすぐに忘れるんです」

「いや、責めてるわけやないんです。たいがいは忘れるもんですわ」

佐竹はいって、「アルムの野沢洋一と契約したときの書類はありますよね」

「あります。もちろん」

「見せてくれますか」

「はい……」

石井はガラスキャビネットからクリアファイルを出してきた。背表紙に『あ』とある。手早く繰って一枚の紙片を抜いた。

《申込書　私書箱サービス
申込日　平成24年2月9日
お客様　大阪市大正区三軒家北5―16―28有限会社アルム　野沢洋一
　電話―080・4648・41××》

あとは短い約款《やっかん》が書かれているだけの簡単な契約書だが、三軒家北という住所が注意をひいた。矢代穣のそれだ。矢代は三軒家南のワンルームマンションに住んでいる。

「ゆーちゃん、大正区に三軒家北いう地名はあったか」

「ないような気がしますね」

湯川はスマホを操作して大正区の地図を出した。「三軒家に東と西と南はあるけど、北はないですわ」

「やっぱりな」

佐竹は笑った。地番もでたらめだろう。

「私書箱サービスの料金はいくらですか」石井に訊く。

「契約料はいただいてません。会費は月額九千六百円です」

「野沢が毎月、払うんですか」

「振込みです。月初めに一カ月分をいただきます」

「ということは、口座に野沢洋一からの入金記録が残るだけですね」

「そうです」振込みが遅れたときは督促するが、野沢にはしたことがないという。

「石井さん、ひとつ協力してくれますか」

「なんでしょう」

「この携帯の番号に電話して、野沢が出るかどうか確かめたいんですわ」

「もし出たら、どういいます？」

「そうですな……。こちらさんのホームページを更新したから見てくれ、とでもいいましょか」

「じゃ、オークションの代行サービスを勧めてみます」

石井は電話転送が業務だから馴れたものだ。デスクの電話をとり、０８０・４６４８・４１××のボタンを押したが、

「――ダメですね。この電話は現在使われておりません、といってます」

「すんません。けっこうです」

「ごめんなさい。お役に立てなくて」

「いやいや、虚偽の番号と分かっただけでいいんです」

佐竹はいって、「もうひとつ教えてください。宅配便の段ボール箱で、いちばん小さい

規格サイズはいくらですか」

「六〇サイズですね」

「その箱はロッカーに入りますか」

「余裕で入ります。縦にしたら、どのロッカーにも」

入らない荷物は網台車に載せているという。

「石井さんは毎日、ここにいてはるんですか」

「はい。ウィークデーは」

「朝から晩まで？」

「いえ、今西というものが朝、八時半に出てきます。彼女は午後一時までで、あとはわたしと交替します。わたしは午後八時半までいます」

「土日は休みですか」

「土曜はわたしだけです。午前八時半から午後三時」

シフトをメモ帳に書きとった。「――ここ、二階は家主が住んでるんですか」

「いえ、二階も賃貸の事務所ですけど、いまは空いてます」

「家賃、高そうですな」

あと、訊くことはないか、と湯川を見た。湯川は小さく首を振った。

「どうも。長々とお邪魔しました。我々が来たことは内密に願います」

「はい、誰にも」

「ありがとうございました」

一礼し、『サン・アシスト』を出た。


府警本部――。特捜班に帰着したのは午後七時だった。班長日野、係長柏木以下、梨田を除く七人がそろっている。日野は佐竹の報告を聞いたあと、コピーした資料を配り、今後の捜査方針を話しはじめた。

「まず、高城政司。こいつはNPO法人『大阪ふれあい運動事業推進協議会』を隠れ蓑にして生活困窮者を食い物にし、また『ふれあい荘』の住人を受け子にしてオレ詐欺に加担してる。高城は名簿屋であり、受け子を差配して詐欺グループとの仲介役も務めてると考えられる。高城は五十五歳で独身。結婚歴なし。高城につながる掛け子のグループについては現在のところ情報なし。それで、いまはこのオレ詐欺グループを『高城グループ』と呼ぶことにする」

日野は高城の名を○で囲んだ。「高城の下には橋岡恒彦、三十三歳と、矢代穣、二十二歳がいて、このふたりがふれあい荘の住人である宇佐美知隆、五十一歳や上坂健三、五十三歳らを仕切って騙した金の受けとりに使うてる。……今日も駒川商店街で三百二十万円の金の受けとりがあったが、幸い、高城グループに金は渡ってない。上坂健三がセブンデイ駒川店から宅配便で送ろうとした現金は押収して、梨田がもうすぐ持ち帰る。……で、みんなに意見を聞きたいのは今後の捜査方針や。高城、橋岡、矢代、宇佐美、上坂を一斉検挙してNPO法人の事務所とふれあい荘を家宅捜索し、供述をとって掛け子グループに遡及《そきゅう》させるか、あるいは泳がせて次の受けとり機会を待つか、各自、考えをいうてくれ」

「よろしいか」関本が手をあげた。「自分はもういっぺん待つのがええと思います。高城、橋岡、矢代に張りついて、動きがあったら尾行する。……高城が掛け子グループと接触する可能性もなくはないし、掛け子のひとりでも特定できたら、高城を引いたときに叩きやすい。……そう、掛け子も同時に引くんですわ」

「わしは、そうは思わんな」

いったのは係長の柏木だった。「これ以上、高城グループを泳がせても、掛け子につながるネタをつかめるとは考えられん。新たな被害拡大を防ぐためにも、いまある材料でカチ込むべきやで」

「自分は、現行犯逮捕したいですね」

城間がいった。「次の金の受けとり現場で引くんです。罪状がひとつ増えるし、宇佐美や上坂とは別の受け子が来るかもしれません」

「しかし、あいつらは用心深いぞ。被害者《ガイシャ》を連れまわしたあげくに接触せんことが多い」

「そのときは、NPO法人にカチ込むんです」

「ま、それも一案やけどな」柏木は椅子にもたれ込んだ。

「班長」佐竹はいった。「今日、上坂は駒川のコンビニから金を入れた段ボール箱を発送しました。湊町の私書箱サービス会社にとどくのは明日ですわ。箱を受けとりに来た男を尾行したら、オレ詐欺の巣に持って帰るかもしれません」

「私書箱代行は『サン・アシスト』。契約者は『アルム』の野沢洋一や」日野がいう。

「賛成ですわ」

大森がいった。「NPO法人と私書箱会社を張りましょ」

「段ボール箱の中身はどないするんや。現金を入れとくわけにはいかんぞ」と、柏木。

「紙の札束でええやないですか」

湯川がいった。「段ボール箱の中は茶封筒です。持ち帰る途中に封筒を開けて金を確かめるとは思えません」

「宅配便の六〇サイズ。ハードカバーの単行本が五、六冊、入るぐらいの小さい箱です」

佐竹はいった。「封筒は糊づけしときましょ。箱を開けて封筒を破りよったら、その場で引くんです」

「よっしゃ。そういうことや」

日野がいった。「梨田が帰ってきたら、箱の中身を入れ替えてハザマ急便の中継所に持って行こ。明日、湊町にとどくようにな」

——と、そこへちょうど梨田が現れた。全員の視線が集まる。

「なんです……」梨田は怪訝な顔をした。

「ジャスト・タイミング。噂をすれば影や」柏木がいった。

梨田は提げていたバッグから段ボール箱を出し、日野のデスクに置いた。白地の箱の側面にハザマ急便の青いロゴマークが刷られている。

「これ、鑑識に持っていってくれるか」

日野は湯川にいった。「送り状を撮影して、指紋を採るんや。そのあと、底から箱を開けて、中の茶封筒の付着指紋も採ろ」

「了解です。三百二十万、作っといてくださいね」

湯川は箱をとり、部屋を出ていった。柏木が立ってスチールキャビネットの扉を開け、偽札を出す。帯封をした束はふたつしかなかった。

「百二十万も足らんがな」

柏木はペーパーカッターを自分のデスクに置き、ガイドレールを一万円札のサイズにセットした。ガイドに五十枚ほどのコピー用紙をあてて刃をおろす。二百枚ほどをカットして百枚を数え、帯封を作って糊付けした。

「本物の札もこんなふうに作れたら、大金持ちやな、え」

柏木は笑うが、誰も笑わない。梨田が茶を淹れてみんなに配った。

8

ノック――。橋岡は布団から手を出して時計を見た。午後七時だ。眠っていたらしい。

「誰や」小さくいった。

「おれや」

「穣か」

「開けてくれ」

うっとうしいやつだ。また金を貸せというのか。

起きて玄関へ行き、錠を外した。矢代が入ってくる。

「なんや、おい。来るなら来ると、電話ぐらいせぇや」

「相談や。電話ではいえん」

矢代は橋岡の脇を抜けて台所にあがった。グラスに流しの水を注いで一気に飲み、さも疲れたように椅子に座った。

「おまえ、眼が落ち窪んでるぞ」

「寝てへんのや」

住之江競艇に行っていたという。「身ぐるみ剝がれた。からっケツや。なんぞ食わしてくれ」

「そこの棚にカップラーメンがあるやろ」

「橋やん、せっかくの客にインスタントラーメンはないで」

矢代はフライトジャケットのポケットから煙草を出したが、一本もないことに気づき、パッケージをくしゃくしゃに丸めて流しに放った。「──煙草、くれ」

「ください、やろ」

寝室にもどって煙草を拾い、テーブルに置いた。

「いまどき、ハイライトやて、珍しいな」

「嫌なら吸うな」

「そうとんがるなや、え」

矢代はハイライトを吸いつけた。

「なんぼ負けたんや。住之江で」

「二十万」

「まだ、そんな金を持ってたんか」

「高城のおっさんに前借りしたんや。今日のアガリをな」

そういえば、こいつは今日、上坂を使って三百二十万を受けとったのだ。駄賃の十六万に、アパートの部屋でかき集めた四万を足したのだろう。

「橋やん、金貸してくれ。おれは明日の飯代もないんや」

「おまえ、賭場でおれの持ち金まで溶かしたんやぞ。おれのほうこそからっケツや」

こんなやつに金を貸すのはドブに金を捨てるよりひどい。「サラ金でも行けや」

「サラ金はもう、いっぱいや。おれはブラックリストに載ってる」

「街金があるやろ」

「いまどき、トイチの街金なんぞあるかい。トニやトサンの街金でトイチのトロを返すやて、シャレにもならんわ」

そう、街金、闇金でつまめるのは、せいぜい十万、二十万だ。賭場の借金二百五十万は逆立ちしても工面できない。

「女はおらんのか、女は」

「へっ、おったら住之江なんぞ行くかい。ソープに沈めとるわ」

「いまからホストクラブでも面接に行ったらどうや」笑ってやった。

「橋やん、おれはな、ホストみたいな腐った仕事はせえへんのや」

こいつの頭をかち割ってみたい。女をソープに沈めるよりホスト稼業のほうがまだマシだろう。

矢代は椅子にもたれ、天井に向かって煙草のけむりを吐いた。

「たれ込むか……」ぼつりという。

「白燿会の盆や。毎月、約日の盆を開帳してますと、警察にたれ込む」

「なんのこっちゃ」

「あほいえ。命がないぞ」

「手紙を書くんや、手紙を。子供の字でな。〝お父さんはばくちにさそわれてかえってきません。うちにはおかねがありません。食べるものもありません。お母さんはぼくといっしょにしぬといいました。でもぼくはしにたくないです。けいじさん、たすけてください。お父さんをばくちにつれて行くのは、つるみばしのはくよう会というやくざです〟……」

「やめとけ、やめとけ。白燿会は博徒やろ。そんな手紙で内偵に入るぐらいなら、とっくのむかしにガサが入っとるわ」

　橋岡は冷蔵庫から発泡酒を出した。プルタブを引く。「――トロを詰めるまで九日あるやろ。どこかで引っ張ってこい。二百五十万」

「んなアテがあったら、こんなとこに来るかい」

「こんなとこでわるかったな、え」

　発泡酒を飲んだ。「どうにもならんときは飛べや。東京でオレ詐欺でもせい」

「飛ぶのはかまへんけど、橋やんに迷惑やろ」

「しゃあないがな。相棒がおらんようになるのは寂しいけどな」

　寂しくはない。せいせいする。

「橋やん、おれ、帳付と話をしてたやろ」

「ああ、してたな。長いこと」

帳付は見るからに極道面だった。黒スーツにグレーのシャツ、髪はオールバックで縁なし眼鏡をかけ、左のこめかみから頬にかけて十センチほどの切り傷があった。白燿会の若頭だと、世話役の若い衆はいっていた。

「おれ、帳付にな、橋やんの名前とヤサをいうたんや」

「なんやと……」

「あの二百五十万、おれと橋やんのふたりで借りたことになってるんや」

「あほんだら。なにさらすんじゃ」

怒鳴りつけた。矢代はにやりとして、

「橋やん、ゆるいぞ。普通、賭場のトロは百万ほどがリミットや。二百五十万も借りれたんは、橋やんがおれの連帯保証人になったからや」

「おれがいつ、おまえの保証をした。ええ加減にさらせよ、こら」

「そう怒るなよ、おい。おれも頭に血がのぼってたんや」

いけしゃあしゃあと矢代はいう。橋岡は立って拳を固めた。

「なんや、殴るんかい」

矢代は橋岡を見あげる。「それで気が済むんやったら、やれや」

「くそっ……」

　橋岡は座った。こんなクズを殴ってもしかたない。

「すまんかったな、橋やん」

　矢代は頭をさげたが、薄ら笑いを浮かべていた。

「おまえ、賭場で金借りたんは初めてやないやろ。ちがうか」

「そのとおりや。おれが昨日、盆に持って行ったんは三十万やけど、そのうちの二十万は借りてた金の返済やった」

「ほな、おまえ、たった十万のタネ銭で博打したんか」

「へっ、五、六十万は勝つはずやったんやけどな」

　矢代は完全に居直っている。「――な、橋やん、あんた、ほんまに金持ってへんのか」

「やかましい。金がないから、こんなネズミ小屋で寝起きしてるんやろ」

　銀行の預金は八十万しかない。矢代にくれてやる義理もない。

「こうなったら、高城のおっさんに金借りるしかないな」

　矢代は空き缶に煙草を入れた。「つきおうてくれや」

「なにが哀しいて、おれがつきあわないかんのや」

「さっきもいうたやろ。あんたとおれは一蓮托生《いちれんたくしょう》なんや。埋められるのはいっしょやで」

「………」怒鳴る気も失せた。あの帳付の顔が眼に浮かぶ。

「今日、おっさんからアガリをもろたとき、金庫の中を見た。札がうなってた」

「おっさんは金庫の金が百万を超えたら銀行へ行くんや。二百五十万も入ってへん」

「通帳と判子を借りたらええやないか。それに明日、私書箱屋に三百二十万がとどく。おっさんに頼んで借りるんや」

「おまえは甘い。あの腐れが十万の金も出すわけない」

「講釈はええんや。つきおうてくれ」

「ひとりで行け。自分の尻《ケツ》は自分で拭かんかい」

「橋やん、おれは頼んでるんやで」

矢代は真顔だ。「高城のおっさんにとって、おれはパシリのチンピラやけど、橋やんはちがう。おっさんとのつきあいは長いし、このアパートの管理人もしてる。橋やんがいうたら、おっさんも聞くがな」

「…………」

「なぁ、橋やん、このとおりや」

矢代はテーブルに両手をついた。「おっさんに借りる金は絶対に返す。誓うてもええ」

「えらい安い誓いやな、おい」

「あんた、おれを嗤うてるんか」矢代は眼が据わっている。

「分かった、分かった。つきおうたる」

面倒だ。立って、椅子にかけていたブルゾンをとった。

高城は萩之茶屋の事務所で出前のカツ丼とてんぷらうどんを食っていた。

「なんや、おまえら、雁首《がんくび》そろえて」

高城はカツをほおばった。クチャクチャと耳障りな音がするのは、口を閉じてものを嚙まないからだ。

「ちょっと、相談にのって欲しいんですわ」矢代がいった。

「どういう相談や」

「金、貸してもらえませんかね」

「なんぼや」

「二百五十万です」

「えらい大きく出たやないか」

高城に驚いたふうはない。「なんで、そんな金が要るんや」

「おふくろが倒れたんです」

「滋賀のおふくろさんか」

「心筋梗塞です。五時間の手術して、いま集中治療室です」

母親には健康保険がない、手術費と入院費が要る、と矢代はいった。

「いまどき、保険に加入してへん人間がおるんか。日本は国民皆保険やぞ」

「おふくろは病弱で収入がないんです。掛け金を滞納して保険を切られました」

「おまえんとこ、親父がおらんかったな」

「おれが中一のときから母子家庭ですわ。女手ひとつでおれと妹を育ててくれたんです」

「妹にいわんかい。手術代出せと」

「妹は今年、就職したばっかりです。おふくろの生活費はおれが見てました」

「そんな話、初めて聞いたぞ。なんで生保《ナマポ》の申請せんかったんや」

「おれの仕送りで食えてたからです」

「そら、けっこうや。親孝行でよかったの」

「金、貸してください」

「おまえのおふくろさんは、わしのおふくろやないで」

「高城さんのほかに頼れるひとがいてへんのですわ」

「三十万や。一月分の給料やったら貸したろ」

「おふくろは冠動脈がぼろぼろで、バイパス手術もせなあかんのです」

スマホででも検索したのだろうか、矢代はむずかしげな用語を並べたてる。

「しつこいのう。三十万が不足やったら帰れ」

高城は邪険に手を振り、うどんをすすった。

「おれ、飛びとうないんですわ」

「なにをいうとんのや、おまえは」

「ヤクザに追い込みかけられて飛ぶようなやつは男やない。そうですやろ」

「おまえ、シャブでもやったんか」

「昨日からずっと、寝てませんねん」

「ほな、寝んかい。起きたら見舞いに行け。滋賀へ」

「三十万、貸してください」

「ややこしい男やのう。念書、書け」

高城は箸《はし》を放った。たくあんをつまんでデスクに移動し、足もとの小型金庫を上にあげた。「——念書の文面、分かってんのか」

「借用書でしょ」

「高城政司さま。一金三十万円、借用いたしました。三カ月以内に返済いたします……。今日の日付とおまえの名前を書け。利息は堪忍したる」

高城は背中を向けて金庫のダイヤルをまわし、蓋をあけた。札が見える。

と、矢代が動いた。高城の襟首をつかんで引く。高城は椅子ごと後ろに倒れ、ゴツッと鈍い音がした。

「なに、さらすんじゃ」高城は叫んだ。

「じゃかましい」

矢代は電話機を高城の顔に叩きつけた。高城は呻《うめ》いて鼻を覆《おお》う。指のあいだから血が滴《したた》った。

「下手に出てたら調子に乗りくさって。なにが念書じゃ、こら」

矢代は電話のコードを高城の首に巻きつけた。高城は必死でもがくが、食い込んだコードは外れない。レターケースやパソコンが床に落ち、高城は宙を蹴る。

「やめとけ、おい。やめんかい」

橋岡は我に返って矢代の腕をとった。矢代は振り払って鋏《はさみ》を拾う。逆手に持って振りかざした。

「殺すぞ。邪魔すんな」

怒号に押され、橋岡はあとずさった。

矢代は高城の太股に鋏を突きたてた。グェッと高城は悲鳴をあげる。

矢代はなおも高城を絞めあげた。高城の顔が紅潮し、口から泡を吹く。高城は白眼を剝《む》き、そこでようやく矢代はコードを弛《ゆる》めた。

「橋やん、金や。なんぼある」

「これはおまえ、強盗やぞ」

「眠たいことぬかすな。数えんかい」

「くそっ……」もう、あともどりはできない。肚《はら》を決めた。

橋岡は金庫から札を出した。数える。

「九十二万や」

「通帳は」

「ある」

大同銀行、三協銀行、協和冨士銀行、和泉信用金庫の四冊だ。残高を見る。「――大同が二千七百、三協が九百五十、協和冨士が千三百、和泉信金が三千二百や」

「全部でなんぼや」

「八千百五十万」

「たった、それだけか」

「ああ、そうや」

「おい、くそボケ。ほんまの通帳はどこにあるんや」

矢代は高城に訊いた。高城は苦しそうに首を振る。

「こら、聞こえんぞ」

「おまえら、こんなことしてただで済むと思とんのか」高城は肩で息をする。

「おいおい、このデブはおれらを脅しとるで」

「わしのバックを知っとんのか。わしが一言いうたら、おまえら、死ぬんやぞ」

「その一言が多いんじゃ」

矢代は高城の背中に膝をあててコードを引き絞った。高城はもがき苦しみ、デスクの脚をつかんで横にずっていくが、ふいにクッと動かなくなった。

「このデブ、電池が切れよった」矢代は笑った。

「まさか、おい……」

「なんや、その顔は。気絶しただけや」

矢代は床にあぐらをかいた。「煙草くれ」

「よう吸えるな。こんなときに」

ハイライトを一本、放った。矢代はくわえて火をつける。

「ほかに金目のもんはないんか。その金庫」

「通帳が四冊と、時計やな」

腕時計は三本――。金無垢《きんむく》のロレックスと黒い文字盤のフランクミュラー、クロコダイルベルトのパテックフィリップだった。

「パテック、おれにくれ。ほかは橋やんにやる」

「好きにせいや。おれは要らん」

盗人の真似事はしたくない。「おまえ、端《はな》からこいつをやるつもりやったんか」

「かもしれんな」

矢代はうなずく。「どうせ、二百五十万もの金は出すはずないと思てた」

「三十万でもよかったやないか。利息になるやろ」

「元金が減らんやないけ」

「むちゃくちゃやな」

「いつか、こいつから毟《むし》ったろと思てたんや」

そのきっかけが賭場の借金だったのだろう、とひとごとのように矢代はいう。

「なんか、臭いな」大便の臭いがする。

「漏らしくさったんや」

高城のズボンは濡れていた。床に小便が広がっている。

「橋やん、判子は」

「銀行印か」

金庫をひっくり返した。通帳といっしょに封筒がいくつかデスクに落ちた。三協グローバル証券から高城宛にとどいた封筒が二通と、アレックス証券が一通、プライム証券が一通だった。

橋岡は封筒の書類を出した。どれも取引残高報告書で、三協グローバル証券の〝国内株式等〟は八千九百二十万円、アレックス証券のそれは六百八十九万七千円、プライム証券は七千二百六十七万円だった。銘柄は大成建設、トヨタ、関西電力、ドコモ、アコーディアゴルフ、エレコム、新東精機、グロリアなど、一部上場企業が三十社ほど記されていた。

「こいつ、資産を株に突っ込んでたんやで」

「なんぼや、株は」

「待て」

抽斗から電卓を出した。立ったままキーを叩く。「——一億六千八百七十六万七千円」

「橋やん、ぶち当てたぞ。二億以上や」

「二億五千万。トータルでな」

うれしいというより、胸のつかえるような思いがした。折半しても一億二千五百万だが、あまりの大金に実感がない。

「くそったれ、どこに判子を隠しとんのや」

矢代は高城のそばにかがんだ。首に巻きついた電話コードをとり、仰向きにして頬を張る。「こら、起きろ。起きんかい」

高城の反応がない。泡まじりの唾を口端から垂らしたまま、ぴくりともしない。

「このボケ、いつまでも寝てんやないぞ」

矢代は高城の襟首をつかんで揺すぶった。高城の頭が左右に振れる。

「おい、おっさん……」

矢代は襟首を離した。高城の胸に耳をつける。「とまってる。心臓」

「なんやと」

矢代を押しのけた。高城は息をしていない。

スッと血の気がひいた。背筋がぞくりとする。まさか、これは現実か……。

床に両膝をつき、高城の胸に手を重ねて押した。全体重をかけて押す。拳で胸を強打した。矢代はただ突っ立っている。

「ボーッとしてんと、手伝え」

「なにを手伝うんや」

「人工呼吸や」

「あほぬかせ」

矢代はへたり込んだ。背中を丸めてこちらを見ようともしない。

死ぬな。眼を覚ませ――。

十分、いや二十分は胸を押しつづけただろうか。高城が息を吹き返すことはなかった。

「なんで死んだんや」

ぽつり、壁に背をもたせかけた矢代がいった。

「首絞めたからや。おまえが」

「こいつはデブや。血圧の薬、服《の》んでた。心臓発作や」

「そんなことがとおるとでも思てんのか。おまえは高城を殺したんや」

「殺してへん。勝手に死んだんや」

「まちがうなよ。おれは見てただけや」

「へっ、おまえは共犯や」

「なにが共犯じゃ。おまえがつきあえというから、つきおうたんやないか」

「どないするんや」

「どないもこないもあるかい。おまえはフケろ」

「冗談は顔だけにせいや。おれにみんなかぶせて、おまえは知らんふりか」

「おれはなにもしてへんやないか」

「じゃかましい。おまえはにやにやしながら見てた。どっちが手を出したとか、関係ない。おれが捕まったら、おまえも道連れじゃ。おれはおまえに誘われたというからな」

「どつくぞ、こら」

「おもろい。やってみいや。おまえもついでに殺《や》ったるぞ」

「こいつ……」

そばに寄った。矢代が立ちあがる。やる気だ。

しばらく睨みあった。少し冷静になる。素手で殴りあったら、喧嘩《けんか》馴れしている矢代に負ける。

「やめじゃ、やめじゃ」

視線を逸《そ》らした。「いまさら、じたばたしてもしゃあない。こいつを始末しよ」

「どう始末すんねん」

「死体がなかったら、こいつは死んでへん。よめはん、子供はおらんし、こいつが消えても気にするやつはいてへん」

死体と凶器、そのふたつがなかったら事件にはならないし、もし逮捕されても有罪にはならないと、むかし、なにかの犯罪小説で読んだ。

「棄てるんか、このデブを。重いぞ」

「ふたりなら運べる。ベンツのトランクに放り込んで、どこか、山ん中に埋めよ」

「死体を埋めるのは犯罪やろ」

「大丈夫か、おまえ、頭は」

吐き捨てた。「おまえが死体を作ったから埋めるんやろ」

「なんでもかでも、おれがわるいんか、こら」

「もうええ。仲間割れしてる場合やない。夜のうちにこいつを始末せなあかんのやぞ」

高城を見た。心なしか、顔色が白くなったような気がする。ついさっきまでえらそうにふんぞり返っていたのが、このザマだ。そう、こいつは殺されても文句のいえないクズだったが……。

「まず、こいつを包も。なにかあるか」

「ブルーシートや。裏の物置で見たことがある」ロープも見た、と矢代はいう。

「持ってこい。おれはベンツのキーを探す」

「おまえ、おれに命令してへんか」

「命令もくそもない。いちいち突っかかるな」

「ほざいとけ」

矢代は事務所を出ていった。

橋岡は高城のジャケットのポケットを探った。右のポケットからスマホを出し、ズボンのポケットに手を入れたら濡れていた。

ズボンの右ポケットからキーリング、左のポケットから札を出した。一万円札は小便を吸ってごわごわになっているが、二十枚はありそうだ。橋岡は札を自分のポケットに入れて高城を俯《うつぶ》せにする。尻ポケットから抜いた革のカード入れは強烈な大便の臭いがした。

くそ汚いやっちゃ。死んでまで迷惑かけるか——。不思議に恐怖感はない。事務所の流しにカード入れを放り込み、水を出しっ放しにして手も洗った。

矢代がナイロンロープを肩にかけ、ブルーシートを抱えてもどってきた。

「それ、広げろや」

「分かった、分かった」

不貞腐《ふてくさ》れたように矢代はいい、シートを床に広げた。

「足持て」

「くそっ……」

矢代は舌打ちし、高城の足をつかんだ。橋岡は高城の脇に手を入れて持ちあげる。シートの上に移して簀巻《すま》きにし、首、腰、太股、足首とロープを何重にもかけてきつく縛る。肥った高城の死体は腹のあたりが盛りあがって〝青い粽《ちまき》〟のようだった。

橋岡はキーリングからベンツのキーを外して矢代に放った。

「駐車場に行ってベンツを出せ。事務所の前に乗ってこい」

「ええ加減にさらせよ、こら。命令するなというたやろ」

「すまんな。文句は終わってからにしてくれるか」

「まだ九時すぎやぞ。もっと夜中のほうがええんとちがうんか」

「夜中にベンツのトランク開けて〝荷物〟を積んだらかえって目立つ。いまは商店街のどの店も閉まってるし、車の乗り入れもできる。人通りのないときを見計らってベンツに積むんや」

「おまえ、おれよりずっと悪知恵があるな」

「ワルは余計や。知恵といえ」

「床、拭いとけよ。臭うてたまらんわ」

いって、矢代は表の通用口から外へ出ていった。

橋岡はバケツに水を汲み、柄つきのモップを濡らしてPタイル張りの床を拭きはじめた。矢代が高城の太股を刺した血が点々と落ちている。モップを浸しては床を拭き、拭いてはまた浸す。バケツの水も替え、なんども繰り返すうちに大便の臭いは薄れて気にならなくなった。そうしてファンヒーターの風をあて、濡れた床を乾かす。モップは柄から外してゴミ袋に入れ、鋏と壊れた電話機といっしょに簀巻きの死体のそばに置いた。

シャッターの外で車のエンジン音がした。通用口が開き、矢代が入ってきた。

「積むか、荷物」

「人、とおってるか」

「いまはおらん」

「よっしゃ。運ぼ」

肩と足を持って死体を移した。通用口のそばまで運び、橋岡は外に出る。照明を落とした商店街に人通りはなかった。

「キー、貸せ」

右下のボタンを押すとトランクリッドがあがった。

「いまや」

通用口から死体を出し、トランクに積み込んだ。モップのゴミ袋と鋏、電話機、電話コードも入れてリッドをおろす。矢代にキーを渡した。

「車を駐車場に駐めてこい。荷物を埋めるのは真夜中や」

「どこに埋めるんや」

「それはおれが考える」

「おまえ、高城のおっさんみたいやのう」

「どういう意味や」

「えらそうにものいうからじゃ」

矢代はベンツに乗り、走り去った。

橋岡は事務所にもどった。臭いはすっかり消えている。流しの開きっ放しにしていた水栓を閉めた。カード入れを拾って雑巾でくるみ、デスクに座る。カード入れの中身をあらためた。

大同銀行、三協銀行、協和冨士銀行、和泉信用金庫のキャッシュカードと、ＶＩＳＡ、アメリカン・エキスプレス、ＡＣマスターのクレジットカードがあった。証券会社のカードはない。キャッシュカードの暗証番号を書いたようなメモもない。高城のスマホの電源を入れてメールを見たが、返信を求めるようなものはなかった。スマホは真新しいから、他人名義のものを裏ルートで手に入れたのだろう。橋岡は電源を切って立ちあがった。印鑑や、印鑑――。通帳はある。銀行印がない。高額の預金を引き出すには暗証番号も要るらしいが、いまはまず銀行印だ。

デスクとレターケースの抽斗を順々に開けた。レターケースのいちばん下に、印鑑、印肉、住所印、スタンプが入っていた。

印鑑は全部で六本あった。『高城』という名字だけのものが四本と、『高城政司』のそれが二本。名字の四本のうち三本はプラスチックと黄楊《つげ》の認め印だが、あとの一本は灰色がかった牛骨でできている。フルネームの二本はどちらも象牙だった。

牛骨は銀行印、象牙のどちらかは実印――。橋岡は見当をつけたが、自信はない。あの詐欺師の高城が無防備なレターケースに銀行印や実印を入れておくだろうか。

いや、銀行印はこれやない。ほかのどこかに隠してるはずや――。

橋岡は立って、スチールキャビネットの扉を引いた。開かない。錠がかかっている。くそったれ、ややこしいことすんな――。舌打ちして鍵を探した。それらしい鍵はキャビネットの最下段の小抽斗の中で見つけた。

橋岡は鍵を挿して扉を開けた。名簿ファイルが百数十冊と広辞苑、大辞泉、法律学辞典、法令用語辞典、NPO法人要鑑、年度ごとの紳士録と地域名鑑が数十冊、府県別区分地図と住居地図が十数冊、整然と並んでいた。

こんなもん、いちいち錠かけて置いとくか――。

名簿ファイルから調べはじめた。大学、高校の同窓会名簿、上場企業の退職者名簿、車のディーラーから洩れたらしいユーザーリスト、介護施設待機者リスト、医療法人の通院者名簿、調剤薬局の購入者リスト、家電量販店のポイントカード登録者リスト、役所から洩れたらしい生活保護受給世帯リスト、大手不動産会社の賃貸契約者名簿、造成宅地と住宅の購入者リスト――。ありとあらゆる名簿、リストが、ファイルごとにきれいに分別されていた。さすが、高城の本業は名簿屋だと実感した。

広辞苑、大辞泉、法律学辞典など、函《はこ》入りの辞典類を調べた。逆引き広辞苑を函から出したとき、なにか赤いものが床に落ちてコトッと音がした。拾いあげる。小さな赤い革のケースに納められた、たぶん黒檀《こくたん》の印鑑だった。

これか、銀行印――。デスクのところにもどり、印肉をつけてティシュペーパーに捺《お》してみた。『高城』という名字を、判読しにくい篆字《てんじ》で彫っている。

これや、銀行印――。まちがいない。普通、実印はフルネーム、銀行印は名字だけが多いという。辞典の函に隠していたのも、銀行の届出印だからだ。

あとは暗証番号やな――。隣のデスクに移ってノートパソコンを立ちあげ、アイコンの『Ｇｏｏｇｌｅ』をクリックした。過去の検索履歴を見る。銀行のサイトを開いた履歴はなく、証券会社のそれもなかった。

『Ｗｉｎｄｏｗｓメール』を見た。ミナミのバー、スナックからのメールと、ネットセールスのメールが十件ほど残っているだけで、あとは空白だった。送信済みアイテムも空白。オレ詐欺グループに加担している高城は家宅捜索が入ることを予測して、危ないメールはその都度、ごみ箱に捨てているようだった。

どうする。どうしたら暗証番号にたどり着くんや――。

懸命に考えたが、思いつく策はない。どうにもできへんのか――。

がしかし、諦めるには惜しい。大同銀行、三協銀行、協和冨士銀行、和泉信用金庫の預金総額は八千万を超えているのだ。

暗証番号なしに、通帳と銀行印だけで預金を引き出すことはできないのか――。

いままでの人生、銀行や証券会社にはまるで縁がなかった。百万以上の金を銀行に預けたことはなく、まして口座の名義人でもない他人が高額預金を引き出すときの手続きが分からない。

いま、銀行の一日あたりの引き出し限度額は五十万円だ。すると、五十万以内の引き出しは暗証番号が要らないのだろうか。

仮に、一行あたり一日に四十万円をおろすとしたら、大同銀行の預金は七十日弱で全額をおろせる。三協銀行は約二十日、協和冨士銀行は約三十日、和泉信金は八十日で全額をおろすことができる。

そう、焦ることはない。じっくり腰を据えて、毎日、百六十万円を引き出していけばいいのだ。

そう思ったら、胸のつかえがおりた。金の生《な》る木や。金の生る木をおれはつかんだ——。

椅子にもたれて煙草を吸いつけた。証券会社三社の取引残高報告書を手にとる。トータルで一億六千八百万——。

くそっ、なんで矢代に教えてしもたんや——。電卓を叩いて総額を出したのはミスだった。せめて三社のうち一社でも知らんふりをしておけば、矢代と折半することはなかったのに。しゃあない。あのときは気が動転してた——。まさか、高城が死んだとは思いもよらなかった。

株を売って現金に替えるのはどうすればいいのか。暗証番号は必要ないはずだ。明日、証券会社に電話をして手続きを訊こ——。たぶん、高城は株取引にも同じ銀行印を使っていたはずだ。

煙草を吸い終えて灰皿に放ったところへ、矢代がもどってきた。

「寒い。雨降ってきた」

フライトジャケットの肩口が濡れている。「おっさんを埋めに行ったら風邪《かぜ》ひくわ」

「十一時になったら出よ」

「おれは昨日から一睡もしてへんのやぞ。おまえが埋めてこいや」

「あほぬかせ。おれひとりやったら夜が明ける」

「シャベルとツルハシ、持っていかんかい」

「いわれんでも持っていく」

裏の物置にシャベルの一本くらいはあるだろうが、ツルハシはないだろう。

「それでおまえ、銀行の判子はあったんか」

矢代は橋岡をおまえ呼ばわりしている。高城の首を絞めるまでは〝橋やん〟だったが。

「あった。これがそうやと思う」

黒檀の印鑑をデスクに立てた。「キャビネットに鍵かけて隠してた。辞書の函から見つけた」

「よっしゃ。明日、おろしに行くぞ。通帳と判子持って」

「暗証番号が要る。五十万以上の金をおろすときはな」

「それ、ほんまかい」

「窓口で端末のボタンを押せといわれるんや。見たことがある」

「洒落《しゃれ》にならんやろ、おい」

「銀行も考えとんのや。オレ詐欺のせいかもしれん」

「ま、ええわい。んなもんはどうとでもなる」

矢代はそばに来た。「金、寄越せ」

「金？　なんのこっちゃ」

「金庫の中にあった金や。九十二万」

「ああ、あれな」

矢代は忘れていなかった。橋岡は抽斗から札束を出す。

「ほんまはおれが五十万といいたいけど、ま、折れでええ」

矢代は札を手にとって、一万、二万と数えながら左右に置いていった。半分の四十六万をポケットに入れ、ひとつあくびをして、

「おれは寝る。限界や」ソファに腰を沈めた。

ひとを殺しといて、よう寝られるな――。呆れた。図太いというより、こいつはひととしてなにかが欠落している。

矢代は眼をつむり、足を投げ出した。すぐに寝息が聞こえはじめた。

9

橋岡も椅子に座ったまま、眠ってしまったらしい。寒気がして、ハッと気づいたときは壁の時計が零時二十分を指していた。灯油が切れたのか、ファンヒーターが消えている。

「おい、起きろ」

声をかけた。矢代は返事もしない。

「起きんかい。十二時すぎてるぞ」

「うるさいのう。ごちゃごちゃと」矢代は眼をあけた。

「シャベル、とってくる」

橋岡は懐中電灯を持って事務所を出た。トイレで放尿し、裏口から外に出る。塀際の物置の扉を開け、中を照らすが、シャベルはない。下の棚に空の植木鉢と園芸用のスコップがあったが、スコップでひとを埋める穴は掘れない。長さ一メートルほどのバールをとって事務所にもどると、矢代はまた寝ていた。

「ええ加減にせえよ、こら」

怒鳴りつけた。「起きんかい」

矢代は上体を起こした。

「煙草くれ」

「みんな、やる」

ハイライトを放った。矢代は一本抜いて火をつけ、バールに眼をやって、

「シャベルはどうしたんや」

「なかった」

「バールで穴掘るんかい」

「シャベルは途中で拾う。行くぞ」

懐中電灯を矢代に渡し、バールとビニール傘を持って表の通用口から外に出た。矢代が出るのを待って施錠する。雨は本降りになっていた。


駐車場――。バールをトランクに入れ、ベンツに乗った。運転は橋岡だ。エンジンをかけてシートヒーターのボタンを押す。

「どこに埋めるんや」

「さぁな……。南河内はどうや」

「アテ、あんのか」

「むかし、富南や河内長野にコンクリートがらを運んだ」

産廃屋の手伝いをしていた時期がある。「不法投棄や。道路にダンプ停めて、谷へがらを落とす。現場を見つかっても文句いうてくるやつはおらんかった」

そう、大阪府の保有林を狙って捨てたのだ。

「おまえ、いろんな稼業してたんやな」

「ダンプの免許を取ろかとも思たけど、その金がなかった」

駐車場を出た。萩之茶屋から梅南へ向かう。

「どこ行くんや。阪神高速は反対やぞ」

「シャベルが要るんやろ」

「こんな時間に開いてる店があるんか」

「水道屋の小林や。あいつ、ガレージに道具置いてる。行ったことあるんや」

小林はふれあい荘の水道やトイレが壊れたとき、修繕に来る職人で、天下茶屋に屋根つきのガレージを借りている。「入り口はシャッターやけど、錠なんかかけてへん」

「おまえ、ほんまに悪知恵が働くな」

「お世話になりますとは、よういわんのか」

梅南一丁目──。《まるなかモータープール》にベンツを乗り入れた。橋岡は降りてトランクからバールを出し、《3》のシャッターの下にバールをこじ入れた。引きあげると、シャッターは軽く真ん中のあたりまであがった。

シャッターをくぐり、懐中電灯を点けた。白のボンゴの後ろにスチール棚。シャベルはすぐに見つかり、ツルハシもあった。橋岡は二本を持ってガレージを出る。シャッターをおろし、バールといっしょにベンツのトランクに積んだ。

文の里入口から阪神高速道路にあがった。松原から阪和道、南阪奈道の羽曳野出口でおりて外環状線を南へ走る。羽曳野から富田林、河内長野から富南へ。南へ進むにつれて道路沿いの建物は少なくなり、工場と空き地が眼につきはじめる。ラーメン屋や牛丼屋の照明がフロントガラスの水滴を赤や黄色に染めた。

「富南は十年ぶりや。風景も変わった。まさか、死体を積んで走るとは夢にも思わんかった」

「おれ、こんな映画、見たな」

矢代はシートを倒してダッシュボードに足をのせている。「雨のニューヨークや。ギャングふたりが強盗する。ほんでトランクに死体を隠すんや。パトカーが追いかけるんやけど、バンバン、拳銃ぶっ放して逃げる。最後は車ごと川に突っ込むんや」

矢代の話は分からない。いつもそうだ。本人はちゃんと話しているつもりらしい。

富南市に入った。樫尾の交差点で外環状から離れ、樫尾川沿いの府道を東へ行く。山の家、農協倉庫、ブドウ選果場、青少年野外活動センターをすぎ、岐田トンネルをくぐる。樫尾川の川原に段々畑が開けていた。

「そろそろやな。どこかよさそうなとこがあったら、いえ」

上り坂、ベンツのスピードを落とす。すれちがう車は一台もない。山間《やまあい》の尾根を切り通した、すり鉢のような道を抜けた。左の広い空き地に《川砂・真砂土・生コン　椿興業》と、支柱が折れ曲がって倒れかけた野立て看板が見えた。

「生コンの作業場やな」

車を停めた。看板の右横にはアスファルト舗装の進入路。ひび割れた路面を枯れた雑草が覆っている。作業場はかなり以前に閉鎖されたようだ。

ステアリングをいっぱいに切って進入路に入った。草が車の底を擦る。雨で視界が狭い。ヘッドランプの丸いビームの中を白く糸のような雨が落ちていく。

まっすぐ百メートルほど行くと、ゲートに突きあたった。赤錆びたH鋼の梁《はり》にスライド式の鉄扉を吊るしている。ゲートの両側はブロック塀で、高さが二メートル以上ある。

「どないする」矢代がいった。

「さぁな……」

死体を担いでブロック塀を越えるのは骨が折れる。それに作業場の中がどんなようすかも分からない。進入路のまわりは雑木林で、立ち枯れた蔓草《つるくさ》が生い茂っている。

「めんどくさい。ここでケリつけるか」

エンジンをとめた。ライトを消して車外に出る。矢代も降りた。

「なんやねん、この雨は。なにもこんなときに降らんでもええやろ」

矢代はビニール傘を差し、懐中電灯を点けた。「おれは濡れるのが嫌いなんや」

「おまえのせいや。おまえがおっさんを殺したから、こんな羽目になったんや」

「いつまでもしつこいのう。退治したったんや。ゴキブリ一匹」

「おまえは悪運が強い。ええときに降りだした。地面が柔らかなる」

そう、穴を埋めもどした跡も雨が均《なら》してくれる。

トランクを開けてシャベルとツルハシを出した。死体に巻いたロープをつかむ。

「ほら、頭持て」

「頭は重い。おまえが持たんかい」

「どっちが重いやて関係ない」

死体を引きずりおろした。雨がブルーシートを打つ。

死体の上にシャベルとツルハシを置き、余ったロープで縛りつけた。モップと鋏と電話機を入れたゴミ袋を持ち、ふたりで死体を抱えて雑木林に分け入る。林の中はほとんど見通しがきかず、濡れた下草がジーンズにまとわりついた。

斜面に足をとられてバランスをくずした。膝から転んだが痛くない。落ち葉の厚く堆積した窪地だった。

「ここや。ここに埋めよ」

シャベルをとって突きたてた。落ち葉の下の土は柔らかい。この窪地からさっきの進入路まで三、四十メートルは離れている。

「くそっ、ずぶ濡れや。靴の中まで水が入りくさった」

「ええから掘れ。夜が明ける」

シャベルを渡した。橋岡はツルハシを振りかぶった。

一時間ほど掘っただろうか。木の根がからみあって、穴は思うように深くならない。懐中電灯はＬＥＤだが、電池がいつまでもつか、それも気になる。

「おい、いつまで掘るんや。もうええやろ」

背後で土をかき出している矢代がいった。

「まだ一メートルも掘ってへん」

「充分や。それで隠れる」

「背丈より深い穴や」

「おまえ、どういう性格や。普段はちゃらんぽらんなくせに」

「サボるな。水がたまる」

雨水が穴の縁を削り、泥水となって流れ落ちてくる。

「寒い。凍える。こんなもん、ブロックでもつけて海に沈めたらよかったんや」

「どこの海に沈めるんや。ボートもないのに」

橋岡は休まずツルハシを振る。「――それに、人間の身体は腐って膨れる。ガスがたまって、ブロックのひとつやふたつ、つけたまま浮いてくるんや」

「それやったら、腹を裂いてガスがたまらんようにしといたらええやないか」

「おまえ、おっさんの腹を裂けるんかい。腸が飛び出るんやぞ」

「気持ちのわるいことというな。ただでさえしんどいのに」

「ほな、黙って掘れ。電池が切れる」

「えらそうにぬかすな。人使いの荒いやっちゃで」矢代は吐き捨てた。

そうして、また一時間——。穴の深さは一メートルを超えた。泥水が踝《くるぶし》のあたりまでたまっている。

「くそったれ。おれは厭《あ》きた。やめじゃ、やめじゃ」

矢代はシャベルを放り出した。「おまえひとりで掘れ」

「このボケ……」

いったが、橋岡も限界だった。雨に体温を奪われ、泥水に凍えて足先の感覚がない。膝から下が痺《しび》れている。

「しゃあない。埋めよ」

ツルハシを持って穴の外に這い出した。矢代も出る。

ブルーシートの死体の足をつかんだ。氷のように冷たい。足首が固まっている。

そうか、これが死後硬直というやつか——。足を持ちあげると、腰のあたりが軋《きし》んだ。

矢代とふたりで死体を穴に放り込んだ。ツルハシとゴミ袋も放り込んで、シャベルで土を埋めもどす。土盛りを均して周囲の落ち葉をかき集め、厚く積み重ねると、そこはもとの窪地になった。

「ようやったな」

「ああ、ようやった」

「口、割るなよ」

「割るわけない。死体と凶器がなかったら、事件はない」

シャベルは樫尾川に捨てよう――。そう思った。

「忘れんなよ。おまえとおれは共犯や」

「いちいちいわんでも分かってる」

もう〝矢代が殺した〟ではとおらない。「板子一枚下は地獄やった」

「なんやて……」

「独り言や」

身体は冷えきって、いまにも倒れそうだった。

萩之茶屋――。駐車場にベンツを駐め、NPO法人事務所にもどったのは六時半だった。二階にあがって濡れた服を脱ぎ、押入から毛布を出して身体にまとう。矢代は八畳間、橋岡は六畳間で横になる。精根尽き果てて眠り込んだ。

※　※

十二月四日水曜――。雨の中、係長の柏木以下、日野班の七人は車に分乗して湊町へ向かった。私書箱代行会社『サン・アシスト』の営業時間に合わせて午前九時から遠張りをする。契約客の出入りを見とおせる通りの東と西に車を駐め、佐竹と湯川はハザヾ急便の段ボール箱を持って『サン・アシスト』に入った。カウンターに座っていたのは、石井晃子ではなかった。

「おはようございます。府警特殊詐欺捜査班の佐竹といいます」

手帳を提示した。「昨日、石井さんから事情をお訊きしました」

「はい、石井から聞いてます。『アルム』の野沢さんというお客さんの件ですよね」

女は若い。小柄で化粧気がない。ショートカットの髪も染めていないようだ。

「おたく、今西さん？」

「はい、今西です」にっこりした。

今西は午前九時から午後一時、そのあと石井に交替すると、昨日、聞いた。

「実は、お願いがあるんですわ」湯川がいった。

「なんでしょうか」

「七十八番のロッカーに、この荷物を入れて欲しいんです」

湯川は偽札入りの茶封筒を収めた60サイズの箱をカウンターに置いた。「それで、七十八番のロッカーを開けて荷物を取り出す人物がいたら、携帯で連絡してくれませんかね」

「携帯の番号は」

「これです」

湯川は名刺の裏に番号を書き、今西に手渡した。「ロッカー室にカメラは」

「ありません。お客さんが嫌がりますから」

「ロッカーは個別に確認できるんですか」

「そこにミラーがあります」

今西は指さした。佐竹は振り返る。事務室とロッカー室のあいだの天井近くに丸い凸面鏡が取り付けてあった。カウンターに座っていればロッカー室のようすが見えるようだ。

「『アルム』という会社はオレオレ詐欺の受けとりに使ってるんですか。こちらのロッカーを」

「その可能性、大です」佐竹はうなずいた。

「ひどいですね。詐欺の道具にするやなんて」

『サン・アシスト』はオレ詐欺に加担していない——。そういいたいらしい。

「携帯の連絡は、客がここを出てからしてください」

湯川がいった。「人相と服装だけ教えてくれたら、我々はそいつを尾行します」

「分かりました。こっそり電話します」

今西は湯川の名刺をセロハンテープでパソコンのディスプレイの片隅に貼った。

「ほな、お願いします」

湯川と佐竹は一礼し、『サン・アシスト』を出た。


「なかなか、しっかりした子やな」

「二十四、五ですかね」

「三十前かもしれんで。小さいから若う見える」

「若うても化粧はせんとあきませんわ。すっぴんで外出られるような齢やないんやから」

「それ、ずいぶんな言いぐさやな」

「いや、悪口いうたつもりやないんやけど」

湯川はあたりを見まわした。「どこで張ります」

「そうやな……。あこにするか」

道路の向かいに古びた下駄ばきマンションがある。一階は花屋と美容院、二階から上はテラスふうの通路がとりまいている。

佐竹と湯川はマンションに入った。外階段をあがる。二階の踊り場に陣どった。

「しかし、いつやむんですかね、この雨」空を見あげて湯川はいう。

「昼ごろにはあがるやろ。天気予報でそういうてた」

「夏の雨は好きやけど、冬の雨は嫌いですわ」

「冬の雨が好きなやつはおらんわな」

風が強い。体感温度はかなり低いだろう。踊り場の壁の陰に入った。

「むかし、シャブの売人の愛人の家を張ったことがありますねん。まわりにマンションやアパートがないから隠れるとこがない。寒うてしかたないからゴミの集積場にしゃがんで、風避けにゴミ袋をまわりに積みあげたんですわ。あのころは黒いゴミ袋やったけど、それがまた小便臭うてね。臭いと寒さのどっちがマシか……。ああいうのを、究極の選択というんですかね」

「で、どっちをとったんや」

「ゴミ袋をとったんです」

ゴミの山から首を出している湯川の姿を想像して笑ってしまった。刑事はみんな苦労している。

「今日は長期戦やぞ。野沢洋一がいつ来るか……。あの私書箱屋の営業時間は夜の八時半までや」

車で遠張りをしている柏木や城間たちを思うと、妙に腹立たしかった。

黒い落ち葉をかきわけると、キラッと光るものがあった。拾って泥を落とす。キーリングだった。

ここや、ここに埋めたんや――。思った途端、土の中から手が出てきた。虚空をつかむように指が動いている。

よかった。生きてる――。橋岡は土を掘った。掘っても掘っても、穴は深くならない。そう、シャベルは川に捨ててしまった――。木の枝を折って掘ろうと思ったが、落ち葉のほかにはなにもない。

なんでや。なんでシャベルを捨てたんや――。

※　※

そこでハッと眼が覚めた。天井から蛍光灯がさがっている。橋岡は畳の上に寝ていた。腕の時計は十一時を指していた。何時間くらい眠ったのだろう。

そう、高城は死んだのだ。夢の中でも生き返りはしなかった。

起きて八畳間を見ると、矢代は毛布にくるまって寝ていた。うなされることもなく、口をあけてバカのように眠っている。

部屋は冷えきっている。橋岡は立って窓を開けた。まだ雨が降っている。煙草を吸おうとして、矢代にやったことを思い出した。

橋岡は部屋に脱ぎ散らかした服を拾った。ブルゾンもジーンズも靴下も泥だらけで着られたものではない。ジーンズのポケットに入れていた札束も水を吸ってよれよれになっている。携帯電話は高城を埋めるときベンツの車内に置いておいたから大丈夫だろう。Tシャツとブリーフ姿で階段をあがった。高城は三階を寝室にしていたのだろう、カーペットを敷きつめた部屋にベッドやチェストが置かれている。

橋岡はクロゼットの扉を開けた。作りつけの棚にソフト帽やパナマ帽、その下にスーツやジャケットが隙間なく吊るされている。

Tシャツを脱いでポロシャツを着た。スーツのズボンをとって穿き、ツイードのジャケットをはおる。ズボンは丈が短くて踝が見え、ジャケットの袖は手首までとどかない。ひどい装《な》りやで――。髪はぼさぼさ、顔は干からびた泥だらけ。鏡に映った姿はアオカン暮らしのホームレスだった。

靴下を穿いて二階に降り、ジーンズの金とカード入れ、ブルゾンの携帯をジャケットのポケットに入れた。一階に降りて流しで顔を洗い、事務所を出る。商店街の自販機で煙草を買い、うどん屋に入ってカツとじ定食を注文した。

事務所にもどって二階にあがると、矢代はまだ寝ていた。

「起きろ。十二時やぞ」

「うるさい……」

「銀行へ行って金おろさんとあかんやろ」

「何時や」

「十二時やというたやろ」

「腹減ったのう」

矢代はやっと起きあがった。座って、伸びをする。「どこの銀行、行くんや」

「天王寺に行ったら、みんなある。大同、三協、協和富士、和泉信金もな」

「一日、五十万以内やったらおろせるんやな。通帳と判子で」

「ああ、そのはずや」

いったが、確証はない。暗証番号を知らないのだ。

「ほな、四十九万にしよ。ひとり頭、二百万ほどや」

「服、着ろや。上におっさんの服がある」

「そのピエロみたいな格好がそうかい」矢代はせせら笑う。

「金をおろしたら、好きな服買えや」

「アルマーニのスーツとコートでも買うか。おれには似合うで」

「講釈はええから、さっさと着替えてこい」

いうと、矢代は毛布を放り、ブリーフ一枚で三階にあがっていった。

橋岡と矢代は萩之茶屋から天王寺まで歩き、『あべのハルカス』近くの大同銀行に入った。預金引き出し伝票に〝¥４９００００〟と書き、高城政司の名を書いて黒檀の印鑑を捺した。待ち番号が呼ばれるのを待って橋岡が窓口へ行く。

「お手数ですが、暗証番号をお願いします」

通帳と伝票を見た窓口係はカウンターに端末機を置いた。

「暗証番号、忘れたんですわ」

「申し訳ありません。高額のお引き出しの場合は暗証番号をいただくことになってます」

「けど、忘れたもんはしかたないやないですか。限度額は五十万でしょ」

「おっしゃるとおりですが、当行の規定で高額のお引き出しは……」

「今日、支払いをせんとあかんのです。通帳と銀行印があるのに、おかしいわ」

「申し訳ありません。それでは、本人確認のできるものをお持ちでしょうか」

確認ができれば支払いはできるという。

「それって、免許証とか保険証ですか」

「はい、そうです」

「免許証、持ってませんねん。保険証は家に置いてます」

免許証には高城の顔写真がついている。保険証には高城の生年月日が書かれているから、どちらも使えない。

「失礼ですが、ご本人様ですか」

「ええ、本人です。高城政司」

「申し訳ありません。暗証番号も本人確認もできない場合は、お引き出しができません」

口癖のように申し訳ないといいながら、この女は金を出す意思がない。いくら粘っても無駄だと、橋岡は知った。

「ほな、暗証番号なしにおろせる金はいくらですか」

「申し訳ありません。当行の規定で、それはお教えできません」

「二十万円やったら？」

「いえ……」

「十万円は」

「そうですね。お引き出しできるかと思います」

ばかばかしい。たった十万円で筆跡が残るようなリスクはおかしたくない。

あかん。行くぞ——。矢代に目配せをし、伝票と通帳をとってロビーを出た。

「なにをごちゃごちゃいうとったんや」矢代が訊いてきた。

「暗証番号がなかったら話にならん」説明した。

「おっさんの保険証で本人確認ができるんやろ」

「保険証な……」

事務所の金庫にもキャビネットの抽斗にも、高城の保険証は見あたらなかった。「たぶん、三階や。おっさんはいつも血圧の薬を服んでたし、保険証は薬や診察券といっしょにしてるはずや」

「ほな、保険証探して出直そ。宇佐美や上坂やったら、おっさんと齢が近い。出し子に使える」

「あいつらはあかん。おっさんの名前を知ってる。なんで、高城政司の口座から金をおろすんか、不思議に思いよるわ」

「それもそうやな……」矢代は舌打ちする。

「もうひとつ試してみよ。三協銀行や」

横断歩道を渡った。三協銀行あべの支店に入る。橋岡はロビーの椅子に座って待ち、矢代が通帳と引き出し伝票を持って窓口へ行く。結果はやはり、大同銀行と同じだった。

「くそボケが、犯罪対策です、とかいいくさった」

「警察が糸ひいてるんや。どこもここも横並びやろ」

「信用金庫や。銀行とはちがうかもしれん」

ステーションプラザの北、谷町筋の和泉信用金庫へ行った。窓口の対応は銀行と変わらず、預金残高と橋岡の風体を見て、ご本人様ですか、と何度も訊かれた。通報されるような気がして、逃げるように和泉信用金庫を出た。

「世の中、狂うとるぞ。通帳と判子が揃うてんのに金が出せんて、どういうことや」

矢代は息まく。「腐れの銀行と警察がつるんで邪魔しくさる。おれは極道にトイチのトロ抱えとんのやぞ」

「わめくな。デパート行って、服買お」

街路樹越しに『あべのハルカス』が見える。

「その前に飯や。昨日の昼からなにも食うてへん」

「おれは食うた。カツとじ定食」

「おまえが食うたら、おれの腹がふくれるんかい」

矢代はビニール傘を投げ捨てた。いつのまにか、雨はやんでいた。

※　※

十二時四十五分――。左の四つ角に石井晃子が現れた。白いダウンジャケットにジーンズ、寒そうに背中を丸めて歩いてくる。

「ゆーちゃん、ここで張っててくれ」

佐竹はいって、マンションの踊り場から下に降りた。道路を渡り、『サン・アシスト』

に入る。石井は脱いだジャケットをハンガーにかけていた。

「あら、刑事さん」石井は佐竹の顔を憶えていた。

「すんませんな。朝、今西さんに頼みごとしたんですわ」

カウンターの今西に向かって頭をさげた。「一時で交替ですね」

「石井さんはいつも早めに来てくれます。いっぺんも遅刻したことないんです」と、今西。

「今西さんにもいうたんやけど、七十八番のロッカーから荷物出す客がおったら、携帯に電話して欲しいんです」

番号はパソコンのディスプレイに貼った名刺の裏に書いてある、と石井にいった。

「今日、来るんですか。受けとりに」

「たぶん、来るはずです」

「分かりました。電話します」

受けとり客が多く来る時間帯は三時から四時がピークだと、石井はいった。

「ご協力、感謝します」

また頭をさげて『サン・アシスト』を出た。四、五十メートル離れた道路の両側に柏木や関本たちの乗るカローラとイプサムがこちらにフロントを向けて駐まっている。

佐竹はハンバーガーショップでテイクアウトのチキンバーガーとカフェオレをふたつずつ買った。あとで精算できるように領収書をもらう。マンションの踊り場にもどると、湯川は階段に新聞紙を敷いて座っていた。

「尻が冷たいやろ。また痔が出るぞ」バーガーとカフェオレを渡した。

「すんません。ごちそうさんです」

湯川はバーガーを膝に置き、カフェオレを両手で包み込んだ。「先輩にはいわんかったけど、今朝、座薬を入れてきましてん」

「外で張ると予測してたんか」

「私書箱会社を割ったんは、先輩と自分ですからね」

「座薬て、効くんか」

「けっこう効きますね。尻の穴にニュルッと入るときが気持ちええんですわ」

「変態か、おい」

「いつも、よめはんに入れてもらいますねん」

「よめさん、嫌がるやろ」

「おもしろがってますわ」

けむくじゃらの尻を突き出すデブの夫、顔を近づけて座薬を差し込む痩せの妻。ホームドラマにはなりにくい場面だが、そこにリアリティーがある。

湯川の妻は小学校の先生だ。齢は湯川よりふたつ上で、大学のころ、湯川の姉と同じゼミにいたという。一度、新金岡の公団住宅に招かれて夕食をごちそうになったが、湯川の妻は色黒で脚の細い、炙《あぶ》りすぎたスルメのような女性だった。ふたりとも子供好きだが、妊娠の兆候はないらしい。

「野沢洋一……。高城のことですかね」湯川はカフェオレにストローを差し込む。

「おれはそう思うけどな」

「ほな、ベンツで来るんですか。白のSクラス」

「かもしれん」

野沢が車で来ることを考えて、カローラとイプサムを配置しているのだ。

「手錠は先輩と自分がかけたいですわ」

そう、被疑者の腕をとって手錠をかける瞬間が刑事の華だ。カチャッという小さな音。小刻みに震える腕。それまでの苦労がいっぺんに報われる。

「雨、やんでますね」

「ああ、やんでるな」

チキンバーガーの包み紙をとり、ほおばった。

※　　※

『ハルカス』のセレクトショップで、矢代はアルマーニのシャツとスーツ、コート、ローファー、橋岡はアヴィレックスのカーゴパンツ、トレーナー、ジップパーカ、キャップとブーツを買った。ふたりとも支払いは湿った一万円札だったが、店員は愛想よく精算した。アルマーニのズボンの裾上げを待つあいだ、レストラン街の洋食屋でパスタを食い、煙草の吸える喫茶店に入った。

「おれ、昨日のいまごろは住之江でボート見てたんやぞ。それが今日は高城のおっさんの服着てコーヒー飲んでる。夢なら覚めてくれと思うけど、いつまで経っても覚めへん。たった一日で、おれの人生、ころっと変わってしもた」

矢代は肘掛けにもたれて、けむりを吐く。

「ころっと変わったんは、おっさんのほうや。昨日はベッド、今日は土ん中で寝てる」

「な、おっさんを殺る気はなかったんやで。あんなとこに電話のコードがあったから、首絞めてしもたんや」

「おまえ、電話機でおっさんを殴ったやないか」

「成り行きや。机に電話置いてたおっさんがわるい」

こいつ、ほんまに悔やんでるんか——。テーブルを蹴って殴りつけたい。わるい夢を見ているのは橋岡のほうだろう。

「おれ、思い出したんやけどな、おっさんは今日、私書箱屋に行くつもりやったんやで」

「昨日のあれか。三百二十万、掠めたんやったな」上坂を受け子にしたのだ。

「駒川商店街のコンビニから宅配で送ったんや」

「『サン・アシスト』とかいうたな。湊町の私書箱屋」

「これがロッカーのキーやろ」

矢代は高城のキーリングをテーブルに放った。ベンツのキーと萩之茶屋の事務所の鍵、アルミのプレートに『78』と刻印された小さなキーがリングについている。

「遅うても、今日の夕方までに荷物は着く」

おれが受けとりに行く、と矢代はいった。

「あかんな。それはヤバい」

「どういう意味や、ヤバい、いうのは」

「おれはおまえが私書箱屋から白燿会に走るのが怖いんや」

矢代の考えていることは分かる。白燿会に二百五十万を返して、あとの七十万を橋岡に持ってくる肚にちがいない。こいつはそういう性根なのだ。

「湊町はふたりで行く。受け子は宇佐美や」

「なんで宇佐美を使うんや」

「私書箱屋に出入りしてたんは高城のおっさんや。ちがう人間が来たら、変に思われるかもしれん。一万ほど小遣いやったら、宇佐美はよろこんで荷物をとってくる」

ベンツは目立つから使わない。アルトに宇佐美を乗せて行く。私書箱屋の近くで宇佐美を待ち、荷物を受けとったら萩之茶屋に帰って金を山分けにする――。そういった。

「おまえ、どこまでも疑り深いのう」

「おれはな、石橋を叩いて渡るんや」

「ま、ええわい。いうとおりにしたろ。おまえの気が済むんならな」

矢代は煙草を揉み消した。「ズボンの直しは、あと一時間や。おれは風呂に入る」

「どこの風呂屋や」

「どこでもええやろ」

「これかい」

小指を立てた。どうせ旭町あたりのラブホテルで女を呼ぶのだろう。

橋岡は時計を見た。

「いま、二時や。おれは事務所にもどるから、四時までに帰ってこい」

アヴィレックスの袋を持ち、キーリングをつかんで席を立った。

「保険証、探しとけよ」

矢代の声を背中に聞いた。

10

萩之茶屋の事務所にもどり、二階の風呂場でシャワーを浴びた。高城のトランクスを穿き、買ってきたカーゴパンツとトレーナーを着る。三階にあがってベッドのそばのチェストを探すと、抽斗いっぱいに処方箋薬が入れられ、薬局の領収書といっしょに保険証を見つけた。プラスチックカードの国民健康保険被保険者証――。高城政司のものにまちがいなかった。

保険証をポケットに入れて一階に降りた。デスクに座り、抽斗から株の取引残高報告書を出す。スマホで三協グローバル証券に電話した。

――お電話ありがとうございます。三協グローバル証券難波支店です。

――ちょっと訊きたいんですけどね、株を売るのはどうしたらよろしいか。

――失礼ですが、お客さまは当支店に特定口座をお持ちですか。

――ええ。ありますよ。口座。

――口座番号をお教え願えますか。

――A64―1475××―960です。

報告書の記号を読みあげた。相手はパソコンに入力しているらしく、少し間があった。

――お客さまのお名前をお願いします。

――高城政司です。

――ありがとうございます。高城政司さま。ご本人さまですか。

――はい。本人です。

――それでは、担当の田中におつなぎします。

――いや、担当者はよろしいねん。手続きを訊きたいだけやから。

――どういったことでしょうか。

――持ち株を売りたいとき、電話だけでできるんですか。

――はい、できます。

――具体的には。

――お客さまの口座番号と名前、住所をいっていただいて本人確認をします。確認ができれば、お電話によるご指示で、お持ちの株をお売りします。約定代金はお客さまの登録銀行口座に送金します。

――その代金を窓口で受けとることはできんのですか。

――それはできません。口座送金だけです。

――えらい不自由ですね。

――お客さまが三協グローバルカードをお持ちの場合は、ＡＴＭで一日あたり二百万円までお引き出しになれます。

――そんなカード、作ってませんねん。

三協グローバル証券だけではなく、アレックス証券もプライム証券も、カード類はなかった。

――カードをお作りになるのは簡単ですよ。

――気が向いたら作りますわ。

面倒な手続きはできない。高城本人ではないのだから。

――ぼくの登録口座はどこの銀行ですかね。

――お忘れになったんですか。

――おたくだけと取引してるんやないから。

――お待ちください。お調べします。

また少し間があった。

――お待たせしました。高城さまの登録口座は三協銀行あべの支店です。

――ああ、そうか。おたくは三協銀行の系列なんや。

――高城さまはいま、興味のある銘柄はございますか。

――いや、それはけっこうですわ。株を見てる暇はないんです。

電話を切った。煙草を吸いつける。

高城の登録口座のひとつは分かった。各証券会社ごとにちがう銀行を使っているかもしれないが、いずれにしろ、株を売った代金は銀行に移すしか手がない。そうして、銀行から金を引き出すのだ。高城の預金は約八千万だが、株の取引残高は一億六千八百万もある。

そう、狙いは株や。なんとしてでも金にする――。

　矢代には、株は電話で売買できない、といえばいい。あいつは頭が弱いから、ぐずぐずいいながらも諦めるはずだ。

　預金の八千万を引き出して山分けにしたら、矢代はまちがいなくフケる。そのあとで株を売り、銀行口座に振り込ませて、おれが独り占めにする——。

　画《え》は描けた。矢代を誑《たぶら》かすのは造作もない。

　橋岡は三協銀行の通帳を調べた。ここ一年のあいだに、アレックス証券とプライム証券からも複数回の入金があった。高城は登録口座を三協銀行だけにしているようだった。


　宇佐美の携帯に電話をした。

　——はい、もしもし。

　——おれ。橋岡。

　——あ、どうも。こんちは。

　——ちょっと頼まれて欲しいんやけどな、湊町の私書箱屋に行って荷物を受けとってくれへんか。

　——いいですよ。湊町のどこです。

　——場所は知らんでもええ。あんたを車に乗せて連れていくから。

　日当は一万円。そういった。どうせまともな荷物を受け出すのではないと、宇佐美も知っている。

――いつ、行くんですか。

――五時。今日の五時。

――どんな服で？

――スーツでもジャンパーでも、なんでもかまへん。目立たん服や。

――黒のジャンパーに灰色のコートでよろしいな。

――あんた、どこにおるんや。

――アパートです。

――ほな、四時半ごろ、迎えに行く。

椅子にもたれて眼がしらを揉んだ。レターケースの抽斗の奥に金色のなにかが見える。

　そうや、時計や――。

抽斗を開けた。パテックフィリップは矢代が奪《と》ったが、ロレックスとフランクミュラーが残っていた。

スマホでロレックス　デイデイトとフランクミュラー　コンキスタドールを検索した。画像がいくつも出る。中古でも百万近い時計が多くあった。

フランクミュラーを左腕につけ、ロレックスをカーゴパンツのポケットに入れたとき、携帯の着信音が鳴った。キャビネットのあたりから聞こえる。

　橋岡はキャビネットの扉を開けた。棚に七台の携帯が並んでいる。どれも折りたたみの旧型だ。音の鳴っている携帯を開いた。非通知ではない。『ヒラオカ』とある。

迷った。とっていいものかどうか……。

携帯は鳴りやまない。こういう電話は、とらないとあとで気になる。橋岡は着信ボタンを押した。

――平岡です。

いきなりそういった。男の声だ。

――はい。

返事をした。

――オーナーですか。

――いや、ちがうけど。

――オーナーに代わってもらえますか。

――高城さんにかけたんですよね。

――そう。高城オーナー。

――いま、外出してます。

――いつもの携帯にかけてもつながらんし、事務所の電話もあかんから、この番号にかけたんやけど……。おたく、どちらさん？

――橋岡、いいます。

――ああ、名前は聞いてますわ。

おれは聞いてないぞ。こいつは何者や――。

――平岡さんはどういう関係です、高城さんと。

――仕事の関係ですわ。

――名簿の？

――ま、いろいろあるやないですか。

ぴんと来た。こいつはオレ詐欺の掛け子だ。齢は若そうだし、よく喋る。

――ほんまのことというと、高城さん、携帯捨てたんですわ。そろそろヤバいとかいうて。

――なんか、あったんですか。ヤバいようなこと。

――こないだ、目付きのわるい連中が事務所に来たんです。高城さんはしばらく身体を躱《かわ》す、というてました。

――身体を躱すて、どこ行ったんです。

――聞いてませんねん。誰にも内緒やと。

――車は？　ベンツ。

――駐車場に駐めてます。

――それやったら、四、五日で帰るね。

——いや、半月ぐらいは帰らんような感じでした。……温泉つきのホテルかな、電話で予約してましたわ。

——困ったな。仕事、ほったらかして。

——金の受けとり？

——まぁね。

——受け子の段取りやったら、おれができるけど。

——そうか。橋岡さん、リーダーなんや。

——平岡さんもリーダー？　掛けのグループの。

訊いたが、答えない。

——さっきいうた、目付きのわるい連中いうのは、警察ですか。

——いや、そんな感じやない。どっちかいうたら組筋やね。

——揉めてんのかな、ケツ持ちと。

——ケツ持ちは、なんて組です。

——さぁ……。聞いてないね。

——高城さんから連絡あったら、平岡さんに電話するようにいいましょか。

——ああ、頼みますわ。明日の仕事はほかにまわします。

高城のほかにも金の受けとりチームがあるようだ。

――すんませんでした。ほな、橋岡さん、また。

電話は切れた。ためいきをつく。なんとか、ごまかすことはできたようだ。

冷蔵庫の缶ビールを持ってきて飲んだ。平岡は掛け子グループのリーダーらしいが、橋岡の名を知っていたことが気になった。高城は橋岡のことも、矢代のことも、平岡に喋っているのだ。

高城が関係している掛け子のグループは平岡だけだろうか。高城は名簿屋だから、名簿を売っている相手も多くいるはずだ。

高城がいつも使っていた携帯は、死体といっしょに土の中に埋まっている。高城と連絡がつかなくなったと知った連中はどうするだろう。

まさか、警察にとどけるようなことは考えられない。そう、掛け子グループの下には、いくつもの受け子グループがいる。

ほっといたらええんや――。たかが名簿屋の一匹、受け子のリーダー一匹が消えたところで騒ぎになりはしない。

幸い、高城には妻子がいない。女もいない。福井の田舎には母親と姉がいるが、ほとんど連絡もとっていないようだから、失踪届が出される心配はない。

じたばたするな。死体と凶器は始末した。事件にはならへん――。何度も同じことを自分に言い聞かす。

いつしかまた、あの情景を思い浮かべていた。高城の背中に膝をあててコードを引き絞る矢代。もがき苦しみ、床を這いずる高城――。

そう、殺したのは矢代だ。やめろ。やめんかい。橋岡は矢代をとめた。息をしていない高城の心臓を押し、胸を叩いて蘇生させようともした。矢代は事務所の片隅で背中を丸めていただけだ。

人殺しの片割れにはなってしまったが、想像もつかない大金が眼の前にある。いまは通帳と株券だが、金に替える方法は知った。一日十万ずつなら暗証番号はなくても金は手に入る。

通帳を矢代と分けるか――。

大同銀行と協和冨士銀行の預金が合わせて四千万。三協銀行と和泉信金のそれが合わせて四千百五十万。どちらも似たような額だから、大同と協和冨士を矢代にやって、三協と和泉は橋岡がとる。

いや、銀行印が一本しかない――。

通帳を分けても、印鑑をふたりで持つことはできない。

やっぱり、宇佐美か上坂に高城の保険証を渡して預金をおろすしかないか――。

しかし、一日につき限度額の五十万までしかおろせないのでは宇佐美と上坂を使うメリットがない。高城の口座から金をおろせば不審に思われるだろうし、高城本人が姿を消していることも気づかれる。

あかん。ほかのやつらを巻き込んだら、高城殺しがばれてしまう──。

堂々巡り。考えることに疲れた。ビールを飲みほして、また冷蔵庫から缶ビールを出し、ソファにもたれ込んだ。


ドアが開き、閉まる音で眼が覚めた。

「寝てんのか」

矢代がいた。そばに立っている。黒ずくめだ。

「着替えてきたんか。ホテルで」

「似合うか」

「ああ。見ちがえた」

シャツ、スーツ、コートからローファーまで、みんな黒。こんなバカに着られたらアルマーニが泣く。

「よかったか、女は」

「もひとつや。たぶん三十前やけど、二十年は商売してるみたいやった」

尻の骨の真ん中にキューピッドのタトゥーがあったと矢代はいい、スチール椅子を引いて座った。「──保険証、あったか。おっさんの保険証」

「あった。三階にな」

起きあがって、保険証のカードを矢代に見せた。

「株はどうなんや。その保険証で金にできるんか」

「証券会社に電話した。保険証は要らんけど、本人確認にパスワードが要る」

「なんや、パスワードて」

「証券会社が口座の客に訊くんや。子供のときに飼うてた犬の名前はなんですか、とか、結婚記念日はいつですか、とかな」

「んなもん、知ってるわけないやろ」

「本人以外は知らんからこそ、パスワードなんや」

「電話で株を売れんでも、証券会社に行ったらええやないけ。おっさんは口座を持ってんやから。窓口で、売れ、いうたらええんや」

「その場合は免許証が要る」

咄嗟《とっさ》にいった。「顔写真のついたもんでないとあかん」

「なにからなにまでうっとうしいのう。銀行よりひどいやないか」

「証券会社は扱う金額がちがう。銀行よりセキュリティーがきつい」

「免許証、偽造せいや」

「おまえがせんかい」

「じゃかましい。おれは詐欺師やない」

そう、詐欺師ではない。人殺しだ。

「株はきれいさっぱり諦めよ。どうにもできん」

「一億七千万やぞ。洒落にならんわ」

「洒落もへったくれもない。あかんもんはあかんのや」

「くそったれ。胸わるいわ」

「欲かくな。預金の八千万で我慢するこっちゃな」

「ま、ええわい。早よう金にしよ」

矢代はデスクに足をのせた。ティシュペーパーでローファーの埃を払う。「いつ行くんや、湊町」

「四時半、アパートに宇佐美を迎えに行く。アルトでな」

「アルトは大正や。駐車場に駐めてる」

「出よ。時間がない」

フランクミュラーを見た。三時五十分――。タクシーで大正に行き、萩之茶屋にもどるにはぎりぎりだ。

「行くぞ」

橋岡は立って、ジップパーカをはおった。

※　※

寒い。冷え込んできた。日が暮れようとしているのに『サン・アシスト』の石井晃子から電話はない。

「ゆーちゃん、空振りか」湯川にいった。

「それはないと思いますけどね」

湯川は眼下の道路から目を離さない。柏木たちの乗ったカローラとイプサムも同じ場所に駐まっている。

「三百二十万もの金を私書箱に預けっ放しにするはずはないでしょ。ちょっとでも早《はよ》う手にしたいんやから」

「勘づかれた、てなことはないやろな」

「そこまで警戒しますかね。金を受けとったあとで」

「それもそうやな」

今日、『サン・アシスト』に出入りした客は三十二人。みんな、写真には撮った。白のSクラスのベンツは二十台あまり前の道路を通ったが、どれも高城の車とはナンバーがちがった。

「西村いうおばさん、来たんですかね。本部に」

「そら、来たやろ。調書もとったはずや」

西村早苗が佐竹の名刺を持って府警本部に来たときは、班長の日野が対応する手筈《てはず》になった。日野は西村から調書をとり、騙しとられた三百二十万円を返却しただろう。

と、そのとき、右方向から白のベンツが近づいてきた。ヘッドランプを点けている。

「ゆーちゃん、ベンツや」

「はい……」湯川はカメラをかまえる。

ベンツは『サン・アシスト』の前を通りすぎて大通りへ走り去った。

「この不景気なご時世に、一千万もの高級車に乗ってるやつがぎょうさんおるんですね」

「ま、勤め人には無理やろ。中古で買えても、維持費がもたん」

「先輩は四課が長かったけど、このごろのヤクザはなにに乗ってるんですか」

「組長クラスはクラウンが多いかな。その上の直系組長になると、ベンツ、ジャガー、センチュリー……。ベントレーやロールスロイスも見た」

暴排条例の施行以降は超高級車が減った。ディーラーに規制がかかってローン契約ができなくなったこともある。「いまどきの極道は堅気よりシノギが厳しい。犯罪集団が幅を利かせた時代は終わったで」

「それがあるべき姿ですよね。まっとうな社会の」

「まっとうな社会にオレ詐欺が蔓延するようではあかん。極道より質《たち》がわるい」

「ほんまにね……」

「しかし、腹減ったな」

チキンバーガーを食ったのは一時前だ。あれからもう五時間になる。「牛丼でも買《こ》うてくるか。テイクアウトの」

「よろしいね、牛丼と味噌汁」

湯川はうなずいた。「自分が買いに行きますわ」

「いや、おれが行く。ちょっと歩きたい」階段を降りた。

※　　※

宇佐美をリアシートに乗せて『サン・アシスト』の前を通った。変わったようすはないが、そのまま大通りに出て北上し、大きく迂回してもとの道にもどる。『サン・アシスト』の近くまで来たとき、ベージュのコートを着た短髪の男がアルトの前を横切った。男はこちらを一瞥《いちべつ》し、牛丼のポリ袋を提げて筋向かいのマンションに入っていく。橋岡はアルトを停めず、徐行した。

「なにしてるんや、おい。私書箱屋はそこやぞ」矢代がいった。

「気になるんや。いまの男」

「どこがや」

「目つきがわるい。牛丼の袋も気に入らん」

袋は膨らんでいた。ひとりで食うには量が多い。「あの男には連れがおる」

「部屋に帰って、女と食うんやろ」

「そうかな……」

四つ角で一旦停止した。反対車線にミニバンが駐まっている。車内に人影が見えた。ウインカーを点けて左折した。五十メートルほど行ってアルトを左に寄せる。ガードレール脇に停めた。

「あんた、出番や」

リアシートの宇佐美にいった。「私書箱屋は分かったな」

「はい、分かってます」

「さっきの角に白いミニバンが駐まってたやろ。大まわりしてミニバンの近くを歩け。男が何人か乗ってたら、私書箱屋には行かんと、おれに電話せい。ええな」

「はい、電話します」

「ロッカーのキーは」

「持ってます」

「ほな、行け」

宇佐美は髪に櫛《くし》を入れ、黒縁眼鏡をかけて車外に出た。歩道を南へ歩いていく。

「おまえ、気にしすぎとちがうか」矢代がいった。

「ミニバンはハザードランプも点けんと、じっとしてる。運転手もおった。気にならんほうがおかしいやろ」

「いちいち細かいのう」

矢代は舌打ちした。「宇佐美の日当はおまえが払えよ」


そして十分──。日は暮れた。

電話──。

──はい。おれ。

──宇佐美です。

──いま、どこや。

──私書箱屋の反対側のコンビニです。

──そんなとこまで歩いたんか。

──白のミニバンに男が乗ってました。三人も。

だから、『サン・アシスト』には入らなかった、という。

──こっちの角にも白いカローラが駐まってて、同じように男が乗ってるんです。

──何人や。

差点で、あんたを拾う。

——二人です。

——そら、あかん。私書箱屋には行かんと、OCAT《オーキャット》へ行け。阪神高速の湊町出口の交差点で、あんたを拾う。

電話を切った。

「どういうこっちゃ」矢代が訊く。

「私書箱屋をはさんだ四つ角の両方に車が駐まってて、男三人と二人が乗ってる」

「張ってるんか」

「そやろ……」

「ほんまに警察か」

「おれはそう思う」

「宇佐美に行かせろや」

「宇佐美が捕まったら、おれらのことを喋る。それでもええんか」

「………」

「とにかく、今日はやめとこ。三百二十万、私書箱屋に預けてると思たらええんや」

ハンドブレーキを解除し、車を出した。

※　※

午後八時――。『サン・アシスト』の営業時間が終わった。佐竹と湯川は十分ほど待ってマンションの踊り場を離れ、道路を渡って『サン・アシスト』に入った。石井晃子はカウンターの向こうで帰り支度をしていた。

「〝七十八番〟来ませんでしたね」佐竹はいった。

「疲れました。緊張して」小さく石井は笑う。

「すんませんけど、明日も頼みますわ」

「刑事さんも大変ですね」

「これが仕事ですねん」

「明日は」

「今日といっしょですわ。たぶん、朝の九時から張り込みます」

遠張りをつづけるかどうかは日野の判断だ。萩之茶屋のＮＰＯ法人をガサ入れする可能性もある。

「ありがとうございました。失礼します」

「お疲れさまでした」

たがいに頭をさげ、『サン・アシスト』をあとにした。

特捜班に帰着したのは九時前だった。ご苦労さん、と日野がねぎらう。紙コップのコーヒーを手に、捜査会議がはじまった。

「——私書箱代行屋に受け子が来んかったんは誤算やな」日野がいった。

「なにが理由ですかね」と、関本。

「まさか、気づかれたということはないやろ」

「代行屋の事務所におったんは、女の事務員だけですわ。五人は車の中。ふたりは向かいのマンションから張ってました」大森がいった。

「カチ込みますか」

柏木がいった。「高城のヤサ」

「ガサはいつでもかけられる。わしはもうちょっと高城グループを泳がして、掛け子グループを割りたい」日野が応えた。

「けど、班長、代行屋の張りに班の全員を使うのはどうですかね」

「明日から、代行屋の張りはふたりや」

日野はこちらを見た。「佐竹と湯川、ふたりで張ってくれ」

「ほかはどうします」

「今日の午後、新たな事犯が発生した」

日野は手もとのファイルを広げた。「——午後四時ごろ、花園署に有田修一、六十三歳と、有田美恵子、六十二歳が来て、百二十七万円を騙しとられた、と話した。ふたりがいうには、午後二時半ごろ、長男の有田和己から美恵子に電話がかかって、〝クラブホステスを妊娠させた。ホステスには夫がおって、それがどうも組員らしい。子供を堕ろすことは同意させたけど、夫に慰謝料を要求されてる。もし払えんかったら、会社に怒鳴り込まれて馘《くび》になる。必ず返すから、二百万円貸してくれ〟と、和己はいうた」

美恵子は驚いて通帳と印鑑を持ち、近鉄河内花園駅近くの三協銀行へ行った。預金の全額、百二十七万円を引き出して駅前のタクシー乗場へ行き、そこで和己の友人だという長尾という男に金を渡した。

美恵子が家にもどると、修一が病院のリハビリから帰っていた。修一は美恵子のようすを見て不審に思い、事情を訊いた。預金の全額を渡した上に、明日は残りの七十三万円を大阪銀行から引き出して長尾に渡す、と美恵子はいう。修一は和己の携帯に電話をし、オレオレ詐欺の被害にあったことを知った——。

「そういう状況で、詐欺グループは有田夫婦が花園署に駆け込んだことに気づいてない。長尾からの電話は、明日の朝、九時前にかかってくる。あと七十三万が未収やからな。……金の受けとり場所はたぶん、花園本町の大阪銀行近辺を指定するはずや」

「長尾いう受け子は何歳ぐらいです」大森が訊いた。

「三十すぎに見えた、と美恵子はいうてる」

「長尾の人相は、橋岡や矢代に一致するんですか」

「長尾は茶髪で、縁なしの眼鏡をかけてた。背は百七十ぐらいで痩せ気味。橋岡と似てるとはいえるな」

「有田美恵子に橋岡の写真を見せたんですか」次々に質問が飛ぶ。

「花園署に画像を送った。刑事がプリントした写真を持って有田の家に行ったけど、美恵子は髪形がちがうように思いますと、そういうた」

「要するに、同一人物かどうか分からんのですね」

「タクシー乗場で金を渡しただけや。顔を憶えとけというほうが無理やろ」

日野は言葉を切り、捜査員を見まわした。「佐竹と湯川を除く日野班は、明日、花園で有田美恵子の包囲捜査をする。集合は午前六時。車二台に分乗して有田の自宅へ行け」

囮役《おとりやく》の美恵子と打ち合わせをしたあと、大阪銀行周辺を下見し、人員配置と包囲捜査の分担を決める――。「現場の指揮は遼さんがとってくれ」

「了解です」柏木はうなずいた。

日野はつづけて、コピーした花園本町周辺の地図を配りはじめた。

おいおい、どういうことや。おれと湯川は蚊帳《かや》の外か――。

喉もとまで出かかった言葉を佐竹は呑み込んだ。

明日もまた、あの寒い踊り場で遠張りかい――。

湯川も不服そうな顔で佐竹を見ている。

「解散や。明日は六時集合」

日野は小さく手をあげた。


湯川とふたり、府警本部を出た。

「先輩、飲みましょか」ぽつり、湯川はいう。

「おれはええけど、よめさんが待ってるんとちがうんか」

「今日は飲みたい気分ですねん」

「ま、飲みたい気分ではあるな」

「なんで、おれと先輩が遠張りですねん」

「しゃあない。成り行きや」

「遠張りなんぞ、梨田と城間に任しときゃええんです」

日野班では梨田がいちばんの後輩で、その次が城間、湯川という順になっている。

「梨田は日頃、雑用が多い。たまには代わったらんとな」

コートのボタンをとめた。「どこで飲むんや」

「天神橋に知り合いがやってるスナックがありますねん」

「商店街か」

「天一ですわ。歩いて行けます」

「寒い。タクシーで行こ」

天神橋筋一丁目ならワンメーターだ。タクシーの領収書は何枚かたまっているから、まとめて精算できる。

佐竹は本町通でタクシーを停めた。

『わがまま』という、カウンターとボックス席が三つのスナックだった。先客は年かさの商店主ふうがふたり。カラオケでちあきなおみをやっているが、原曲が分からないほどひどい。佐竹と湯川はカウンターに座った。

「いらっしゃい。久しぶりやね」

小肥りのマスターがおしぼりを出した。「なに、しましょ」

「ボトル、まだあったかな」湯川はおしぼりで顔を拭く。

「あります。ボウモア」

「おれはソーダ割り。先輩は」

「同じで」

マスターはガラスキャビネットから『ボウモア12年』を出した。グラスに氷を入れて炭酸水を注ぎ、軽くかき混ぜる。

「のぶちゃんは」湯川は訊いた。

「ごめん。水曜は休みなんや」

マスターはコースターにグラスを置く。「こちらさんは」

「佐竹さん。いつも面倒みてもろてる先輩」

「よろしく。鎌田です」

「どうも」マスターは湯川の稼業を知っているようだ。

ソーダ割りで乾杯した。ボウモアは少し変わった香りがする。

「これ、シングルモルトか」

「たぶんね。ちゃんと知らんのです」

「しかし、ゆーちゃんが天神橋で飲んでるとは思わんかったな」

「横堀署のころの連れが天満署に異動したんです。それで、ここを教えてもろたんです」

「そうか、天満署は近いな」

「ほんまはね、先輩、のぶちゃんを紹介したかったんです」

「今日は休みの女の子かい」

「遠藤しのぶ。……のぶちゃんはコンピューターのプログラマーで、南森町のＩＴ関連会社に勤めてますねん。脚が長うてスタイル抜群です。小顔で、おしゃれで、勉強ができて、結婚願望あり。それで、先輩に……」

「ちょっと待て。話がおかしい。なにかあるんやろ」

「そら、まあ、なにからなにまでＯＫいうことはないけど……」湯川は言葉を濁す。

「齢《とし》か」

「当たりです」

「なんぼや」

「先輩よりひとつ上。三十九です」

「若いやないか。充分」

まだ四十前ならけっこうだ。

「ほかには」

「どういうことです」

「バツイチとか、子供がおるとかや」

「それは安心してください。きれいなもんです」

話がうますぎる。にわかには信じがたい。

佐竹はいままで、まともにつきあった女がいない。どろなわの試験対策で運良く大阪府警には採用されたが、そこは想像もしなかった上意下達の男社会だった。

女に縁がないのは仕事のせいや——。とは思いつつ、自分はモテないという自覚がある。いちおう、まじめ。容姿は普通。たまに風俗へ行く収入もある。なのに、三回以上、デートした相手がいない。最初に配属された河南署から機動隊へ異動し、次の鳳署にいたころは上司や地域の有力者がそれらしい話をもってきたが、みんな断った。結婚なんかいつでもできる、と高をくくっていた。

機動隊はハードだった。本部四課は忙しかった。未婚の婦女子と知り合う機会はなく、めったにない合コンに参加しても、話の合う相手はいなかった。一度、これはという看護師と食事の約束をしたが、当日になってキャンセルされた。いったいどこがわるいのか、なぜモテないのか、佐竹は分からない。

「先輩、どうしたんです。気のない顔して」

「いや、考えごとしてた」

「のぶちゃんに会いますか」

「写真、ないんか」

「あるはずです」

湯川は振り返った。「マスター、のぶちゃんの写真あるかな」

「ああ。ちょっと待って」

マスターはカウンター奥の抽斗を開けて、フォトアルバムを出した。湯川が受けとって広げる。

「この子です」

店内で撮ったのだろう、マスターと並んで笑っている。確かに、小顔でスタイルはいいが、化粧をとったらどう変わるのだろう。

「この子、身長は」

「バスケットやってましてん。のぶちゃん」

「そんな感じやな」

隣のマスターより拳ひとつ背が高い。優に百七十センチはありそうだ。

「どうですか」

「性格がよさそうや」

落花生をつまんで殻を割った。

※　※

宇佐美をふれあい荘に送りとどけた。なにかしら不安で、部屋に帰る気がしない。矢代もそんな顔で、

「飲みに行こか」と、誘ってきた。

「どこ行くんや」

「キャバクラや」

宗右衛門町の『ピンクドール』と、矢代はいう。「みんな若い。ええ女がそろてる」

「よっしゃ。つきおうたろ」

近くのコインパーキングにアルトを駐めた。通天閣のほうへ歩く。

「アルマーニできめたんや。見せたらんとな」

「見せる女がおるんか。『ピンクドール』に」

「玲美いう女がご指名や」

「やったんか」

「まだや。口は軽いのに尻が重い」

「昼はデリヘル、夜はキャバクラ。ようやるな」

「おれはな、好きなんや」

空車のタクシーが来た。矢代が手をあげて停めた。

11

眼覚めたとき、女はいなかった。頭の中がどんより曇《くも》っている。ベッドから出た。身体が重い。トイレに行き、便器に座って放尿した。

昨日はどうやったんや――。少しずつ思い出す。

道頓堀でビールと焼酎を飲みながら焼肉を食った。そのあと、宗右衛門町のキャバクラへ行き、三回ほど延長して閉店まで飲んだ。矢代は玲美と連れの女をアフターに誘ったが、エステの予約をしていると、体よく躱《かわ》された。朝っぱらからエステへ行くなど、嘘に決まっている。玲美は痩せぎすの枯れ枝みたいな女だった。

キャバクラを出て歩いていると、客引きのおばさんに声をかけられた。案内されたのは千年町のラウンジで、日本人のホステスはいなかった。みんな外に連れ出せると、中国人のママがいう。店に五千円、女に三万円というのを二万五千円に値切り、矢代は福建省、橋岡は上海の女を連れて阪町のラブホテルに行った。

そうや、あの女は三十分もせんうちに帰りよった――。金は服を脱ぐ前に渡したような気がする。

慌ててトイレから出た。床に落ちているカーゴパンツを拾う。ポケットの札はあった。まだ湿っている。数えると、四十五万円だった。

高城のポケットから抜いた金が二十万ほど。金庫にあった九十二万を矢代と折れにしたのが四十六万――。使った金は、アヴィレックスの服が十万、キャバクラの飲み代が四万、ラウンジの女にやったのが三万――。だいたい、そんなところか。収支はあっている。ジップパーカのポケットを探ると、金無垢のロレックスもあった。フランクミュラーは腕にはめている。

矢代はどうした。このホテルに泊まったんか――。

電話はベッドのそばにあった。9番を押す。

――フロントです。

――昨日の夜、いっしょに入った客やけど、まだ部屋におるかな。
――202号室のお客さまですね。チェックアウトはまだです。
それを聞いてフックボタンを押し、内線の〝202〟にかけた。
――はい。
――おれや。寝てたんか。
――寝てた。……何時や。
――十時二十分。
――おいおい、チンチンにゴムがついとるで。
――そら、よかったのう。
――飯、食うか。
――風呂、入ってからや。
――おれも入る。十一時に出よ。
――分かった。
受話器を置いた。Tシャツとトランクスを脱いでバスルームへ行った。
宿泊料金を払って外に出ると、矢代は植え込みのそばで煙草を吸っていた。
「頭が痛い。飲みすぎた」

風呂場で吐いたという。「ゲーゲー、えずくだけで、なにも出んかった」

「やることはやったんか」

「なにをや……」

「ゴムがついてたんやろ。萎《しな》びたアレに」

「おまえとちがうぞ。おれはどんなに酔うてもできるんじゃ」

「さて、なに食う?」

「油もんは要らん。むかむかする」

「串カツか、焼き鳥か」

「おまえ、嫌味でいうとるやろ」

矢代は植え込みに煙草を捨てた。「蕎麦かうどんや」

「それでええ」

阪町から道頓堀へ歩いた。藍染めの暖簾《のれん》を吊るした蕎麦屋に入る。小座敷にあがって、
橋岡はにしんそば、矢代はざるそばを注文した。

「おまえ、ロレックスは」

「持ってる」

「くれ。おれに」

「おれはパテックだけでええ、いうたんは誰や」

「金がないんや、金が」もう二、三万しか残っていないという。

「おまえは金使いが荒い。アルマーニなんか買うからや」

「くれや。ロレックス」

「うっとうしいやっちゃで」

ロレックスを渡した。矢代は文字盤をじっと見る。

「動いてるな」

「そら動くやろ。自動巻きや」

「デイ……なんとか、書いてるな」

「デイデイトやろ」

「なんぼくらいするんや」

「新品やったら、三百万くらいとちがうか」

「へーえ、こんなど派手な時計がな……」

矢代はにやりとした。「この辺、買い取り屋があるわな」

「そら、あるやろ。……売るときは身分証を提示せいといわれるぞ」

「上等や。おれの免許証で売ったろ」

「やめとけ。ロレックスにはシリアルナンバーとかがあって、出処《でどころ》が判る」

「おまえ、この時計を金にしよと思てたんやろ」

「んなこと、考えてへん」

「おれは売る。金がないんや」

「どうしても売るんやったら、ほかの人間を使え」

「宇佐美か、上坂か」

「宇佐美は昨日、使うた。上坂や」

「ほな、電話せいや。上坂に」

「えらそうにぬかすな」

携帯を開いた。アドレス帳を出して、上坂にかけた。

――はい、上坂です。

――おれ。橋岡。

――こんちは。

――頼みがあるんやけどな、あんたの保険証持ってミナミへ出てきてくれへんか。

道頓堀。堺筋寄りの『菱鶴』という蕎麦屋だといった。

――タクシーで来たらええ。金は払う。

――分かりました。道頓堀の『菱鶴』ね。三十分で行きますわ。

――すまんな。待ってる。

そこへ、にしんそばとざるそばが来た。出汁《だし》の香りがいい。箸を割り、七味をかける。

「ついでに、パテックも売ったらどうや」

「そのフランクミュラーも売らんかい」

「それもそうやな」

所詮、高級時計は似合わない。上坂に買い取り屋と質屋をまわらせて、三本とも売ってしまおうと思った。

※　　※

朝、車両課でシルバーのアコードを借り、『サン・アシスト』へ行った。事務員の今西に挨拶し、今日も張り込みをするといって、アコードを東側の四つ角に駐めた。車はありがたい。マンション踊り場の寒さが嘘のようだ。

「先輩、寝てください。自分が張りますから」湯川がいう。

「おれはけっこう寝た。そんなに眠とうない」

昨日、天神橋から桃谷《ももだに》のアパートに帰ったのは零時前だった。風呂に入ろうと湯を張ったが、いつのまにか眠り込んでしまい、起きたときは窓の外が明るくなっていた。コーヒーを淹《い》れてトーストを焼き、バナナを二本食ってアパートを出た。

「ゆーちゃんは、よう寝たんか」

「よめはんが風邪ひいてててね、夜中になんべんも起きてトイレ行ったり、白湯《さゆ》飲んだりしますねん。朝、フーフーいいながら職場に行きましたわ」

「小学校て、大変なんやろ」

「ある意味、自分より忙しいかもしれませんね。けど、子供はかわいいというてます」

「学級崩壊とかないんか」

「よめはんの校区はサラリーマン家庭が多いし、そう問題はないみたいです」

「サラリーマン家庭の子供はおとなしいんか」

「子供の性格というよりは、親の躾《しつ》けとちがいますかね」

――と、白のベンツが車の脇を通った。佐竹はナンバーを読む。高城のベンツではなかった。

「先輩はどう思います。私書箱屋に金をとりに来るのは高城ですかね」

「おれはそう思うな。橋岡や矢代ではないやろ」

「受け子を使うたりしませんか。宇佐美とか上坂を」

「受け子はふたりだけやない。ほかにもおるはずや」

「高城に張りついたらどうです」

「それも、ま、一案やけどな」

高城のＮＰＯ法人事務所と駐車場を張るのだ。自動車保管場所の届けによると、高城は萩之茶屋三丁目の『いすずモータープール』で車庫証明をとっている。

「どっちにしろ、兵隊が足らん。オレ詐欺対策班をもっと増やすべきや」

マルチ商法や原野商法といった詐欺常習犯が偽電話詐欺に流れ込んでいる。手口は巧妙化し、被害金額も件数も加速増大しているのに捜査が追いついていない。後手後手にまわっている腹立たしさが佐竹にはある。

「もぐら叩きや。こっちを叩いたら、あっちが首を出す」

「賽《さい》の河原に石積んでるんですかね」

「石を積むのも給料のうちやで」

シートを倒して新聞を広げた。

※　※

上坂は保険証を持ち、スーツを着て蕎麦屋に来た。タクシー代の千円を渡し、たぬきそばを食わせた。

上坂に指示して、道頓堀のブランド品買い取り業者二店でロレックスとフランクミュラー、島之内の質屋でパテックを売った。ロレックスが五十八万、フランクミュラーが二十五万、パテックが四十二万円だった。上坂に二万円をやって島之内で別れ、百二十三万円を折半しようとしたが、矢代は六十三万円を寄越せと言い張る。むかっ腹が立ったが、いうとおりにしてやった。

「たった六十三万でトロは返せん。銀行の金をおろそ」

堺筋へ歩きながら、矢代はいう。

「四十万か……」

大同、三協、協和冨士、和泉信金で十万円ずつ引き出すのは、いかにも効率がわるい。引き出し伝票に筆跡が残るのも気になる。

「いっそ、上坂を使うたらよかったんや」

「あいつは高城のおっさんを知ってる。高城名義の金をおろすことはできん」

「おまえ、行ってみいや。ひょっとして、高城の息子やというたらおろせるかもしれん」

「そんなことは無理や。銀行もあほやない」

「無理かどうか、やってみんことには分からんやろ」

矢代は歩をゆるめた。「おまえは口がうまい。適当にごまかせや」

「そこまでいうんなら、おまえが銀行に行けや」

「おれはおまえみたいにややこしいことができんのじゃ」

矢代は背中を向けた。

堺筋に出た。赤信号。ちょうど眼の前に協和冨士銀行がある。

「行けや。銀行」矢代が肩を押す。

「黙っとれ」

横断歩道を渡った。銀行に入る。どうせ引き出し伝票を書くのなら、百万単位の金をおろしたい。

橋岡は預金引き出し伝票に〝¥３０００００〟と書き、高城政司の名を書いて黒檀の印鑑を捺した。矢代はロビーのシートに座ってこちらをうかがう。

待ち番号が呼ばれ、橋岡は窓口に行った。厚化粧、狸《たぬき》のような四十女だ。

「すんません。暗証番号が分からんので、保険証を持ってきました」

伝票と通帳、高城の健康保険証を差し出した。窓口係は保険証の生年月日を見て、

「代理の方ですか」

「そうです」

「高額のお引き出しなので、少しお訊ねしたいことがありますが、よろしいでしょうか」

「それはけっこうですよ」

「名義人さまとはどういうご関係でしょうか」

「甥です。高城の姉の子です」

「失礼ですが、お名前は」

「橋岡恒彦です」ここは嘘をいえない。あとで免許証を見せろとかいわれる。

「名義人さまがご来店できない理由はなんでしょうか」

「肝臓がわるうて入院してますねん。病院代をおろしてくるように頼まれました」

「名義人さまの治療費のためのお引き出しですね」

「そのとおりです」

「お支払い方法は」

「現金で」

「かしこまりました」

えっ、三百万をおろせるんか——。一瞬、期待した。表情は変えない。

「名義人さまはご自宅におられますか」窓口係はつづけた。

「自宅にはいてません。入院してるというたやないですか」

「名義人さまがお届けになった電話番号におかけして、ご本人にお引き出しの確認をとりたいのですが……」

「それは無理ですわ。こないだ手術したばっかりやのに、退院させるわけにはいかんでしょ」

「申し訳ありません。名義人さまご本人の意思を確認しないことには、お支払いはできません」

「そんな杓子定規なことでどうするんですか。おれは叔父に頼まれて来たんですよ」

この女はしつこい。警戒しはじめたのだろうか。

「名義人さまはどちらの病院におられますか」

「警察病院です。天王寺の」咄嗟《とっさ》にいった。

「携帯電話はお持ちですか」

「あんたね、なんべんも同じこと訊くけど、叔父は手術したんですよ。携帯持ってても、満足に喋れんやないですか」

「ご事情は分かりますが、お届けの番号に電話をして、名義人さまに確認をとらないと、お支払いはできません」

「ほな、叔父が退院して、銀行から家にかかってきた電話をとって、代理のものに支払いをしてくれというたら、それでよろしいんか」

「その際、名義人さまにいくつか質問させていただきます」

「なにを質問するんです」

「内容は申しあげられません。ご本人さまであることを確認するための質問です」

「うっとうしい。なんでそんなにややこしいんですか」

「申し訳ありません。代理の方が来られたときの規定なんです」

金融庁からの指導だと、窓口係はいう。

「要するに、身内が本人の保険証と通帳を持ってきても金はおろせんということですね」

「いえ、わたしがご説明したとおり、名義人さまの……」

「なにが、ご説明や」

舌打ちした。「入院してる人間の金もおろせんのが銀行かいな」

「ごめんなさい。上のものに相談なさいますか」

「いや、けっこうです。出直してきますわ」

粘っても無駄だ。上司が来る前に警察を呼ばれる。

橋岡は通帳と伝票をとって窓口を離れた。


「くそったれ、たかが預金をおろすのに、とことんめんどいやないけ」

堺筋のスターバックスで、矢代は吐き捨てた。

「おれも甘う見てた。暗証番号がないことには埒《らち》あかん」

「たかが四桁の数字やろ。どうにかして分からんのかい」

「高城のおっさんに訊くか。掘り起こして」

「じゃかましい。腐っとるわ。ミミズに食われて」

「こらっ、声が大きい」

まわりを見た。窓際の席に女がいる。スマホをいじりながら煙草を吸っていた。

「私書箱屋や。金を出そ」

「あほいえ。あそこはヤバい」

「キー寄越せ。ロッカーのキー。おれが行く」

「気は確かか。おかしな車が駐まってたやろ」

「んなもんはちがう。なんでもかんでも怖がってどないするんじゃ。ふれあい荘に誰かおるやろ」

「上坂はあかん。宇佐美もあかん」

「江川の爺はどうなんや」

「あれは頭が溶けてる」

一度、江川を受け子に使おうとした。役回りを教えて車から降ろしたが、標的《マト》を見失ってしまい、口をあけてもどってきた。

「ロッカーを開けて荷物を出すだけや。あの惚《ぼ》け爺でもできる」

「おれが行く。ようすを見て荷物を出す」

「そうかい。ほな、おまえが行けや」

矢代は煙草を揉み消した。


タクシーで湊町へ行った。運転手にいって、私書箱屋の前をゆっくり走る。東の四つ角にアコードが駐まり、車内に男がふたりいた。

「Uターンしてもどってくれるかな」運転手にいった。

また私書箱屋の前を走り、アコードから離れたところでタクシーを降りた。矢代はコンビニに入り、橋岡はキャップを目深にかぶってアコードに近づく。

街路樹の陰に立ち、アコードのようすを探った。リアウインドー越しに男ふたりの頭が見える。ふたりは話をしているふうもなく、ただじっと私書箱屋のほうに顔を向けている。

煙草を二本、灰にした。車のエンジンはかかっているようだが、動きだす気配はない。

刑事や。まちがいない――。矢代に電話した。

――あかん。張ってる。

――ほんまかい。

――どう考えてもおかしい。ハザードランプも点けずに駐まってる。それも、ひとりやない。大の男がふたり、なんのために車ん中に座ってるんや。

――ここからも見える。おまえのいうとおりやな。

――あと十分。いや、二十分や。それで車が動かんようなら、あれは刑事や。

風が舞った。枯れ葉がキャップのつばに当たってひらひら落ちていく。

橋岡は空を見あげた。刷毛《はけ》で掃いたような薄っぺらい雲が右から左に流れていた。

※　※

「先輩、後ろ見てください。ミラーで」湯川がいった。

「どうした」

「木の陰に男がいてますねん」

「男……」

ルームミラーの角度を変えた。「どこや」

「だいぶ離れてますわ。こっち側の歩道です」

灰色の背中とカーキ色の尻が小さく見えた。頭は木に隠れている。

「いつ、見つけた」

「いまです」

「寒いのに、じっと立っとるな」

「なんか、気になりますねん」

そのとき、けむりが見えた。

「煙草を吸いに外へ出たんとちがうんか」

「そうですかね」

佐竹はルームミラー、湯川はドアミラーから眼を離さない。

また、けむりがあがって、男の頭が見えた。男はこちらを一瞥し、木の陰に入る。黒縁の眼鏡、ツバの長い野球帽をかぶっていた。

「いま、こっちを見たな」

「見ましたね」

「橋岡に似てなかったか」

「どうやろ。背格好が分かったらええんやけど」

「あいつ、茶髪か」

地下鉄阿波座駅からなんば駅、千日前通から道頓堀まで橋岡を尾行したのは、先週の木曜だ。橋岡は茶髪で、レンズの角張った縁なし眼鏡をかけていた。

「キャップ、かぶってますからね……」

「いつから立ってるんや」

「いつですかね。もっと早ように気づくべきでした」

と、木の陰から手が出た。煙草を捨てたらしい。だが、男は移動しない。

「近くに行って、顔見ましょか」

「橋岡やったらどうするんや」

「職質かけて、所持品出させます。『サン・アシスト』のキーを持ってたらゲームセットです」

「それはあかんな。あいつがもし橋岡でも、引くのは得策やない」

七十八番のロッカーから箱を出した受け子を尾行し、とどける相手を特定するのが目的だ。「受け子を尾けて、高城の事務所にもどるようならそれでもええ。そのときはカチ込みや」

「先輩はやっぱり、粘り強いですね」

「そうかな」

「天性の刑事ですわ」

「耳が痒《かゆ》いな。軽挙妄動は厳に慎むべし……。制服《ハッピ》を脱いだとき、なんべんもいわれた」

そのとき、木の陰から男が出た。灰色のパーカにだぶだぶのズボン。野球帽の男は背を向けて去っていった。

※　※

二十分待った。アコードは動かない。ふたりの男が車を降りることもない。

橋岡は街路樹のそばを離れた。コンビニに入り、雑誌売場の矢代に目配せする。矢代は週刊誌を買い、いっしょに外に出た。

「刑事や。荷物は出せん」

「なんでバレたんや。私書箱屋が」

「分からん。まるで分からん」

私書箱屋に出入りしていたのは高城だけだ。受け子を使ったような話は聞いていない。

「掛け子がドジ踏んだということはないんか」

「掛け子は私書箱屋を知らんはずや」

「おっさんが教えたんとちがうんかい」

「それはないやろ。掛け子が私書箱屋に行くにしても、ロッカーのキーはおっさんが持ってた一本だけや」

「おっさんが合鍵を作って、掛け子の番頭に渡してたんかもしれんぞ」

「くそっ……」得体の知れない不安が兆す。掛け子グループに捜査の手がついたのか。

「しゃあない。三百二十万はババにしよ」

「二度と私書箱屋には近づかんこっちゃな」

「ロッカーのキー、貸せや」

「なんでや」

「おれが捨てたる」

「おまえが捨てるとは思えんな」

こいつは信用できない。いつかひとりで金を取りに行く肚だろう。

橋岡はキーを出した。ちょうどガードレールの向こうに雨水口がある。キーを放ると、跳ねてグレーチングの隙間に消えた。

「なにするんじゃ、こら」矢代は気色《けしき》ばむ。

「捨てたんや。おまえのいうとおりにな」

パーカのポケットに手を入れて歩きだした。

12

十二月六日、金曜——。

朝から大同、三協、協和富士銀行と和泉信用金庫をまわり、十万円ずつ、四十万円を引き出した。矢代はその四十万円と時計を売った六十万円を持ち、とりあえず百万円を返すといって白燿会に行った。橋岡は高城の事務所で出前のカツ丼を食う。

デスクの中で携帯が鳴った。箸を置き、抽斗を開ける。七台ある携帯のうち、このあいだ掛け子の平岡からかかってきた紺色の携帯だった。

——はい。もしもし。

——あ、高城さん？

——いや、ちがいます。

——どなたさん？

——事務所の橋岡といいます。

——高城さんに代わってくれんかな。

——高城はしばらく帰ってこんのです。

——いつもの携帯に電話してもつながらんし、なにかあったんかいな。

——ちょっと厄介事ですねん。この携帯はおれが受けるようにいわれてます。

——厄介事て、警察か。

——ま、そんなとこです。

——そうか。そらしゃあないな。

——あの、なにか？

——いやな、名簿を頼みたいと思たんや。

——わるいけど、ほかをあたってもらえませんか。

——分かった。そうしよ。

名前もいわず、電話は切れた。

橋岡は紺色の携帯にメッセージを入れた。〝高城です。今後、当方への電話は090・5838・99××へおかけください。事務所の橋岡というものが対応します〟と。これで高城への電話は橋岡の携帯にかかってくる。あとは橋岡が出て、高城は当分のあいだ身を隠している、といえばいいわけだ。

橋岡はジップパーカのポケットから通帳を出し、協和冨士銀行に電話をした。ナビダイヤルの指示に従って〝3〟を押し、支店担当者を呼び出す。

——お電話ありがとうございます。協和冨士銀行あべの支店の山田と申します。

——すんません。教えて欲しいんですけど、窓口で預金をおろすとき、通帳と印鑑があって暗証番号を忘れたときは、どうしたらいいんですか。

——はい、その場合はご本人さまが窓口にお越しいただいて、暗証番号照会依頼書をお書きいただければ、登録暗証番号をお調べできます。

——その依頼書にはなにが必要ですか。

——お届出印をお押しください。

——暗証番号が分かっても、ＡＴＭでおろせるのは五十万円までですよね。

——ＡＴＭの引き出し限度額は一日あたり二百万円まで変えることができます。

——それはどうやったらできるんですか。

——ＡＴＭ支払限度額変更依頼書をお書きいただければ可能です。

——要するに、本人が通帳、印鑑、キャッシュカードを持って窓口へ行ったら預金をおろせるんですね。

——はい、おっしゃるとおりです。

——ＡＴＭを使わずに窓口で金をおろすときは引き出し限度額とかあるんですか。

——ございません。通帳とお届出印でお引き出しになる場合は。

——つまり、暗証番号が分かってたら、窓口では上限がないと、そういうことですね。

——はい、お引き出し額の上限はございません。

——ありがとうございました。

電話を切った。届出印があれば暗証番号は分かるようだ。がしかし、銀行は本人確認をしないのだろうか。確認はしないにしても、数千万の残高がある口座の暗証番号を橋岡のような年格好の人間が忘れたといえば、銀行は不審がる。

カツ丼を食い、考えた。高城と齢が近くて、高城を知らない人物……。

宇佐美と上坂はだめだ。江川はどうか——。

江川は少し惚けているが、銀行の窓口には行ける。さっき聞いた依頼書くらいは書けるだろう。

そうや、江川は使えるかもしれん——。

江川の携帯にかけた。一分近くコールしてフックボタンを押しかけたとき、ようやくつながった。

——どちらさん？

——おれ、橋岡。

——ああ、橋岡さん。久しぶりです。

——なにが久しぶりや。先週、顔見たやないか。

そう、江川は生ゴミの袋を持って、ふれあい荘の玄関をうろうろしていた。回収日でもないのに。

——あんた、高城いう男を知ってるか。高城政司。

――うーん、タカギさん……。知らんことはないですよ。

――どういうタカギなんや。

――アパートにいてるやないですか。わしの隣の部屋。むかし鳶《とび》をしてた、顔の怖いタカギさん。

――それはあんた、高い木の高木やろ。

――あのひとやないんですか。

――おれがいうてんのは、高い城の高城や。

――そんなひとは知りませんわ。

好都合だ。江川は高城を忘れている。

――あんたにひとつ頼みがあるんやけどな、いまからおれといっしょに銀行に行って口座の暗証番号を調べて欲しいんや。

――暗証番号……。何番です。

――それが分からんから調べてくれというてるんやないか。

――ああ、そうなんや。

――しっかりせいよ、おい。

――そういや、この前はすんませんでしたな。金をもらえんで。

江川は憶えていた。半年ほど前、受け子に使われて失敗したことを。

——気にすんな。誰でもミスはある。

——わし、どないしたらええんかな。

——あんた、アパートにおるんやろ。いまから迎えに行くわ。

バイト料は五千円。こぎれいな服を着て、アパートの玄関前で待て、といった。


二時十分前——。江川はふれあい荘の前に立っていた。薄茶のツイードジャケットにグレーのズボン、薄い髪を七三に分けていた。

「おいおい、ほんまにこぎれいやな。不動産屋か質屋のオヤジみたいやで」

江川は小肥りで血色がいい。褒められたと思ったのか、うれしそうに笑った。

「銀行は天王寺の駅の近くや。タクシーで行こ」

「歩いたらよろしいがな。天王寺やったら」

「寒い。風邪ひく」

大通りに出てタクシーを拾った。

天王寺——。あべのハルカス前の三協銀行に入った。ATMコーナーへ行く。

「ええか、いまからいうことをよう聞けよ。もし窓口で訊かれたら答えるんや」

「はい……」江川はうなずく。

「あんたの名前は高城政司。生年月日は昭和三十三年の七月九日。齢は五十五や」高城の保険証を見ながらいった。

「高城政司。昭和三十三年七月九日生まれ。五十五歳」江川は復唱する。

「住所は西成区萩之茶屋三の二の二十八」

「西成区萩之茶屋三の二の二十八」

「もういっぺんいうてみいや。名前から」

「高城政司。昭和三十三年七月九日」

「住所は」

「西成区萩之茶屋三丁目……」

「三の二の二十八や」

「すんまへん。いっぺんにいわれたら忘れますわ」

「生年月日と住所はこの保険証に書いてある」

「高城政司。昭和三十三年七月九日。西成区萩之茶屋三の二の二十八……」

江川は何度も復唱した。正しいときもあればまちがうときもある。まちがえるたびに橋岡は訂正し、江川の頭に叩き込んだ。

「よっしゃ。これ持って窓口へ行け」

通帳と印鑑、念のために保険証も渡した。「金はおろさんでもええ。暗証番号を忘れたから教えてくれというんや」

「暗証番号を教えてくれ、ですね」

「向こうは書類を書いてくれというはずや。あんたは高城政司の名前と住所を書いて印鑑を押せ。押したら、ついでにＡＴＭの限度額も変えたい、というんや」

「ＡＴＭの限度額も変えたい、ですね」

「いまは五十万やけど、二百万にしたいといえ。そうしたら、もう一枚、書類を書かされるやろ」

「五十万はやめて、二百万にするんですね」

「分かったか。書類は二枚書くんやぞ」

江川は口の中でぶつぶついいながら窓口へ行く。橋岡はＡＴＭコーナーからようすをうかがった。

江川は窓口係と短いやりとりをしたあと、二枚の紙片を受けとってスタンドカウンターへ行った。保険証をちらちら見ながら書類を書いて押印し、窓口係に渡してロビーの椅子に座った。表情に変わりはない。

ほどなくして、窓口係が、高城さま、と江川を呼び、一枚の紙片を渡した。江川はポケットに入れてＡＴＭコーナーにもどってきた。

「どうやった」さりげなくそばに寄って訊いた。

「別になにも訊かれんかったです。通帳の番号を見ただけで」

「んなことはどうでもええ。暗証番号や」

「あ、はい……」

江川はポケットから紙片を出した。橋岡が広げる。暗証番号照会依頼書の空欄に《９７３３》とあった。

「誕生日を逆さにしよったな」

「ああ、そうですか」

「ようやった」

五千円を渡した。「ついでに、もうひとつ行ってくれ。和泉信用金庫や。そしたら、また五千円やる」

「すんまへん。気ぃ使うてもろて」江川はよろこぶ。

「やることはいっしょや。暗証番号を訊いて、ＡＴＭの限度額をあげる」

「わし、憶えましたで。……高城政司。昭和三十三年七月九日生まれ」

「住所は」

「西成区萩之茶屋です」

「番地は」

「忘れた……」

「あんた、賢いわ」

携帯の時計を見た。二時二十分。三時までに和泉信金の手続きをしないといけない。

「ほら、行くぞ」

三協銀行を出た。

和泉信金の登録暗証番号は〝9734〟だった。ふれあい荘にもどり、橋岡と江川はタクシーを降りる。

「ご苦労さん。すまなんだな」

一万円を見せた。「今日のことはみんな忘れてくれ」

「はい、はい。誰にもいいまへん」

「もし喋ったら、これが出てくる」

頬を指で切った。「あんたもヤバいのは嫌やろ」

「そんなん、いわれんでも分かってますわ。わし、こう見えても口が固いんです」

「これはあんたが危ないめにあわんための保険料や」

一万円を渡した。江川はさっとポケットに入れる。

「すんまへん。また頼みますわ。なんでもいうてください」

江川はふれあい荘に入って行った。

橋岡は歩いて萩之茶屋の事務所にもどった。シャッター通用口の錠は開いていて、矢代がソファで寝ていた。

「どこ行ってた?」矢代は薄目をあけた。

「パチンコや。ちょっと負けた」

「通帳と判子は」

「持ってる」

「そんな大金を持ち歩くなよ」

「大金やない。大金の入った通帳や」

「見せてくれ」

「どういう意味や」

「意味はないわい」

矢代は疑っているのだ。残高が減っていないかどうかを。

橋岡は四冊の通帳を矢代に放った。矢代は一冊ずつ、残高を確かめる。

「分かったか。今日は十万ずつ減っただけやろ」

「くそったれ、暗証番号を知る方法はないんかい」

「おまえ、おっさんの部屋を探してみいや。メモがあるかもしれん」

「くそめんどくさいわ。おまえが探せ」

「欲かくな。毎日、四十万ずつおろしたらええんや」

「おまえみたいな人相のわるいやつが毎日、銀行に来て、十万ずつおろしたら、怪しまれるんとちがうんかい」

「それはおれも考えた。紛失届を出すという方法がある」

「なんやて……」

「さっき、銀行に訊いたんや。紛失届を出したら、通帳も印鑑も更新されて暗証番号も登録できる。通帳は再発行、印鑑は改印や」

「それや。それがええ。おまえ、手続きせいや」

「けど、銀行は紛失届を受け付けるとき、本人確認をする」

「本人確認は高城のおっさんの保険証でできるやろ」

「おまえ、アテがあるんか。おっさんと同じ年まわりで、そこそこ使えるやつ」

「待て……」矢代は煙草をくわえた。吸いつけてけむりを吐く。「——ひとりおる。大正のアパートにな」

「どういうやつや」

「ミナミの無料紹介所で呑み屋の呼び込みしてるおっさんや。いつも貧乏臭い格好して、チャリンコでミナミに通うてる」

名前は水山——。そういった。

「ほな、こうしよ。その水山にいうて、大同と協和富士に紛失届を出すんや」

「三協と和泉信金は出さんのかい」

「おれは分けたいんや。おまえは大同と協和冨士。おれは三協と和泉。いまここで折れにしといたら、いちいちふたりで動くことはない。おまえとおれはさいならや」

大同銀行と協和冨士銀行の残高が合わせて四千万円、三協銀行と和泉信用金庫の残高が四千百五十万円だといった。「おれのほうが百五十万多いけど、おまえには七十万貸してる。差し引きしたら、おまえの取り分は四千七十万。おれは四千八十万や。これでチャラにしよ」

ポケットから札束を出した。そのうち五万円をソファに放ったが、矢代は手を出さない。

「おまえ、なんぞ考えてんのとちがうか」

「なにを考えるんや」

「おまえはずる賢い。油断がならん」

「おれはな、通帳が四冊あるのに銀行印がひとつしかないというてるんや。これから先、金をおろすときはいつもおまえといっしょというのがめんどいとは思わんのか」

「そら、うっとうしいわのう」矢代は舌打ちする。

「おれは当座の金に困ってへんから、おまえに譲った。先に紛失届を出せ。大同と協和冨士や」

「おまえはいつ出すんや。紛失届」

「半月先か、一月先か……。適当な代人を見つけて手続きする」

「分かった。保険証を寄越せ」

矢代は五万円をアルマーニの内ポケットに入れた。

「おまえに保険証を預けるわけにはいかん。水山を使うときはおれが立ち会う」

「腐った男やのう。おまえというやつは」

「なんとでもいえ」

テーブルの四冊の通帳のうち、三協銀行と和泉信金の通帳をとってジップパーカのポケットに入れた。「――改印届も出すんやから、新しい印鑑を作るんやぞ」

「おれの金でか」

「あたりまえやろ」

冷蔵庫から缶ビールを出した。「まちがうなよ。印鑑の名前は〝高城〟や。百均で売ってるようなんはあかん。ちゃんと印鑑屋で作れ」

「待てや。おっさんの判子はほかにもあったやろ。象牙のやつが」

「あったな。そういや」

レターケースのいちばん下の抽斗を開けた。六本の印鑑のうち、名字だけを彫った牛骨の印鑑を出して矢代に放った。「それで改印届を出せ」

「いつ行くんや、大同と協和冨士」

「月曜や。朝、いっしょに行こ」缶ビールのプルタブを引いた。

「紛失届を出して新しい暗証番号を登録したら、その日のうちに金おろせるんか」

「再発行の通帳とキャッシュカードは、この住所に書留で郵送されてくる。一週間はかかるやろ」

「ごちゃごちゃとややこしいのう。銀行というやつは」

「四千万も手に入るんや。一週間ぐらい我慢せい」

「くそったれ、おれは遊ぶぞ。まずはハワイや」

「ハワイはええな。カジノがない」

「おまえ、おれのことを博打中毒と思てへんか」

「ちがうんかい」

「博打をするんは貧乏人や。ない金を増やそうとするから大怪我する」

二度と博打はしない、と矢代はいう。このバカはたった四千万で金持ちになった気でいるらしい。

「ハワイに飛ぶ前に、白燿会のトロを詰めろよな」

「いわれんでも詰めるわい。あと百五十万や」

今日はトロの期限でもないのに百万円を持ってきたと褒められ、矢代は白燿会から二万円の〝交通費〟をもらったという。

逮捕したのだ。長尾と名乗った受け子の本名は永井研、二十一歳、見張り役は河野明人、二十三歳。取り調べに、ふたりは元暴走族で河野が永井を受け子に誘ったといい、暴走族のリーダー格だった小沼英二（住所不定・二十六歳・傷害・道路交通法違反等で前科前歴四回）から〝仕事〟を紹介されたのだと自供した。

班長の日野は小沼が掛け子グループの番頭であり、関与した特殊詐欺事犯が多く発生しているとみて〝高城グループ〟の捜査を中断し、小沼を逮捕すべく身辺を洗えと班員に指示した。佐竹と湯川は『サン・アシスト』の遠張りをやめ、小沼の捜査をはじめた。

※　　※

また忙《せわ》しくなってきた。東大阪市花園本町の柏木たちの包囲捜査で受け子と見張り役を

「ここやな。東和土建」

八尾市刑部《おさかべ》――。二百坪ほどの敷地にショベルローダーやトラクターなどの重機が駐められ、奥にプレハブ二階建の事務所がある。佐竹はアルミ合板のドアをノックし、返事を聞いて中に入った。

「こんちは。ちょっとおうかがいしたいんやけど、よろしいか」

デスクに座っている女性に手帳を提示した。女性は警察手帳を見たのが初めてらしく、怪訝な顔をする。

「大阪府警です。特殊詐欺捜査班の佐竹といいます」

「湯川です」湯川も手帳を見せた。

「刑事さんですか」

「そうです」

「ごめんなさい。社長は出てます」

三時に帰社予定だと女性はいった。

「いや、大した用事やないんです」

湯川がいった。「小沼英二という男をご存じですか」

「小沼さん……。知ってますけど」

「ここに勤めてたんですよね」

「はい。小沼さん、いました。一年ほどで辞《や》めましたけど」

「それはいつですか」

「一昨年の秋から去年の秋ごろでした。……生駒《いこま》の現場で資材が倒れてきて、腰の骨を折って、入院中に辞めました」

ぽつりぽつり、女性はいう。「労災のことで、なにかいうてるんですか」

「いや、我々は労基署やないですから」

佐竹はいった。「その怪我で、なにかあったんですか」

「後遺症です。小沼さん、股関節が不自由になったんです」

いまも歩くときは左足を少し引きずるようにしているだろう、と女性はいった。

「小沼さんはどういうひとでした。仕事ぶりとかは……」

「そうですね……」

女性はひとつ間をおいて、「不真面目とまではいいませんけど、仕事の手を抜くようなことがあって、よく社長に叱《しか》られてました」同僚との仲もあまりよくはなかったという。

「元暴走族というのは知ってましたか」

「知ってました。おれは下に五十人もおったとか、自慢するようにいうから」

「小沼さん、車の運転は」

「してなかったです」

免許は取り消されたのだろう。

「女関係はどうでしたか」

「つきあってるひとはいたみたいです」

「それは？」

「堺のスナックに勤めてたように聞いてます」

「同棲してたんですか」

「たぶん、そうやと思います」

仕事で帰りが遅くなるようなときは電話をしていたという。

「そのひとの名前、住所が分かったらありがたいんですけどね」

「名前とか知りませんけど、住所は分かります。労災申請の書類が残ってるはずです」

「ありがたい。見せてもらえますか」

「いいですよ」

女性は立ってキャビネットを開けた。ファイルを抜いて持ってくる。

佐竹は労災申請書類の控えを見た。休業給付支給請求書に申請者の氏名、住所が書かれている。小沼英二の住所は《堺市堺区東雲《しののめ》南町3—5—18—302・崎田方》だった。

「これ、コピーしてもろてもいいですか」

いうと、女性は書類をコピーしてくれた。佐竹と湯川は礼をいい、東和土建を出た。

「先輩、堺へ行きましょ」

「ああ。小沼は崎田とかいう女の部屋におるような気がする」

まだ逮捕はできない。小沼の所在を確認し、そこに居住していれば逮捕状と捜索差押許可状をとるのだ。

※　※

缶ビールに口をつけたとき、シャッターの通用口をノックする音がした。橋岡と矢代は顔を見合わせる。

「誰や……」

「さぁな……」

「ほっとくか」

「いや、声を聞かれてる」

橋岡は立ってシャッターのそばに行った。「どちらさん？」

「わたしや。新井」女の声。

「どちらの新井さん？」

「あんた、高城さんやないな」

「橋岡です」

「誰でもええから早う鍵あけて。寒いわ」

口調が荒っぽい。ドアノブをガチャガチャまわす。橋岡は錠を外した。

冷気が吹き込み、入ってきたのは黒い毛皮のコートをまとった五十女だった。きついウエーブのかかった赤い髪、メロンパンに目鼻をつけたような厚化粧、場末のスナックの雇われママといった風情だ。

「あのひとは」新井は事務所を見まわした。

「出てます」

「どこに」

「知らんのです」

「どういうことよ」

「高城さんは大阪にいてませんねん。しばらく留守にするというてました」

「そんなこと聞いてへんで。連絡もなしにどうしてんのよ」

「いや……。たぶん、温泉か観光ホテルやと思いますけど」

「ちょっと待ちいな。あのひとは温泉、嫌いやで」

新井は態度が大きい。愛想のかけらもない。

「おたく、高城さんとはどういう関係ですか」

「知り合いよ。古い知り合い」

「それでは分からんです」

「分からんでもええわ。あんたらに説明することやない」

新井はソファに座り、エルメスのバッグを脇に置いた。「寒いな。ストーブぐらい点けんかいな」

「エアコン、入れてるがな」矢代がいった。

「なんやあんた、口の利きようがわるいな」

新井は向き直った。「名前は」

「矢代……」

「橋岡と矢代。ふたりかいな、若い衆は」

若い衆という言葉がひっかかった。この女は堅気《かたぎ》ではないのか。

「あのひと、さらわれたんとちがうやろね」

「はぁ？」

「まともな商売やないし、危ないことも多いやろ」

「高城さんの仕事、知ってるんですか」橋岡は訊いた。

「あんたらが生まれる前から知ってるわ」

「新井さん、ひょっとして名簿屋ですか」

「名簿屋……。おもしろいこというやんか」

「高城さんと同じ稼業かなと思たんです」

「うちは商売なんかしてへん。毎日、機嫌よう遊ぶのが仕事よ」

新井はソファにもたれた。コートの襟《えり》もとが広がり、豹柄のニットと二連のゴールドチェーンが見える。中指のリングは大粒のダイヤだ。

「電話、どうしたん」新井はデスクに眼をやった。

「なんのことです」

「電話機がないやないの」

「固定電話は高城さんが外したみたいです。ここを出るときに」

「道理でつながらんはずやわ」

新井は煙草をくわえた。細身のメンソールだ。「いつ出たんよ、あのひと」

「三日前の夜です」

「ベンツで？」

「いや、ベンツは駐車場です」

「なんで、温泉行くのにベンツに乗らへんのよ」

「うるさいおばはんやな、え」

矢代がいった。「高城さんは飛行機のチケットとってたわ」

「おばはん？　もういっぺんいうてみいな」

新井は矢代を睨《ね》めつけた。「ただでは済まへんで」

「おとなしいに聞いてたら調子にのりくさって。どこのもんや、おまえ」

「誰がおまえや。足腰立たんようにされたいんか」

「なんやと……」矢代は腰を浮かした。

「こら、やめとけ」

橋岡は制した。「こいつは躾《しつ》けがわるいんですわ」新井にいう。

この女はヤクザの〝姐《あね》〟だ。まちがいない。

「新井さんは組関係ですか。高城さんのケツ持ちしてる」

「あんた、ええとこ見てるな」

煙草をくわえたまま、新井はいう。橋岡はライターの火を差し出した。新井は深く吸ってけむりを吐き、

「あんたら、ほんまのことといわんかいな。あのひとは飛んだんやろ」低くいった。

「飛んだて、なんのことですか」

「とぼけなや。高飛びしたんか、と訊いてんねや」

「実は、そうですねん」うなずいた。

「携帯はつながらへんし、固定電話も外してる。そうとしか考えられへんやないの」

新井は薄ら笑いを浮かべた。「どこに飛んだんや」

「それが分からんのです。おれらも連絡つかんで困ってますねん」

「警察は」

「その心配はないと思いますけど……」

おたがい、肚の探り合いだ。「さっきから、高城さんのことを、あのひとというてはるけど、親しいんですか」

「そら、いろいろあるわ。あのひととは長いんやし」

この女の素性《すじょう》が分からない。下手に相手をすると面倒なことになりそうだ。

「新井さんの名刺、もらえますか」

「名刺なんか持ってるわけないやないの。遊んで暮らしてるのに」

「連絡先でも教えてもろたら知らせますわ。高城さんがもどったら」

「090・5621・89××」

「ちょっと待ってください」

デスクのメモ用紙をとった。もう一度、携帯の番号を聞いて書く。

「あんたらの名刺は」

「ないんです」

もう一枚の紙に自分の携帯番号を書いて渡した。新井は立ちあがる。

「そのコート、ミンクですか」

「セーブルや。ロシアンセーブル」

新井はバッグをとって出ていった。

「なんやねん、くそばばあ。不細工な顔しくさって」

矢代がいった。「おまえは機嫌とりすぎじゃ」

「得体の知れんやつを怒らすことはない。適当に相手したらええんや」

「あのばばあ、高城のこれか」矢代は小指を立てる。

「分からん。どっちにしろ、まともな女やない」

「くそっ、験《げん》直しや」矢代は立ちあがった。

「酒か、女か」

「水山に会うんや。ミナミの紹介所」

こいつはどうせ、女を買うつもりなのだ。

「今日は大正のアパートに帰るからな」

矢代はコートをはおって出ていった。

13

堺区東雲《しののめ》南町——。区民センター近くの交番前に車を駐め、佐竹と湯川は中に入った。にきび面の制服警官が顔をあげる。手帳を示して所属をいうと、畏《かしこ》まって敬礼した。

「頼みがある。三丁目五の十八の集合住宅を教えてくれるかな」

いうと、警官は東雲南町の詳細地図をデスクに広げた。指で区域をたどり、

「『プラムハイツ』ですね」

「アパートか、マンションか」

「たぶん、アパートです。三階か四階建の」

「プラムハイツの案内簿は」

「あります」

「見せてくれるか」

「すみません。もういっぺん手帳を見せてもらえますか」

「えらい堅苦しいな」

「上から指示されてますから」

警官は佐竹の階級と氏名、職員番号をメモした。キャビネットに鍵を挿《さ》し、東雲南町三丁目の案内簿を出す。デスクに置いて、当該のページを広げた。

※賃貸用集合住宅・プラムハイツ　東雲南町3―5―18
※経営者―梅原賢吾　東雲南町3―5―23（06・6783・28××）

「なんや、これだけかいな」

「外勤がなんべん巡回しても、質問事項に答えてくれるひとは少ないです」

「しかし、部屋の住人の名前くらいは書けるやろ」

「自分は先々月、この地域担当になりました。案内簿は引き継いで間がないんです」

前任者が情報収集を怠《なま》けていたかのように、警官はいう。

「梅原いう大家はアパートの隣に住んでるんか」

「地番は近いですよね」

警官は詳細地図を見た。「──プラムハイツの裏手に〝梅原〟いう家があります。路地の奥の家です」

「了解。すまんかったな」

梅原の電話番号を書き、交番を出て車に乗った。

「ええ加減やな」

湯川がいう。「あいつは住人の調べをしてませんわ」

「ゆーちゃんは外勤のころ、まじめに巡回したんか」

「自分はちゃんとやりましたで。自治会の役員に質問票を配布して」

「それは回覧や。巡回とはいわん」

笑ってしまった。湯川も笑う。佐竹はシートベルトを締めた。


プラムハイツは府営団地に隣接した四階建のアパートだった。煤《すす》けたブロック塀に《プラムハイツ》とペイント書きのプレートがかかっている。佐竹と湯川は車を降り、アパート内に入った。玄関左に階段、その段裏にスタンド式のメールボックスがあった。

「三〇二、崎田。これやな」

階段をあがった。三階、外廊下、302号室の格子窓は暗い。ドアには《崎田》とプラスチックの表札が挿されている。

「まちがいない。住んでる」

「留守ですかね」

「みたいやな」

崎田が部屋にいても、まだ接触はできない。下手に話をすると小沼に知られる。

左隣の301号室をノックした。返答なし。303号室、304号室も留守。305号室で返事があり、アフロヘアに金色のメッシュを入れた女が出てきた。化粧気はなく、眠そうだ。

「すんません。お寝《やす》みでしたか」

「ううん。起きたとこ」

水商売だろうか。小柄だが肥っている。

「ちょっとお訊きしたいんですけど、よろしいか」

佐竹は手帳を提示した。女は驚くふうもなく、

「なにを訊きたいの」

「302号室の崎田さん、知ってはりますか」

「うん。知ってるよ。崎田ユリアちゃん」女はアフロヘアに手をやった。「ユリアちゃんは美容師やし、髪を編んでもろたりしてる」

「髪は結うんやないんですか」

「知らん？　これはドレッドヘア。細かく編んでるでしょ」

女はシンガーだといった。「刑事さん、ソウルは」

「そうですね。嫌いやないです」

「いま、ミナミの『ワイルドホース』に出てるし、暇やったら来て。南署の一筋北を左に行ったライブハウス」

「機会があったら行きますわ。ミナミの『ワイルドホース』ね」

愛想でいった。訊き込みはこんなふうに脇に逸れるものだ。「――崎田ユリアさんは、誰かと住んでますか」

「ううん。いまは独《ひと》り。男がいっしょやったけど、出ていったわ」

「いつ出ていったんです」

「去年の十一月ごろかな。ユリアちゃんが愛想尽かして追い出してん」

「その男の名前、聞いてましたか」

「小山、小村、小谷……。ちがうな」女は首をひねる。

「小沼ですか」

「そう、小沼。ロン毛のチャラ男くん」

「小沼は軽いんですか」

「調子がいいねん。いうことも大きいし。そのくせ、ちゃんと働かへん。ユリアちゃんにいつも、小遣いせびってた」

「〝髪結いの亭主〟ですね」

「そう。あの子は優しいから、あんなダメ男に引っかかるねん」

「ダメ男はいま、どこに住んでます」

「そんなん、知るわけないでしょ。あの子も知らんのとちがうかな」

「崎田さんは小沼と切れたんですね」

「うん、切れた。もう男は懲《こ》り懲《ご》りやというてる」

だったら、崎田に事情を訊いてもいいだろう。

「崎田さんは美容室にお勤めですか」

「南船場の『りずーる』いう美容室。ビルの一階で、ガラス張りになってる」

心斎橋筋の長堀通の北。ロレックスのショールームがすぐ近くにあるという。

「ありがとうございました。『りずーる』に行ってみますわ」

「『ワイルドホース』にも来てね」

「はい。ソウルを聴きますわ」

ソウルとはどういうものなのだろう。ロックやジャズとはちがうのか。

「わたし、『サンディ』。憶えててね」

女はほほえんだ。右の頬にえくぼができた。

プラムハイツの横の路地を入ると、奥にプレハブ三階建の家があった。門柱の両脇に鉢植をいっぱい並べている。《梅原》の表札を見て、インターホンのボタンを押した。

──はい、どなたさん。

──警察です。

インターホンのレンズに向けて手帳をかざした。

──なにか？

──プラムハイツの居住者について、お訊きしたいことがあります。

返事はなかった。誰や、という男の声が聞こえる。少し待って玄関ドアが開き、グレーのカーディガンを着た男が出てきた。齢は七十すぎ、さも迷惑そうな顔をしている。

「なんです。警察がいきなり」嚙みつくように男はいった。

「梅原さん？」

「ああ、そうやけど」

「302号室の崎田さん、入居の契約書とかありますよね」

「そら、ある」

「見せてもらえませんか」

「なんで見せなあかんのや」

「捜査の一環です」

ムッとしたが、顔には出さない。「協力願えませんか」

「どういう捜査なんや」

「それはいえんのです」

「ほな、わしも答える義理はないな。帰ってもらおか」

「しかし、梅原さん……」

さっきのシンガーとはえらいちがいだ。警察嫌いはどこにでもいるが。

「住人のことをべらべら喋るのは、わしの流儀やない」

「崎田さんの生年月日と本籍。それだけでも、お願いしますわ」

湯川がいった。「でないと、明日もここに来んとあきませんねん」

「それは脅しか」

「脅しやない。ほんまのことです」

湯川は両手をそろえて頭をさげる。佐竹もさげた。

「生年月日と本籍だけやな」

思いなおしたように梅原はいい、家に入っていった。

「めんどくさい爺さんですね」湯川は肩をすくめた。

「いや、ああいう頑固爺はおもしろい」

佐竹はいった。「一本筋が通ってる」

「そういや、うちの爺さんも警察が大嫌いでしたわ」

田舎の秋祭りで、駐在所の警官とつかみあいの喧嘩《けんか》をしたことがあったという。「駐在が揃《そろ》いの半纏《はんてん》を着いへんのが気に入らんかったんです」

「制服制帽の上に半纏は着られんやろ」

「祭りの日くらい非番にせいと、爺さんは怒ったんです」

湯川はティシュペーパーで洟《はな》をかみ、鉢植に捨てた。

梅原がまた、出てきた。

「崎田ゆり。平成二年九月三十日生まれ。滋賀県高島市稲谷一〇三の八」

「崎田ユリアとちがうんですか」

「ゆりや。ひらがなで、ゆり」仏頂面で梅原はいう。

「崎田ゆりさんの部屋に同居人がいたことはご存じですか」

「おったな。髪染めた若いのが」

「名前は」

「知らん」

「家主さんが知らん同居人は契約違反やないんですか」

「違反やけど、黙認してる。うるさいこというてたら部屋が埋まらんからな」

「そんなもんですかね」

「そんなもんや」

「どうも、すんませんでした」

佐竹は崎田ゆりの生年月日をメモ帳に書き、礼をいって路地を出た。


長堀通のコインパーキングに車を駐め、南船場へ歩いた。美容室『りずーる』は御堂筋から一筋東に入った郵便局の隣にあった。店内は明るく、ブラインドを全開にしているから、立ち働いている従業員や客がよく見える。自動扉もガラスだった。

「こんばんは。ちょっとよろしいか」

「いらっしゃいませ。ご予約の方ですか」カウンターの男が顔をあげた。

「客やないんです」

手帳を見せた。花柄シャツにベルボトムジーンズの男は少し間をおいて、

「警察の方？」

「府警本部です。特殊詐欺捜査班の佐竹といいます」

「なにか……？」

「崎田ゆりさん、いてはりますか」

「崎田はいま、洗髪中ですが」

「どれくらいかかりますかね」

「あと十分くらいで終わります」

「ほな、外で待ってますわ」

「ご用件は」

「簡単な訊込みです。五分で済みます」

店を出た。街灯のそばに立つ。いつのまにか、西の空が赤い。影が長く伸びている。

「美容室て、どれくらいですか。料金」

「南船場でこの店構えやったら、五、六千円はかかるんとちがうか」

「自分が行く散髪屋は千七百円ですよ。シャンプーもして」

「そらひどいな。安すぎるで」

「先輩は」

「おれは二千九百円。三カ月にいっぺん行く」

散髪は嫌いだ。他人に頭や顔を触られるのがうっとうしい。

ほどなくして『りずーる』から女が出てきた。白のセーターに白のカーディガン、レモンイエローの膝丈のパンツに白のローヒールパンプス。小顔で眼がくりっとしている。背も高い。スカートを穿《は》いて心斎橋を歩けば、男がみんな振り返るようないい女だ。

「崎田です……」小さくいった。

「ぼくは佐竹。こっちは湯川。特殊詐欺捜査班です」

「それって、振り込め詐欺ですか」

「このごろは現金を受けとるのが多いです」

佐竹はいって、「我々はいま、小沼英二を追ってます」

「小沼英二、知ってはりますね」

湯川がつづけた。崎田はコクッとうなずく。

「小沼はいつ、プラムハイツを出ました」

「去年です。十一月の連休でした」

「文化の日ですか。勤労感謝の日ですか」

「十一月三日です。大きなバッグを抱えて出ていきました」

「小沼はそのころ、足が不自由やったんですよね」

「そうです」

崎田はうなずいて、「なんで知ってるんですか」

「以前の勤め先に行ったんです。八尾の東和土建」

「それで、わたしのことを聞いたんですか」

「申し訳ない。これが仕事ですねん」

「いえ、嫌味をいってるんやないんです」

崎田は下を向き、顔をあげて、「でも、あんな怪我をしたらダメですね。もともと怠け癖があったのに、ちょっとも働かないようになりました」

小沼は四十日間入院し、退院してリハビリに通ったが完治はせず、歩くときは少し足を引きずっていると崎田はいった。

「立ち入ったこと訊きますけど、小沼とはなんで別れたんですか」

「DVです」

「それはあきません」

「女に手をあげるやて、最低です」

陶器の灰皿を投げつけられて肋骨《ろっこつ》にヒビが入ったが警察沙汰にはせず、司法書士をしている親戚の立ち会いで小沼と話をし、小沼はアパートを出ていった。その後、いっさい連絡はない——。

「すると、小沼がいまどこにいるかは」

「分かりません。知りたくもないです」

「小沼の実家は姫路やけど、そこに立ち寄った形跡はないんです」

「彼は片親です。明石にお父さんがいるみたいですけど、何年も会うてないっていって、いってました」

小沼の父は認知症で介護施設に入ってるはずだという。

「小沼の携帯番号、分かりますか」

「消去しました」

「崎田さんと暮らしてるとき、小沼は偽電話詐欺に関与してましたか」

「東和土建を辞めてぶらぶらしてるころ、よく電話がかかってました。稼ぎのいい仕事が見つかったとかいってましたけど、いま思ったら、あれがそうかもしれません」

小沼は仕事を憶えるといって出かけることが多かったが、その内容を崎田に明かすことはなかった――。

「小沼は崎田さんと別れてから詐欺に手を染めた……。そういうことですか」

「刑事さんがそういわれるんやったら、そのとおりかもしれません」

「小沼の連れ、憶えてませんか」

「わたしが憶えてるのはひとりだけです。中学の後輩です」

姓は河野、名は知らないと崎田はいった。花園本町の包囲捜査で逮捕した見張り役の河野明人だろう。日野班は河野を取り調べたが、小沼のヤサは知らなかった。

「河野が小沼に稼ぎのいい仕事を紹介したんですか」

「ちがうと思います。そんな話は聞いてません」

河野に会ったのは一度だけで、小沼と三人で焼肉を食べたという。

「河野にはどんな印象を持ちました」

「口数の少ないおとなしい子でした。小沼はよく喋るのに、はいとか、いいえとか、返事をするだけで。……暴走族って、いくつになっても、先輩、後輩、なんですね」

「崎田さんはそんな世界に縁がなさそうやのに、なんで小沼と知り合うたんです」

「クラブで知り合ったんです。長堀の」

崎田は友だちの美容師とふたり、小沼もふたり連れだった。崎田が小沼に声をかけられ、クラブを出るときに携帯番号を交換した。つきあいはじめて三カ月後には、小沼がプラムハイツに越してきたという。

「クラブで小沼といっしょやった男は誰です」

「名前は知りません。彼より年上でした」

「年上て、いくつぐらいですか」

「三十すぎかな……。男のひとの齢って、分かりにくいけど」

河野といっしょに逮捕した永井研ではなさそうだ。

「その男について、ほかに憶えてることはないですか」

「そうですね……」

崎田は頸《くび》に手をやって、「鼻と耳にピアスしてました。両方の腕にタトゥーを入れてたから、怖いひとかなと思ったら、アメ村でワンポイントタトゥーとかのショップをしてるっていってました」

「小沼もタトゥーをしてるんですか」湯川が訊いた。

「左の肩にドラゴンを入れてます」

崎田は両手の親指と人さし指で輪を作った。「翼のついたレッドドラゴン」

東和土建でタトゥーのことは聞かなかった。小沼は夏でも丸首のシャツを着ていたのだろう。

「タトゥーショップの名称は分からんですか」

「聞いたかもしれませんけど、忘れました」

「あとひとつだけ。小沼の立ち寄りそうなとこに心あたりはないですか」

「彼のことは思い出したくないし、忘れたいんです」崎田は小さくかぶりを振った。

「いや、立ち入ったことばっかり訊いてわるかったです」

佐竹は名刺を出した。「ないとは思いますけど、もし小沼から連絡があったら、この番号に電話をもらえますか」

「はい、電話します」

「お仕事中、すんませんでした」

名刺を渡した。崎田は固い表情のまま、店にもどっていった。

「あの子はほんまに知らんな、小沼のこと」

プラムハイツの大家から崎田ゆりの生年月日と本籍を聞いたが、個人データをとるまでもないだろう。

「あんなまじめそうな子が半グレの詐欺犯と同棲してたやて、もったいないことですわ」

「まじめかもしれんけど、軽い。いまどきの子や」

「小沼はフケたんですかね。永井と河野が引かれて」

「おれはフケてないと思うな。ヤサにこもってようすを見とんのやろ」

「しかし、手がかりがないのは困りましたね」

「携帯も捨てたみたいやしな」

永井と河野から小沼の携帯番号は聞いたが、その携帯が使われた痕跡はなく、ＧＰＳによる位置情報も得られていない。

「どうします。アメ村に行ってみますか」

「そうやな……」

アメ村のタトゥーショップは十軒で利かないだろう。効率はわるいが、地道に訊込みをするしかない。佐竹は腕の時計を見た。

「五時や。アメ村でなんか食うか」

「最近、『タルサ』いうミートパイの店が評判ですわ」いつも行列ができているという。

「ミートパイごときを並んでまで食うか。大阪人の名折れやで」

「並ばん大阪人が並ぶほど旨いのとちがいますか」

「分かった、分かった。食うてみよ」

メモ帳をポケットに入れて歩きだした。

※　※

土曜日――。ボロ布で床を拭いているところへ矢代が来た。

「なにしてるんや」

「見たら分かるやろ。掃除や」

ボロ布をバケツに放り、ゴム手袋をとった。

「変人やな、おまえ。掃除が趣味か」

矢代はソファに腰をおろして脚を組む。

「あほんだら。おっさんの血が染み込んでるんやぞ。タイルの目地《めじ》に」

矢代が電話機で高城を殴りつけたとき、かなり出血した。高城は便も漏らしたのだ。

「やめとけ、やめとけ。そんなもん無駄じゃ。検査されたら分かる。なんとか反応や」

「おれはな、漂白剤で拭いとんのや。気になることはなんでもする」

「おまえ、こんなとこで寝起きして気持ちわるうないんか。ここで死んだんやぞ。あのデブは」矢代は煙草を吸いつける。

「そう。おまえが首絞めたんや」

「なんべんもしつこいぞ。おまえは笑いながら見てたやないけ」

「おれがいつ笑うた。やめろと、とめたやろ」

「そういうおまえはええわな。おっさんを埋めただけで四千万や」

「おまえはどうなんや。おれはおまえのせいで、あとの始末をしてるんやぞ。おれがあの場におらんかったら、おまえは死体をほったらかして逃げとるわ」

「もし、おれが警察に捕まったらこういうたる。おれがおっさんを殴って、おまえが首を絞めた、とな」

「ええ加減にさらせよ、こら」ゴム手袋を投げた。

「なんじゃい、その顔は。おれがおっさんを殺ったから、おまえも金になったんやろ」

「なにしに来たんや。そんなに暇か」

「ベンツや。ベンツを売ろ」

「なんやと……」

「昨日、ミンクのコート着たおばはんがここに来たやろ。高城は温泉に行った、というたら、なんで温泉行くのにベンツに乗らへんのよ、とおばはんはいいくさった。ベンツをあのまま駐車場に駐めといたらヤバい」

「よう気がつくな」

橋岡はせせら笑った。「おまえは金が欲しいだけや。ベンツを売ったら四、五百万になるからな」

「おまえ、いっぺんどついたろか。おれより欲が深いくせしくさって」

「ベンツを売るのは賛成や。おれもそうしよと思てた」

「おまえ、売れや。ベンツ」

こいつはいつも思いつきでものをいう。心底、うっとうしい。

「ディーラーで売るのはまずいな。買取業者に持って行こ」

「その場で買取りよんのか」

「まず査定や。その金額でええとなったら、書類を用意する」

「どんな書類や」

「車検証とか委任状やろ。詳《くわ》しいことは分からん」

「よっしゃ、行こ」

矢代はバケツに煙草を捨てた。ジュッと音がする。

このガキ――。橋岡はデスクの抽斗からベンツのキーを出した。


国道26号沿いの『ライオンズ』にベンツを乗り入れた。あずき色のジャケットを着た男が事務所から出てくる。橋岡はウインドーをおろした。

「この車、査定してくれるかな」

「ありがとうございます」

男はリアにまわってエンブレムを見た。「――〝S550〟のロングですね。年式は」

「新しい。まだ一回目の車検がきてませんわ」

「車検証、見せてもらっていいですか」

グローブボックスからブックレットを出した。車検証を抜いて渡す。

「一昨年の一月ですね。もうすぐ車検です」

「どれくらいになるかな、買取り」

「その前に車を見させてもらえますか。事務所でお待ちください」

いわれて、車外に出た。矢代も降りて事務所に入る。薄汚れたビニールのソファに座ると、同じあずき色のジャケットを着た女がほうじ茶を出してくれた。

しばらく待って、男が入ってきた。いい車ですね、という。

「外観はバンパーの左前に小さい擦り傷があるだけです。車内はヤレも感じません」

走行距離は二万八千キロ、エンジン音も静かだといい、「ぜひ、買取らせていただきたいのですが、ベンツの名義はローン会社になってます。残債はいくらでしょうか」

「そんなん分かりませんわ。おれの車やないし」

「ベンツはどなたがお乗りですか」

「うちの会社の社長です」社長に依頼されて車の査定に来た、といった。

「その方に残債額を訊いていただけないでしょうか」

「おたくが訊いてください。ローン会社に」

「残債額は個人情報なので、わたしどもでは訊けません」

銀行といい、買取業者といい、いちいち面倒なことをいってくる。

「ローン会社て、どこです」

「D&Mファイナンスです」

「そこの電話番号は」

「お待ちください」

男は番号をメモしてくれた。橋岡は受けとって事務所を出る。D&Mに電話をかけた。

――ベンツの残債を知りたいんですけど、教えてくれますか。S550です。

――お客様のお名前は。

――高城政司です。

――本人確認が必要なので、高城さまの生年月日、住所、電話番号をお教えください。

質問に答えた。向こうはパソコンに打ち込んでいるらしい。少し待って、

――お車のナンバーをお教えください。

橋岡はナンバーを見た。

――〝大阪330　さ　15××〟です。

――お世話さまです。メモのご用意は。

――はいはい、いうてください。

――残債額は四百二十五万八千円です。

金額を復唱し、電話を切った。事務所にもどる。男に残債額をいうと、

「それはよかったです。査定額より少ないです」

「どういう意味です」

「わたしどもの買取り額よりローン残額の多いお客さまがいらっしゃるので」

講釈はいい。いったい、いくらでベンツを買い取るのだ。

「いかがでしょう。五百二十万円で買い取らせていただけないでしょうか」

「それはあんまりや。手取りが百万もないやないですか」

「わたし個人としては、もう少しいい金額をお出ししたいんですが、当社の規定がありますので」

「車はおたくに売るとして、なにを用意したらよろしいねん」

ふてくされたように、矢代がいった。

「譲渡委任状と念書に高城さまの実印をお押しください。あと印鑑証明を一通」

「残債の清算とかは、おたくがやるんやね」

「手続きはわたしどもが代行します」

「よう分かりました」

矢代は立ちあがった。「あと二、三軒、買取業者をまわって、おたくがいちばん高かったら、もういっぺん来ますわ」

「あの、あと十五万円までだったら上乗せできますが」

「たった十五万ね……」

矢代は笑いながら事務所を出た。

ベンツに乗った。国道26号を南へ走る。

「くそったれ。ローンが残ってるやて知らんかったぞ」

「考えたら、あたりまえやで。千四百万もの車をキャッシュで買うやつはおらんわな」

「売るか、ベンツ」

「売る。差額が百万もありゃ御の字や」

週明け、西成区役所で高城の印鑑証明をとる。大同銀行と協和富士銀行に行って通帳と印鑑の紛失届も出すのだ。

「おまえ、水山とかいう男に話つけたんか」

「つけた。月曜日に天王寺駅で会う」

「昨日は女とやったんか。水山の紹介で」

「水山は女の紹介なんかせえへん。店を紹介するんや」

「その店が風俗やったら、女を紹介するのといっしょやろ」

「おまえ、たまってんのか。女、女とうるさいぞ」

「おれは飛田でええ。二十分一万円」

「情のないやっちゃで」

「おれは女が好きなんやない。ファックが好きなんや」

「最低やのう、え」

「なんとでもいえや」

次の信号の先に『カリブ』が見えた。買取業者だ。橋岡は左車線に入った。

14

十二月九日月曜――。矢代は大同銀行あべの支店近くの喫茶店に水山を連れてきた。水山は風采のあがらない、痩せの五十男だった。

橋岡は通帳と印鑑の紛失届、通帳の再発行と改印届について、水山に説明した。

「簡易書留の送り先は萩之茶屋三丁目の高城政司。ＮＰＯ法人の名称は『大阪ふれあい運動事業推進協議会』や」

「なんか、ややこしいな。もういっぺんいうてください」と、水山。

「よう聞け。大阪ふれあい運動事業推進協議会」

「そんな細かいこと、銀行は訊かへん」

矢代がいった。「もし訊かれたら、〃ふれあい協議会〃でええ」

「分かりました。ふれあい協議会の高城政司さん、ね」

「名前と住所はまちがうなよ。洒落にならん」

矢代は牛骨の印鑑を水山に渡した。「ほな、行こか」

「ちょっと待ってください。まだコーヒーが残ってますねん」

「さっさと飲めや。グズいのう」

矢代は舌打ちして伝票をとった。

三人で大同銀行に入った。橋岡と矢代はロビーの椅子に座り、水山は窓口へ行く。

「あいつ、大丈夫か。宇佐美や上坂より緩いぞ」

「緩いからええんや。要らん気をまわさへん」

「なんぼやるんや、あいつに」

「二万や。大同で一万、協和富士で一万」

「そら安すぎへんか。口止め料込みやろ」

「あんなやつに口止めしても無駄や。あいつがもし警察に引っ張られたら、尻の毛の数まで喋りよる。宇佐美と上坂も同じやろ」

矢代のいうとおりだ。江川も喋るだろう。橋岡が高城の暗証番号を照会したことを。

水山がもどってきた。矢代に向かって、

「紛失届やのうて、喪失届というらしいですわ」

「喪失でも紛失でもええ。書いて出したんやな」

「出しました。改印届もね。新しい通帳は、来週の火曜か水曜にとどきますわ」

「よっしゃ。上出来や」

「高城いうひとはなんぼほど預けてるんですか。この銀行に」

「おれもよう知らんのや。訊いても答えんから」

「なんで、自分で届を出さんのです」

「な、あんた、暴排条例いうのを知ってるか」

「ああ、なんや厳しいらしいですね。ヤーさんには」

「高城は筋者や。あんたはいわれたとおりにしてるだけでええ」

矢代は立って、「ほら、次行くぞ」水山の肩を押した。


協和富士銀行の手続きを終え、あべの筋に出た。矢代は水山に金をやり、水山は地下鉄の階段を降りていった。

「これできれいさっぱりした」

矢代はいった。「あとはベンツや」

「印鑑証明と委任状が要る」

ベンツは『カリブ』で売ることに決めた。査定額は五百五十万円だった。高城の実印は橋岡が見つけた象牙の二本のどちらかだろう。

「印鑑証明、おまえがとれ」

「おまえがとらんかい」

役所に申請書の筆跡を残したくない。「ベンツを売ろというたんはおまえや」

タクシーが来た。停めて、西成区役所、といった。


高城の印鑑証明をとり、駐車場からベンツを出して『カリブ』へ行った。委任状と念書に実印を押したが、残債額を差し引いた百二十四万二千円は銀行振込みにしたいと『カリブ』の店長はいう。即金でくれ、と強くいったが、店長はローン会社から残債証明をとらないと最終金額は確定しないといった。

そんな証明書をとるぐらいならほかで売る――。

だったら、電話でけっこうです――。

橋岡はD&Mファイナンスに電話をし、店長に代わった。店長は残債額を聞き、金庫から現金を出してきた。橋岡は金を受けとってキーを渡した。

橋岡と矢代はタクシーで萩之茶屋の事務所に帰り、百二十四万二千円を折半した。

「車て、簡単に売れるんやのう」上機嫌で矢代はいう。

「ぐずぐずいいよったけどな」

要は、儲《もう》けになると向こうが判断したのだ。走行二万八千キロの〝S550〟は七百万、八百万で転売されるのだろう。

「なんだかんだあったけど、おまえはようやったで」

矢代はソファにもたれて缶ビールを飲む。「来週、通帳がとどいたら、おまえとはさいならや」

「高城のことは口が裂けても喋るなよ。墓場まで持って行け」

「そんなたいそうにいうことか。虫けら一匹が消えただけじゃ」

「どうするんや、これから」

「さぁな、東京でも行くかのう。渋谷あたりでこましなマンションでも借りるか」

「ハワイへ行くとかいうとったんはやめたんか」

「そいつはパスポートとってからや。東京でな」

「遊び暮らしてたら、金はなくなるぞ」

「おまえ、毎月、おれに金を振り込めや」

「なんやと、おい……」

「ふれあい荘の家賃や。おまえが集金してるやろ」

「…………」

「部屋数は二十。家賃が四万五千円。九十万の半額をおれに払えや」

「あほぬかせ。それはおれが集めて高城のおっさんに渡してた金や。おっさんはそこからゴミの収集業者や掃除のおばはんに支払いをしてた。固定資産税やらの税金もとられるんやぞ」高城がふれあい荘からいくらの収益をあげていたか、まったく分からない。

「せやから、毎月三十万でええ。おれの口座に振り込め」

「やかましい。代わったるから、おまえが集金せい。おれに三十万、振り込めや」

「あほんだら。めんどいわい」

東京から集金には通えない、と矢代はいう。

「集金はする。でないと、高城がおらんことがバレるからな。……おまえには、月に二十万やろ」

「へっ、この欲たかりが」

矢代はテーブルに足をのせた。「ええわい。二十万で堪忍したろ」

「高城はヤクザに追い込みかけられて飛んだ。名簿屋もやめた。そういうことや。いずれはこの事務所も引き払うてＮＰＯ法人も解散せないかん。片付けなあかんことは山ほどあるんやぞ」

「なんじゃい、それをおれに手伝えというんかい」

「おまえは東京に行くんやろ。機嫌よう遊び暮らせや」

おれの前から消えろ。どこかで野垂れ死ね――。

こいつの顔を見ていたら反吐《へど》が出る。ふっと殺意が湧いたが、すぐに打ち消した。ひとを殺す度胸は、おれにはない。

――と、通用口のドアノブをまわす音がした。

「誰や……」矢代と顔を見合わせる。

開けて。声がしてるで――。

あの女だ。新井とかいった。

「なんですか」橋岡はいった。

開けんかいな。用があるんや――。

「くそボケ。また来くさった。どつきまわしたろか」

矢代が立って、錠を外した。ミンクのコートを着た新井につづいて、男がふたり入ってきた。ひとりは若い。もうひとりはぞろりとした膝丈のコートをはおっている。

「聞こえたぞ、おい。誰をどつきまわすんや」

年かさのほうがいった。髪はオールバック、縁なし眼鏡、眉が薄く眼が細い。「新井のおかぁはんをどつくんやったら、わしが代わるで」

「いや、ちがうねん。そんなつもりでいうたんやない」

慌てて、矢代は手を振った。「おれの口癖や」

「口癖で大怪我するやつもおるんぞ、こら。相手見てものいえや」

男はへらへら笑っているが、眼は笑っていない。「おかぁはん。座りましょうな」

男がいい、新井はソファに腰をおろした。男は向かいあって座り、その横にロン毛の若い男が立つ。橋岡と同じようなストーンウォッシュのジップパーカを着た男は左足が少し不自由そうだ。

「どっちが橋岡で、どっちが矢代や」

「おれが橋岡です。こっちは矢代」

気圧《けお》される。男の粘りつくような口調はヤクザのそれだ。

「そうかい。くそ生意気なガキはそっちやな」

男は矢代を睨《ね》めつけた。矢代は黙っている。

「あの、どなたさんですか」橋岡は訊いた。

「わしかい……」

男は上を向いた。「亥誠組《いせいぐみ》。徳山英哲。名刺はない」

代紋入りの名刺は出せないのだろう。

「そちらさんは」ロン毛に訊いた。

「平岡や」

平岡……。憶えがある。前に電話をかけてきた掛け子だ。

「で、用事はなんです」

「高城はんを出せ」徳山は高城を呼び捨てにしなかった。

「前にもいうたやないですか」

新井を見た。「高城さんは飛んだんです」

「女やと思て舐めたらあかんで」

新井は眉根を寄せた。「あのひとは飛んだにせよ、連絡がつかんてなことがあるわけないやろ」

「ほんまです。おれらも困ってますねん」

「あのひとは飛行機のチケットとったとかいうたな」

新井は矢代に向かって、「伊丹発か、関空発か」

「なにも聞いてないんですわ」

「あのひとは電車なんか乗らへん。どこへ行くにも車や。伊丹にしろ関空にしろ、空港の駐車場に車を駐めといて飛行機に乗るのが、あのひとの流儀やで」

「今回は長旅になると思たんやないですか。……タクシーで行ったんですわ。空港に」

「行く先もいわんのはおかしい。それで、あんたらも困ってんのやろ」

「そら、そういわれたらおかしいかもしれんけど、嘘ついてるわけやない。ほんまに行き先いわんと出たんです。高城さんは」

「ベンツはどないしたんや、ベンツは」徳山がいった。

「駐車場に駐めてます」

「どこの駐車場や」

「この近くの月極駐車場です」

「なんちゅうとこや」

「いすずモータープール」

「そのいすずモータープールに寄ってきた。ベンツなんぞ駐まってなかったぞ」

「…………」

矢代は言葉につまった。「ほかの駐車場ですかね」

「ぶち殺すぞ、こら」

徳山は声を荒らげた。「おとなしいしてたら調子に乗りくさって。おどれら、高城はんをどないしたんじゃ」

「どないもしてません」

矢代はいった。「ほんまのこといいます。高城さんはベンツに乗ってフケたんです」

「なんでフケなあかんのじゃ。理由がないやろ」

「警察です。こないだから、目付きのわるいふたり連れがこの事務所に張りついてるんです。おれと橋岡も尾行されてました。高城さんは身体を躱したんです」

「んなことは初耳やぞ。高城はんがヤバいとなったら、こっちにも一言あるはずや」

「とにかく、高城さんはフケたんです」

「いつ、フケたんや、え」

「昨日です。キャビネットの中の名簿を運べといわれて、ベンツのトランクに乗せました。高城さんは書類やファイルを段ボール箱に詰めて、リアシートに積んでました」

花園のホームセンターで段ボール箱を十個も買ったと、矢代はいった。

「高城はんの携帯がつながらんのはなんでや」

「分かりません。おれらの知らん携帯を持ってるんでしょ」

「おかぁはん、こいつらのいうこと、信じられまっか」

「できへん。みんな嘘や」新井はかぶりを振った。

「ほな、おかぁはん、出てくれまっか。あとはわしがやりますわ」

「そうやな。任せるわ」

新井はコートの裾を割って立ちあがり、黙って事務所を出ていった。

「さ、あとは男だけや。話をつけよかい」

徳山は脇に立つ平岡に手を差し出した。平岡はベルトの後ろからなにかを抜き、徳山の手に乗せる。白鞘《しらさや》の匕首《あいくち》だった。

スッと血の気がひいた。橋岡はあとずさる。矢代は動かない。

「おどれら、高城はんをどないした」低く、徳山はいう。

「なんもしてへん」

矢代がいった。「高城さんは身体を躱したんや」

「そやから、どこに躱したと訊いとんのじゃ」

「知らんというてるやろ。なんべん訊かれてもいっしょや」

「このガキ、勢いがええやないけ」

徳山は立った。匕首を抜く。鈍色《にびいろ》の刃がギラッと光った。

「おれは堅気や。堅気に手を出すのはヤクザやない」

矢代は動かず、徳山をじっと見つめる。

徳山は矢代に近づいた。腹に匕首の刃先をあてる。

「刺すぞ、こら」

「刺してみい」

「そうかい」

瞬間、徳山は矢代の顔を斬りあげた。矢代はのけぞり、デスクにぶつかって尻餅をつく。

反転して逃げようとする矢代の股間を徳山は蹴りあげ、矢代は横倒しになった。徳山はところかまわず矢代を蹴り、矢代は床を這いずりまわる。

「やめてくれ」

橋岡は叫んだ。「高城さんは四国や」

「四国やと……」

徳山は振り向いた。「どこや、四国の」

「淡路島から徳島に渡ると聞いた。あとは知らん」

「こいつら……」

徳山は匕首を構えて橋岡に近づいてきた。「いてまうぞ」

「高城さんが居所を定めたら、おれの携帯に連絡がある。そういう段取りや」声が掠《かす》れている。

「なにが段取りじゃ。いま、電話せい。高城はんに」

「高城さんは何台も携帯を持ってる。向こうからかかってくるまで、番号は分からん」

「いつ、かかるんや。電話は」

「今日はかかってこんかった。明日はかかると思う」

「このボケッ」

拳がきた。衝撃。息がつまり、鼻を覆った指のあいだから血が滴った。

「四国に知り合いがおるんか、高城はんは」

徳山は平岡に訊いた。平岡は黙って首を振る。

「待て。ほんまや。電話がかかってくるんや」

「じゃかましいッ」

また拳がきた。鼻先を掠める。

「やめろ。話を聞け」必死でいった。

「ざけんな」

髪をつかまれた。頭突き。クラッとする。床に膝をついた。

「徳山さん、このへんでやめたほうがええんやないですか」

平岡がいった。「こいつらに会長をやる根性はないですわ」

「おまえは黙っとれ。要らん口出しすんな」

「けど、こいつらは会長のスタッフです。あとで会長に知れたらまずいやないですか」

「くそっ……」

徳山は匕首の刃先を下に向けた。「そこに正座せい」

橋岡は床に膝をそろえて座った。鼻血がとまらない。矢代はそばで呻《うめ》いている。

「さっき、警察がこの事務所に張りついてるというたな。どういうことや」

「ここ四、五日、白いカローラが商店街の脇道に駐まってますねん」

橋岡はいった。「中に男がふたり乗ってて、動く気配がない。高城さんが気ぃついて、おれらに見張れというたんです。そのふたりは飯を食うのも車ん中やし、近くのコンビニで小便するのも交替です」

「そいつら、どんな装《な》りしとんのや」

「ふたりとも、安物くさい綿のコート着てます」

「昼間だけか、カローラが駐まってんのは」

「朝の九時ごろから日暮れまでです」

なにもかも口から出任せだ。作り話はいくらでもできる。

「高城はんから、そんなことは聞いてへんぞ」

「おたくはなんです。高城さんとはどういう関係ですか」

「んなことは、おまえらにいうことやない」

「理由も分からんと殴られなあかんのですか」

腸《はらわた》が煮えくりかえる。が、ここは我慢だ。この場をおさめないと高城殺しがバレる。

「おまえら、ほんまに知らんのかい」徳山は舌打ちした。

「知らんから訊いてるんやないですか」

平岡は高城のことを〝会長〟と呼んでいた。そこが気にかかる。

「ま、ええ。知らんのなら知らんでええ」

徳山はいい、スマホを出した。かける。「——あ、わしや。高城はんは事務所におらん。車で四国に行ったというけど、そんな話、聞いたか。——橋岡と矢代いう若いのや。——そう。名簿をベンツに積んで出たらしい。どこかに隠す肚かもしれん。——分かった。いまから行く」

徳山は電話を切った。平岡に向かって、「ここにおれ。わしはちょっと出る。高城はんから連絡あったら、わしにつなげ。分かったな」

平岡は黙ってうなずいた。徳山は匕首を平岡に渡して、

「こいつらが暴れよったら刺したれ。かまへん。手加減するな」

「待ってください。おれ、こんなもん……」

「やかましい。ごちゃごちゃぬかすな。極道のわしがヤッパなんぞ持って歩けんやろ」

徳山は凄味《すごみ》を利かせて、事務所を出ていった。同時に矢代が立って流しのところへ走る。扉の裏の包丁を抜いて徳山を追おうとした。

「待て。やめんかい」

橋岡は矢代の腕をつかんだ。

「じゃかましい。離せ。あのボケをやったる」矢代は腕を振りほどこうとする。

「頭を冷やせ。あいつはヤクザや」

「ヤクザがどうした。ケジメをとるんじゃ」

「ええから、やめろ」

「おまえからいてまうぞ、こら」

「やれや。おれを刺せ」

腕を離した。少しは冷静になったのか、矢代はクソッ、と喚《わめ》いて包丁をおろした。平岡はぼんやり口をあけてこちらを見ている。

「おまえはなんじゃい」

矢代は平岡に向き直った。「やったろか」

「んな気はない。おれはただ、亮にいわれてついてきただけや」

平岡は両手で匕首を持っているが、腰がひけている。

「亮？　あの腐れヤクザか」

「ちがう。おれらの頭《アタマ》や」

「おまえはいったい、なんや」

「プレイヤーや」

「プレイヤー？」

「掛け子や。オレ詐欺の」

平岡は橋岡を見た。「前にいっぺん、話をしたよな。電話で」

「ああ、そうや。あんたは掛け子や」橋岡はうなずいた。

「亮とかいうやつは掛け子の頭かい」

矢代はつづける。「名字は」

「知らんのや。みんなが亮と呼んでる」

「徳山が電話をかけたんは、亮か」

「そうやろ」

「おまえ、ヤッパを捨てんかい」

「あほいえ。徳山にどつかれるわ」

平岡は匕首を構えてあとずさる。

「こいつ、喧嘩馴れしてへんな」

「寄るな。あっち行け」

矢代はかまわず間合いを詰めた。平岡は後退し、背中が壁についた。顔は蒼白《そうはく》、膝は小刻みに震えている。

「ヤッパ寄越せ。こら」

「堪忍してくれ。おれはただ……」

「じゃかましい」

矢代は斬りつけた。平岡は腕で庇《かば》ったが、ブツッと鈍い音がしてジップパーカが裂けた。平岡は悲鳴をあげて逃げようとしたが、腰が抜けて動けない。矢代は平岡の髪をつかんで引き倒した。匕首が落ちて床を滑る。矢代は平岡に馬乗りになり、包丁を振りかざした。

「ヘタレが大きな顔しくさって、ぶち殺したろか」

「ちがう。おれはちがう。徳山の子分でもないし、ヤクザでもない」

平岡はもがき、宙を掻く。裂けたジップパーカから血が飛び散る。

「徳山はなんで来た。亮が知らせたんか。高城を探せと」いたぶるように矢代はいう。

「知らん。おれは知らん」

「ちょっと待て」

橋岡はいった。「高城は名簿屋やぞ。ケツ持ちの徳山が出てくるのはおかしいやろ」

「高城は会長や。おれらのグループの」

「会長やと？　高城は掛け子グループのスポンサーか」

「スポンサーやけど、顔は出さへん。亮に任せてる」

「要するに、高城はオレ詐欺の金主か」

「そうや。……ついこないだ聞いた」

高城と連絡がとれなくなって、亮は高城を探しはじめた。そのとき初めて〝名簿屋の高城〟が自分たちの金主だと、平岡は亮から教えられたという。

「高城が名簿屋で金主というのは分からん話でもない。けど、高城は受け子の差配もしてるやないか」平岡のそばに寄った。

「高城は釜ヶ崎のアパートに安う使える受け子を囲い込んでると、亮はいうてた」

「そうか。そういうことか」

聞いてみればおかしな話でもない。いちいち理屈はとおっている。矢代が高城を襲ったとき、〝わしのバックを知っとんのか。わしが一言いうたら、おまえら、死ぬんやぞ〟と高城がいったのは、こけおどしの嘘ではなかったのだ。「――高城は金主。その下に亮という掛け子のリーダーがおって、高城は亮からアガリをとってるんやな」

高城が銀行預金と株で二億五千万もの金を貯め、ふれあい荘という二十室のアパートを所有していたのは名簿屋で稼いだのではなく、オレ詐欺の金主だったからだ。

「おまえ、いつから掛け子をしてるんや」矢代が訊いた。

「去年や。去年の十一月」平岡はすぐに答える。諂《へつら》うように。

「亮に誘われたんか」

「そうや」

「亮はいつからオレ詐欺をやっとんのや」

「もう四年目やというてた」

「亮は高城にスカウトされたんか」

「たぶん、そうやろ」

「亮の齢は」

「おれより下や。ひとつ下」

「おまえの齢は」

「二十六」

「二十五のガキにあごで使われて、なんとも思わんのか」

「あごで使われてるわけやない。おれも何人か使うてる」

「それはなんや。掛け子か」

「受け子や」

「どうせ、そこらの不良やろ。端金《はしたがね》で、ほいほい走る」

「…………」平岡は悔しそうに横を向いた。

「さっきの、あのおばはんはなんや。えらそうな口ききくさって」

「あれは道具屋や」

「道具屋……。銀行口座とか携帯を売っとんのか」

「むかしから高城と組んでるみたいや」

新井もオレ詐欺に出資している、と平岡はいった。

「女の道具屋いうのは珍しいのう」

「どこか田舎の信用金庫にいてたとか聞いた」

「ヤクザのよめはんとちごうたんかい」

「あんなおばはんでも、いちおうは金主や」

高城がメインオーナーで新井がサブオーナー――。まるで知らなかった。

と、そこへ携帯が鳴った。ポケットから出す。宇佐美だった。好都合だ。

――はい。橋岡です。

――宇佐美です。

――あ、どうも。連絡、待ってたんですよ。

――えっ、そうですか。

――新井いう女のひとと亥誠組の徳山いうのが事務所に来ました。なんぼ電話しても高城さんにつながらんて、因縁《いんねん》つけられたんです。

――なんのことです。

――ああ、徳島にいてはるんですか。

――あの、橋岡さんですよね。

電源を切った。話しつづける。

――新井さんに電話してください。おれと矢代は徳山に殴られたんです。

――高城さんの声を聞かんかったら、徳山はまた来ますわ。あれはヤクザです。

――ここに平岡いう掛け子がおるんやけど、代わりますか。

――高城さん、それは困りますわ。みんなが探してるんです。

――しゃあない。分かりました。電話してくださいよ、新井さんに。

フックボタンを押した。携帯をポケットにしまう。

「高城さんか」矢代がいった。

「徳島におるそうや」

「ホテルは」

「聞いてへん」

「高城さんの番号は」

「非通知やった」

「番号ぐらい聞いとけや」

「あのひとは誰も信用せん。名簿を処分したら新井に連絡するというてた」

「分かったか、こら」

矢代は平岡にいった。「徳山にいうとけ。この落とし前はつけるとな」

平岡はうなずいた。矢代は立ちあがる。平岡も上体を起こして膝をつき、腕を押さえて立つ。ジップパーカは血に染まっていた。

「病院、行けや。その傷」

「いわれんでも行くわい」

力なくいって歩きだす。

「おまえ、足がわるいんかい」

「ほっとけや。要らんお世話じゃ」

平岡は通用口のドアを開けて出ていった。


「えらいことやぞ」橋岡はいった。「おまえは金主を殺ったんや」

「金主でも名簿屋でもええわい。おっさんはおまえが埋めたんや」

「いうな。おっさんのことは。あいつは徳島におるんや」

このあと、徳山や新井がどう出てくるか。平岡は高城からの電話を信じたようだが。

「くそっ、キリキリする」

矢代は包丁をデスクに放った。アルマーニの上着を脱いでシャツをはだける。脇腹やみぞおちにいくつもの赤い斑点があった。矢代は左の脇腹を押さえて、

「折れてるかもしれん。肋骨や」

「肋骨が折れてたら凹《へこ》むやろ」

「凹んでへん」

「ほな、折れてへんのや。ヒビが入ったぐらいやろ」

「この落とし前はつける。殺したる」

「やめとけ。相手はヤクザや」

「それがどうした。こっちはひとり殺っとんのや」

「黙っとれ。口が裂けても、それはいうな」

この男は危ない。頭に血がのぼったら、なにをしでかすか分からない。

「おまえ、飛べや。東京でも沖縄でも」

「沖縄か。ええのう。けど、来週の火曜か水曜まで飛ぶわけにはいかん」

通帳二冊がこの事務所に郵送されてくる、と矢代はいう。

「おまえが飛んだら、おれも飛ぶ。通帳はおれが受けとって沖縄に持って行ったる」

「じゃかましい。おれは自分で受けとるんじゃ」

「勝手にさらせ」

橋岡は洗面所に行った。鏡に映った顔は左頬と鼻が腫れ、鼻下から喉のあたりまで赤い。血を洗い落とすと、左の小鼻の横が切れていた。棚の救急絆創膏《ばんそうこう》をとって傷口に貼る。唾は赤いが、歯は折れていない。何度も嗽《うがい》をして事務所にもどると、矢代はソファに座って匕首を天井の蛍光灯にかざしていた。

「ヤッパてなもんは初めて見たけど、包丁より切れそうやな」

「それはなんや、銃刀法には違反せんのか」

「違反に決まってるやろ。日本刀やないんやから」

「日本刀はＯＫなんか。持ってても」

「あれは登録証が付いてる。ヤッパにはない」

「詳しいな」

「元不良やからのう」

矢代は匕首を鞘に収めた。

「おまえ、大正に行って、アルトに乗ってこいや」

「なにを考えとんのや、こら」

「名簿や」キャビネットを見た。「おっさんはベンツに名簿を積んで出て行ったんや」

「いちいち気がつくんやの、おまえは」

「おれが乗ってきてもええ。寄越せや。アルトのキー」

「おれが行く。おまえは段ボール箱に名簿を詰めとけ」

矢代は匕首をソファのクッションの下に入れ、コートをはおって出て行った。

15

月曜の午後、佐竹と湯川は『サン・アシスト』へ行き、石井晃子に会った。ロッカーの『78』に新しい荷物はとどいておらず、受けとりに来た人物もいないという。

「通常はどれくらいの頻度で来るんですか。郵便物や荷物を取りに」

「毎日来はるひともいるし、週に一回のひともいます」

「七十八番は」

「個別の利用状況は分かりません」

「そうですか……」

高城グループの受け子は三百二十万円の回収を諦めたのだろうか。まさか、札束が紙束に変わっていると気づいたはずはないが。

「どないしはります？　お預かりした荷物」

「いや、もうちょっとようすを見ますわ。なにかあったら、携帯に電話してください」

礼をいって『サン・アシスト』を出た。車に乗る。

「おかしいですね」

湯川がいった。「あのロッカーに紙束を入れたんは先週の水曜ですわ。水、木、金、土、日、月……。あれから五日も経ってます」

「なにか理由があるんや。受け子の手配ができんとか、グループの中でトラブったとか」

「カチ込んだらええやないですか。高城のＮＰＯ法人に。七十八番のロッカーのキーがあるはずですわ」

「それでは弱い。受け子がロッカーから段ボール箱を出して、高城の事務所に持ち込んだら決定的な証拠になる。そこまで待ってカチ込むんや」

グループを一網打尽にしなければ意味がない。ここまで内偵をつづけたのだから。

高城とは別のグループと思われる小沼英二の追跡捜査も難航している。小沼が刺青を入れたアメリカ村のタトゥーショップは特定できず、小沼につながる新たな情報も得られていない。小沼は受け子ではなく、掛け子グループの一員だろうから、逮捕すれば値打ちがある。小沼を叩けば、金主にまで辿り着く可能性が大きい。

佐竹は車を移動させた。西側の四つ角近くに駐めて『サン・アシスト』の遠張りをはじめる。

「こういう〝待ち〟の捜査は嫌ですわ。特捜に来たときは、片っ端から受け子を引いて、ばんばんカチ込みすると思てたんです」

「そら、派手な捜査はおもしろいやろ。けど、仕事というのは地道なもんや」

前任の捜査四課のころ、佐竹は情報収集担当だった。家宅捜索は年に数回、ヤクザや半グレに手錠をかけたのも、多い年で十数人だったろうか。覚醒剤や違法薬物は摘発したが、拳銃をあげたことは一度もない。そういう意味で、佐竹は運のない刑事なのかもしれない。

携帯が震えた。開く。憶えのない着信番号だった。

――はい、佐竹です。

――刑事さん？　崎田といいます。

――あ、どうも。

崎田ゆり。小沼英二と同棲していた美容師だ。

——昨日、電話があったんです。小沼から。迷ったんですけど、やっぱり知らせたほうがいいかなと思って電話しました。

——それはすんません。ありがたいです。

通話口に指をあてた。

「崎田ゆりや」湯川にいう。

——小沼はなにをいうてきたんですか。

——大阪を離れる。一から出直す。最後に会うて、わたしに謝りたい。……なんか気弱な感じで、そんなことといいました。

——それで、どういうたんですか。崎田さんは。

——未練たらしいんです。縒《よ》りをもどしたいようなことというから断りました。会いたくないって。

どうせ、会ったら金の無心だろう、と崎田はいう。

——小沼はヤサを……、どこにおるかいいましたか。

——聞いてません。聞きたくないし。

——向こうの番号は。

——履歴に残ってます。

――それ、教えてもらえませんか。

――この電話を切らないとダメです。

――崎田さんはどこにいてはります。

――堺です。今日は美容院がお休みやし。

――いまから、そちらに行ってもいいですか。三十分で着くと思います。

――電話番号を聞くだけでしょ。

――いや、ちょっとした頼みもあります。

――わたし、小沼には会いませんよ、絶対に。

――そんな無理はいいません。

――だったら、いいです。待ってます。

――ありがとうございます。

電話を切った。シートベルトを締める。阪神高速の湊町入口へ向かった。


堺、東雲南町――。『プラムハイツ』の前に車を駐めた。敷地内に入り、外階段をあがる。３０２号室のドアをノックした。崎田はすぐに出てきた。

「ごめんなさい。部屋にあがってもらったらいいんですけど、散らかし放題なんで」

「近くに喫茶店とか、ありますか」

「バス通りにファミレスがあります」

崎田は廊下に出て施錠した。赤いハイネックのセーターに細身のジーンズ。腰の位置は佐竹より高い。

崎田を車に乗せてファミレスに行った。窓際に席をとり、佐竹と湯川はコーヒー、崎田はカフェラテを注文した。

「これ、電話番号です」

崎田はメモ用紙を広げてテーブルに置いた。《090・8812・43××》――。佐竹は受けとってシャツのポケットに入れた。

「すんません。あらためて、ご協力、感謝します」湯川とふたり、頭をさげた。

「頼みって、なんですか」固い表情で、崎田はいう。

「小沼の居どころを知りたいんです」

「それって、どうやったら分かるんですか」

「小沼に訊いて欲しいんです。電話して」

「わたしから電話するんですか」

「申し訳ない。崎田さんが嫌なのは重々、承知してます。……けど、小沼を放置してたら、これからも詐欺の被害者が出ます」

小沼だけではない。小沼を含めた詐欺グループをまとめて検挙したいといった。

「でも、わたしが住所を訊くのはおかしくないですか。会いたくもないのに」

「住所はけっこうです。もし大阪市内やったら、どのあたりで、どんなアパートに住んでるか、それとなく訊いてもらえませんか」

「それとなく、ですか……」

崎田は窓の外に眼をやった。小さくひとつうなずいて、「いいです。電話します」

「ありがとうございます。小沼を逮捕しても、崎田さんのことは一切、いいません」

「なんか、緊張しますね」

崎田はスマホの発信ボタンを押す。佐竹はメモ帳とボールペンを崎田の前に置いた。

「――あ、わたし。――うん、なんとなくね。――英二はなにしてんの、いま。――ちがうって。仕事。――ふーん、そうなんや。――で、そのひとに世話してもろたん？　――どこ？　マンションって。――へーえ、いいとこやんか。敷金とか、高いやろ」

崎田はメモ帳にボールペンを走らせる。〝中崎町〟と書いた。

「――中崎町やったら、うちのスタッフが住んでるわ。なんてマンション？」

〝メゾン中崎〟――崎田は書いた。

「――英二の名前で借りたわけ？　――そうか、家賃はそのひとが払ってくれてるんや」

〝青木〟――と書いた。

「――いつ出るの。そのマンション。――そんなん、話がちがうやんか。わたしは英二が大阪を離れる、いうから電話したんやで。——もういい。懲りてん。——着信拒否にする。——やめて。切るよ」

崎田はスマホを離した。電源を切る。

「中崎町の『メゾン中崎』ですか」湯川が訊いた。

「青木いうひとの部屋です。そこにひとりでいるみたいです」

青木は小沼が働いている金融会社の上司で、マンションを世話してくれたという。「2DKで広いから、いっしょに住まへんかって。なにを考えてるんですかね」

「大阪を出るとかは嘘でしたか」

「いつもの嘘です。なんべん騙されたか」

「しかし、金融会社とはよういうたもんですね」

「ほかにいいようがないからでしょ」

そこへ、コーヒーとカフェラテが来た。崎田は砂糖、湯川はミルクを入れる。佐竹はブラックで飲んだ。

「こないだ、喋ってたんやけど、『りずーる』で髪切ったら、いくらくらいですか」

「男のひとはレギュラーで五千八百円です」

崎田は佐竹と湯川の頭を見た。「でも、散髪屋さんに行きはったほうがいいですよ。美容院は髭を剃《そ》れないし」

「いや、崎田さんに切ってもらおかなと思たんです」

「わたし、男のひとのお客さんはいないんです」

「そうですか……」

それっきり崎田のほうから話はせず、コーヒーとカフェラテを飲んでファミレスを出た。

崎田は歩いて帰るといい、駐車場で別れた。

「先輩、フラれましたね」湯川が笑う。

「なんのこっちゃ」

「スポーツ刈りで美容院に行ったら迷惑ですわ」

「そんなつもりでいうたんやないわい」

「先輩もきれいな子が好きなんや」

「どういう意味や、おい」

「あの子はきっと店がとめてるんですわ。ストーカーみたいな客がついたらあかんから」

「おれはストーカーか」

「小沼もストーカーやないですか」

「行くぞ。中崎町」

助手席に乗り、湯川にキーを渡した。

『メゾン中崎』はすぐに見つかった。七階建、白い磁器タイル張り。各階にベランダがあるが、すっきりしている。洗濯物は屋内に干すか、乾燥機を使う決まりなのだろう。ガラスドアの玄関はオートロックで、住人に開けてもらわないと入れない。

佐竹と湯川は玄関前で待った。しばらくして宅配便のトラックが停まり、荷物を抱えたドライバーがインターホンの三桁のボタンを押した。××さん、お届けものです――。ロックが解除され、ドライバーにつづいて佐竹と湯川はマンション内に入った。

メールボックスはロビーの左にあった。〝青木〟というプレートを探す。

「ありました。四階ですわ」

407号室――。《青木亮》とあった。

「どうします」

「まず、人定《じんてい》やな」

小沼英二が407号室に居住していることを確認し、人物を特定しなければいけない。逮捕状と家宅捜索令状の請求はそのあとだ。

「ゆーちゃん、班にもどって小沼のブロマイドを持ってきてくれ。おれはロビーで張る」

ロビーの奥にソファを置いた談話コーナーがある。訪問客を装えば張り込みができる。

「班長にいうて、何人か応援を連れてきてくれるか」

「張りは女の警官がええことないですか」

ックのマンガ本をとって、ソファに座った。


「そうやな。手配してくれ」

「了解です。ほな、ここで」

湯川は手をあげて、ロビーを出ていった。佐竹は談話コーナーに移動する。マガジンラックのマンガ本をとって、ソファに座った。

※　　※

花園のホームセンターに行って引っ越し用の段ボールを買い、事務所にもどった。箱を組み立てて、キャビネットの中の名簿を詰める。名簿は八個の段ボール箱に収まった。梱《こん》包《ぼう》テープで封をしているところへ、裏口のドアが開いて、矢代が入ってきた。

「車、乗ってきたぞ」

矢代はアルトのキーをデスクに置いた。「名簿は」

「みんな箱に詰めた。後ろのシートを畳んだら積めるやろ」

「おまえ、積めや」

「おれひとりでか」

「腹が痛いんや」

矢代は煙草をくわえてトイレに入った。端から手伝う気はないらしい。

橋岡はキーを持って裏の路地に出た。アルトは塀際に駐められている。ロックを解除してリアハッチをあげた。

「なにしとんのや」

「………」振り返ると、徳山が立っていた。

「返事は？　訊いとんのやぞ、こら」

「見てのとおりや。車を掃除する」バゲッジフロアのゴミを払った。

「おまえら、平岡からヤッパを取りあげたそうやないけ」

「あんな物騒なもんは捨てた。矢代が捨てに行った」

「おいおい、他人のもんを勝手に捨てたらあかんやろ」

「わるかった。弁償する」リアハッチをおろした。

「ヤッパはどこや」

「捨てたんや。ほんまに」

徳山を事務所に入れてはいけない。段ボール箱を見られる。

「おまえ、なんぞ隠しとるな」

徳山は近づいてきた。「そこ、退《の》け」

「なんでや」

「じゃかましい」

胸を突かれた。アルトにぶつかる。とめる間もなく、徳山は裏口から事務所に入り、橋岡はあとを追った。

「これはなんじゃい」

床に積みあげた段ボール箱の前に、徳山は立った。

「事務所の整理や」

咄嗟にいった。「平岡に聞いたやろ。高城さんから電話があって、要らんもんは処分せいといわれたんや」

「要らんもんやと……」

徳山はまだ封をしていない段ボール箱を蹴った。「これは名簿やないけ。高城はんが持って行ったんとちがうんかい」

「高城さんは全部の名簿を持って出たんやない。古うて金にならんようなやつは置いていったんや」

「おどれ、わしを舐めとるな」

襟首をつかまれた。「チャラばっかしぬかしとったら、いてまうぞ」

「ほんまや。嘘やない」

徳山の腕を振りほどこうとした瞬間、ゴツッと鈍い音がして徳山の頭が横にずれた。腕が離れ、徳山は片膝をつく。そのまま顔から倒れ込んだ。ゴルフのアイアンを握りしめた矢代が後ろにいた。

「おまえ……」

矢代はじっと徳山を見つめている。徳山は痙攣《けいれん》し、耳から滴《したた》る血が床に広がっていく。

橋岡はその場にくずおれた。ちがう。ちがうんや。こんなことがあるはずない――。

頭が冷たい。痺れている。なにも見たくない。聞きたくない――。


我に返ったとき、矢代の姿はなかった。段ボール箱のそばに徳山が横たわっている。頭のまわりは血の海だ。

吐き気――。えずいたが、胃液も出ない。徳山から眼を逸らして立ちあがり、裏の路地に出た。アルトは同じところに駐まっていた。

橋岡はアルトに乗り、矢代に電話をした。つながらない。いったん切って、またかけた。しつこく、何度もかける。

――なんや。

矢代が出た。

――おまえ、逃げたな。

――逃げてへんわい。

――どこにおるんや。

――鶴見橋や。

――鶴見橋やと。
――ゲームセンターや。
――気は確かか、こら。
――やかましい。徳山は。
――知るかい。
――息、しとんのか。
――分からん。
――死んでたら、片付けろや。
――あほぬかせ。なんで、おれが……。
――おれはおまえを助けた。今度はおまえがおれを助けんかい。
――ええ加減にせい。自分の尻は自分で拭け。
――殺すぞ、こら。
――おまえが逃げるんやったら、おれも逃げる。これで終わりや。
――このボケ……。
――三十分、待つ。あとは知らん。
電話を切った。煙草を吸いつける。矢代はほんとに鶴見橋にいるのか。
シートを倒して眼をつむった。煙草の味が分からない。

高城、徳山、ふたりが死んだ――。

矢代は一時間後に帰ってきた。橋岡はウインドーをおろす。

「徳山は」

「ぴくりともせん。死んでるやろ」

「確かめたんか」

「そういう趣味はないんや」

矢代の顔色は白く、酒臭い。

「おまえがわるいんやぞ」

「なんやと」

「洗面所にゴルフバッグを置いたんは、おまえやろ」

気がついたらクラブをつかんでいた、と矢代はいう。「どないするんや、これから」

「徳山を埋める」

「またかい」

「そうするしかない。富南や。こないだの雑木林に埋める」

「シャベルとツルハシ、ないぞ」ツルハシは高城といっしょに埋め、シャベルは樫尾川に捨てたのだ。

「買うたらええんや」

午後五時──。ホームセンターは開いている。

「ついでに名簿も埋めるか」

「おまえが穴を掘るんならな」

「嫌味たらしいガキやのう」

矢代は吐き捨てて、「降りろや」ドアを開けた。

橋岡は車を降りた。矢代につづいて事務所に入る。

矢代は床に広がった血を避けて徳山のそばに行き、脚を蹴った。

「死んでる……」ぽつりという。

徳山は俯《うつぶ》せで、こちらを向いていた。顔は血塗《ちまみ》れで、こめかみが深く陥没し、口から米粒のようなものを吐いている。

矢代は徳山のコートをたくしあげて、ズボンの後ろポケットから札入れを出した。中から数枚の一万円札を抜き、

「やる」と、橋岡にいう。

「いらん。そんなもん」

「へっ」矢代は金を上着のポケットに入れ、札入れを死体に放った。

「まだある。携帯や」携帯電話は微弱電波を出す。

矢代は徳山のコートのポケットからスマホを出した。床に捨てて踏み割る。

「包めや。こいつを」

「シートはないぞ」

高城の死体を包んだとき、ブルーシートを使った。

橋岡は二階にあがった。押入からシーツと花柄の毛布を出す。持てるだけ持って事務所に降りた。

血だまりを避けて毛布を二枚広げた。ふたりで死体を抱え、毛布の上に移す。ぐるぐるに巻いて、梱包テープでとめた。死体が見えなくなって恐怖感は失《う》せた。

シーツを使って血だまりの血を吸わせた。ゴミ袋に入れ、スマホと札入れも放り込んで口を括《くく》る。バケツに水を汲み、残りのシーツで床の血を拭きとる。矢代はソファに座って手伝いもしない。


午後七時――。片付けは終わった。矢代は煙草を吸っている。

「出るぞ。ホームセンターは八時までや」

「夜が更けてからでええやないか。シャベルは先に買うてこいや」

「死後硬直や。徳山が固うなったら、アルトに積まれへん」

「おまえ、なんでそんなに気がつくんや」

嘲《あざけ》るように矢代はいう。「掃除屋でもせいや。ヤバ筋専門の」

「おまえは殺し屋になれ。前後の見境なく、誰でも殺す」

「おれは狂人かい」

「狂犬や」

「おもろいのう、おまえ」

矢代は煙草を捨てた。靴先で消す。

「立て。出るぞ」

「はい、はい」

矢代は腰をあげた。

「アルトを裏口に寄せろ。リアシートを畳め。死体を積む」

キーを放った。矢代は受けとって背中を向ける。

——と、そのとき気づいた。

「ゴルフクラブ、どないした」

「えっ……」矢代は振り向く。

橋岡は事務所を見まわした。段ボール箱のそばにも、デスクの脚もとにもクラブはない。

胸が粟《あわ》だった。死体を始末しても凶器が見つかればゲームセットだ。

「まさか、持って出たんとちがうやろな」

「あほぬかせ。んなはずないやろ」

ふたりで事務所の中を探した。ゴルフクラブはない。

怒りで身が震えた。心底、矢代に会ったことを悔やんだ。こいつは頭が溶けている。いっそ徳山に殺されたらよかったのだ。

「あった」

矢代がいった。橋岡は洗面所に行く。矢代はゴルフバッグのそばにいた。

「これや。クラブは」

バッグの中に一本、髪の毛がこびりついたアイアンがあった。うっすら血もついている。

「憶えてなかった。知らずにもどしたんやな」

矢代は笑う。橋岡は衝動を抑えた。殴りつけたい。

橋岡はアイアンを抜いた。洗面台の水栓をひねって髪と血を洗い流す。シャフトに膝をあてて、折った。

矢代は裏口から出ていった。アルトのリアハッチがあがり、シートを畳む音がする。そうして、矢代はもどってきた。

ふたりで徳山の死体を裏口に運んだ。橋岡は外に出て路地のようすを見る。両側を塀に囲まれた路地は灯がない。

死体を抱えあげて荷室に載せ、アイアンとゴミ袋も積んでハッチをおろした。裏口の錠をかけ、橋岡はアルトの運転席、矢代は助手席に座る。エンジンをかけて走り出した。

あべの筋のホームセンターでシャベルとツルハシを買い、文の里入口から阪神高速にあがった。この前と同じルートで、松原から阪和道、南阪奈道の羽曳野出口をおり、外環状線を南へ走る。アルトはベンツとちがってサスペンションが固く、道路の継ぎ目をゴトゴト拾う。

河内長野から富南市、樫尾の交差点で外環状から離れた。樫尾川沿いの府道を東へ走り、途中、橋の上で停まって、折ったアイアンを川に捨てた。

うねった坂道をたどり、見憶えのある空き地に出た。《川砂・真砂土・生コン　椿興業》の野立て看板を横に見て、狭い進入路に入っていく。高城を埋めたときは雨が降っていたが、いまは視界が広く、遠くまで見とおせる。

「おっさんを埋めたとこ、憶えてるか」

「憶えてるわけない。右の林ん中や」

「ほな、今日は左に埋めよ」

ゲートに行きあたった。車を停め、ライトを消す。懐中電灯を点けて車外に出た。

ふたりで死体を抱え、雑木林に分け入った。あまり遠くには行かず、窪地に死体をおろして、矢代が車のところにもどり、ゴミ袋とシャベルとツルハシを持ってきた。

橋岡はツルハシ、矢代はシャベルで穴を掘りはじめた。土はこの前より固いが、雨で泥が穴に流れ込むことはない。黙って一時間あまり掘りつづけると、穴の深さは橋岡の腰を越えた。

「よっしゃ。埋めよ」

死体とゴミ袋を穴に投げ込んだ。矢代がシャベルで土をかける。

橋岡は懐中電灯で穴を照らす。この光景は現実なのだろうか。

木の根方に座り込んで煙草を吸いつけた。橋岡の胸にも大きな穴があいていた。

事務所に帰ったのは零時すぎだった。ふたりともソファに座り込んで足を投げ出す。

「くそっ、アルマーニが泥だらけや」

「着替えろや。おっさんの服に」

「ちんちくりんの服は要らんわい」

明日、また新しいスーツを買う、と矢代はいう。「今度はゼニアや」

「アルマーニやゼニアより、これからどないするか考えろや」

「死体は埋めた。それでええやないけ」

「どこがええんや。徳山の組が出てくるぞ」

確か、亥誠組とかいった。系列、事務所の場所、組員の数、なにも知らない。

「んなもん、いまから考えてどないするんじゃ。出てきたら出てきたで、とことん、とぼけるしかないやろ」

「シンプルでけっこうやの。おまえの頭は」

「徳山はヤクザや。ヤクザが姿を消したところで、怪しむやつはおらへん。高城のおっさんのあとを追うて四国に行ったんや」

「二日や三日はそれで済むやろ。けど、いつまでも騙しおおされへんぞ」

「なにも、騙すことはない。……徳山は消えた。おっさんも消えた。おれらには関係のないことやし、事情も分からん。おれらはただの、ＮＰＯ法人の使いっ走りや」

「新井と平岡が喋るぞ。ここはおかしい、なにかあると」

「ほな、どうせいというんや。おまえになにか考えがあるんかい」

「ない……」

「ないんやったら、ごちゃごちゃいうな。死体も凶器もないんやろ。おまえとおれが喋りさえせんかったら、なにもかも闇の中や」

矢代はソファにもたれて空《から》あくびをする。虚勢だ。顔が強張《こわば》っている。「とにかく、おれは再発行の通帳を手に入れるまで大阪におる。来週の火曜か水曜までの我慢や。それがすぎたら、おまえとは死ぬまで会うことないやろ」

「ふれあい荘の家賃は要らんのか」

「おまえに預けとく。半年分か一年分か、まとめておれの口座に振り込めや」

「どこまで勝手なんや、え。おまえは蹴散らすだけで、始末はみんな、このおれかい」

「口に気ぃつけよ、こら。誰のおかげで四千万もの金を手に入れたんじゃ」

「待てや。高城はともかく、徳山まで殺って、なんぼの稼ぎになったんや」

「くそボケ。徳山に名簿を見られたんはおまえやぞ。おまえのせいでこんなことになったんじゃ」

「ものはいいようやな。そもそもはなにが原因や。おまえが博打のトロをこしらえて、高城に借金を頼んだんが引き金やったんやないか」

そう、橋岡は無理やり、つきあわされたのだ。おっさんに借りる金は絶対に返す、誓てもええ——と両手をついて頼む矢代の背後に、まさかこんな底知れぬ闇が口をあけていたとは、思ってもいなかった。

「眠たい。帰る」

大正のアパートで寝る、と矢代はいう。

「名簿はどうするんや。始末せなあかんやろ」

「そこらの産廃屋にでも持っていけや。焼却炉に放り込め」矢代は腰を浮かす。

「待たんかい。まだすることがある。段ボール箱をアルトに積め」

「いちいち、うるさいやっちゃ。おれに指図すんな」

矢代は床に並べた箱を蹴った。橋岡は立って梱包テープを拾い、箱のそばに行く。手前の段ボール箱のいくつかに黒い斑点が染みついていた。矢代が徳山を殴ったときに飛び散った血だ。

「ほら、箱を積め」

矢代にアルトのキーを放った。橋岡は箱の蓋《ふた》を閉じ、斑点にテープを貼っていく。

こんなドロナワで、ほんまに隠しとおせるんか——。不安に押しつぶされそうだ。

おれはいったい、なにをしてるんや。どこでどう道をまちごうたんや——。

「こら、なにをぶつぶついうとんのや」

段ボール箱を抱えた矢代が振り返った。

「なんでもない。早う積め」

矢代の後ろに尻尾が見えた。先が三角に尖った悪魔の尻尾だった。

16

『メゾン中崎』で小沼英二を張った。佐竹と女性警官の酒井紗季は一階の談話コーナー、湯川と城間はエレベーター横の階段室にいる。午後九時、住人はたくさん見たが、小沼らしき男は姿を現していない。

「かれこれ、六時間です」

酒井は腕の時計に眼をやった。「城間さんたちと交替しますか」

城間と湯川は立ちっ放しだが、酒井はソファに座っている。それが気になるという。

「いや、このままや。男ふたりが話もせんと座ってるのは不自然や」

「でも、佐竹さんとわたしは喋ってません」

「ほな、喋るか。おれの生い立ちとか、あんたの恋愛事情とか」

「それって、セクハラですよね」

酒井は脚をそろえ、スカートの裾を直した。黒のローヒール、タイツのような厚いストッキングを穿いている。

「あんた、血液型は」読みかけの雑誌を脇に置いた。

「Bです」

「おれはOや」

「Oって、誰とでも合わせられるんですよね」

「ズボラなんや。来るもの拒まず、去るもの追わず。喜怒哀楽が長続きせんし、今日いうたことは明日忘れるから、日記をつけるとか、ウォーキングをするとか、ダイエットするとか、決めごともせえへん。日々、流されるままに生きてる」

「ちゃんと分析してはるんですね、自分の性格。客観的に」

褒められたのだろうか――。いや、ちがう。

「わたし、尾をひきます。ちょっとした言葉の行きちがいとか、仕事のミスとか、いつまでもじくじく考えて落ち込みます」

「そんなとき、気晴らしは」

「友だちとお喋りします。美味しいスイーツとか食べながら」

「そうか、酒は飲まんのやな」

「お酒は好きですけど、職場のひとたちとは飲みません」

なにも、あんたを誘うてへんがな――。

そこへ、携帯が振動した。

――はい、佐竹。

――梨田です。いま、玄関前にいます。

――分かった。ドア、開ける。

「梨田が来た。入れたってくれるか」酒井にいった。

酒井は立ってロビーに行った。風除室に入り、玄関ドアのロックを解除する。

梨田は地裁から小沼英二の逮捕状と家宅捜索令状を持ってきたのだ。班長の日野の判断で、小沼の任意同行はせず、人定ができ次第、その場で逮捕する。

酒井が梨田を連れてもどってきた。佐竹は逮捕状と捜索令状を受けとる。

「小沼は帰ってこんのですか」低く、梨田はいう。

「ま、座れ」

梨田と酒井を座らせた。「小沼は帰ってくる。ヤサを割られたとは知らんはずや」

午後三時、小沼の逮捕写真を確認したあと、城間、湯川と４０７号室のインターホンを押したが、返事はなかった。

「小沼はチビですよね」

「身長は百六十や。左足をちょっと引きずって歩く」

いまは長めの茶髪だと、崎田ゆりから聞いた。

「それやったら、見まちがうことないですね」梨田はエレベーターホールのほうを見る。

「交替や。おれは湯川と張る。梨やんはここにおれ」

梨田に逮捕写真を渡した。佐竹は立って階段室に行く。湯川と城間は中二階の踊り場にいた。ご苦労さんです──。城間がいった。

「いま、梨田が来た」

「見てました。声がするから」

「ここに三人もおることはないな。……ゆーちゃん、四階で張るか」

「そうですね。そうしましょ」

階段をあがった。四階。廊下は静まりかえっている。

「このマンション、空き部屋があったな」

「ありましたね。何室か」

「家賃、高いんかな」

「梅田まで歩いて行けるし、けっこう高いでしょ」

湯川はいって、「ひょっとして、引っ越しするつもりですか」

「天六の駅が近い。府警本部まで地下鉄で十分や」

「いつまでも本部勤めはできんでしょ」

「そのときは、また引っ越す」

「先輩、所帯を持ったら好きにできんのですよ。女は家を欲しがるんやから」

「それは、ゆーちゃんのよめさんか」

「将来設計は五十坪の一戸建て。無駄遣いするな、貯金せい、とうるさいんですわ」

「ゆーちゃんとこは、ふたりとも公務員やないか。余裕あるやろ」

「ところが、よめはん、これですねん」湯川は腹に手をあてた。

「できたんか」

「やっとね」湯川は笑う。

「そら、めでたい。いつや、予定日は」

「来年の九月です」

「そうか。湯川優《すぐる》も子をなしたか」

祝儀は一万円か……。いや、相棒には三万円だろう。「どっちや。性別」

「画像診断とか、してません。まだ、妊娠六週やし」

男でも女でも無事に生まれたらそれでいい、と湯川はいう。

「ゆーちゃんもすることはしてたんやな」

「先輩、セクハラですよ」

「さっきもいわれた」

階段に腰かけた。


十時すぎ、梨田から電話――。

――はい。佐竹。

――小沼が帰ってきました。

エレベーターホールにいるという。

――連れがいてます。黒のスーツ、白のワイシャツにノーネクタイ、黒縁の眼鏡かけてます。いま、エレベーターに乗りました。

――了解。階段で四階にあがってこい。城間と酒井も。

電話を切った。

「小沼ですね」湯川がいう。

「連れがおる。いったん、部屋に入れよ」

エレベーターが開いた。複数の足音。ドアが開閉し、静寂がもどった。

城間、梨田、酒井が階段をあがってきた。

「小沼は部屋に入った。引こ」

全員がうなずく。

「あんた、インターホンを押してくれるか」酒井にいった。

「どういったらいいですか」

「そうやな……。管理会社です、とでもいうか」

警察といえば、素直に出てこない恐れもある。「テレビの集中アンテナ。その工事について知らせることがある。それでええやろ」

いって、階段室を出た。４０７号室、ドアの両脇に佐竹、湯川、城間、梨田が立ち、酒井がインターホンのボタンを押す。すぐに返事が聞こえた。

――青木さん、管理会社のものです。

――なんです。

――集中アンテナの補修工事の件で、お知らせしたいことがあります。

――あ、そう。

――工事の予定表をお渡ししたいので、出てもらえませんか。

――ああ、ちょっと待って。

ドアが開いた。男が顔をのぞかせる。小沼だ。佐竹はすばやく、ドア下に靴先を入れた。

「小沼英二やな」

「ちがいます」

顔が強張る。

「警察や。特殊詐欺捜査班。あんたに逮捕状が出てる」

逮捕状を出した。広げて提示する。小沼は眼を逸《そ》らせた。

「こっちは家宅捜索令状。部屋に入れてくれるか」

「待ってください。ここで話を聞きますわ」

「立ち話は嫌いなんや」

小沼の肩を押して中に入った。湯川たちも入る。靴を脱ぎ、小沼を先に立たせてリビングへ行く。黒いスーツの男はいなかった。

「梨やん」

梨田に目配せした。梨田は洗面所へ行き、トイレのドアを開ける。

湯川は掃き出し窓のカーテンを引いた。エアコンの室外機の陰に黒いスーツの男がうずくまっている。小沼は肩まで伸びた長髪だが、この男は短い。湯川は窓を開けて、

「こっち来い」と、男にいった。

小沼と男をソファに座らせた。佐竹も座って、

「あんた、名前は」手帳を示して、男に訊いた。

「武田です。武田良夫」

齢は二十代半ば。眉を細く剃《そ》り、鼻下からあごにかけて薄く髭を生やしている。

「なんで隠れたんや」

「そら隠れますわ。見も知らん人間がどやどやと入ってきたら怖いでしょ」

「免許証、見せてくれるか」

「お断りです」

「あんた、青木亮とちがうんか」

「誰ですねん、それ」男の眼が泳いだ。

「このひとは誰や」小沼に訊いた。

「武田さんです」小沼はいう。

「どういう関係なんや」

「知り合いです」

「なんの知り合いや」

「プライベートなことはいえません」

「ほう、けっこうやな。オレ詐欺の連中は口が固いか」

「いったい、なんですねん。意味が分からんわ」

「逮捕状、読んで聞かせたろか」

「要りませんわ」

「ネタは割れてるんや。受け子の永井研と見張り役の河野明人がみんな吐いた。おまえは掛け子グループのリーダーや」

「おれはちがいます。永井と河野は知ってるけど、リーダーとかやないです」

「永井と河野はおまえのヤサを知らんかった。おまえの電話番号は聞いたけど、不通になってた。捨てたんか、携帯」

「失《な》くしたんです。どこかで」

「なるほどな。飛ばしの携帯は失くしてもええんや」

この男は落ちる。留置場に放り込んで一日も経てば、なにもかも吐くだろう。

「ちょっと、よろしいか」

黒スーツがいった。「おれ、帰りたいんやけど」

「どこへ帰るんや」

「家です」

「家は」

「ノーコメント」

「おもしろいな、あんた」

笑ってしまった。「刑事が家宅捜索に入って、ベランダに隠れてたやつを放すわけがない。どうでも帰りたいんやったら、免許証を見せてもらわないかんで」

この男——おそらく青木亮の所持品検査をするための捜索差押許可状はない。面倒だが、ここは下手に出るしかない。

「あんた、ほんまは誰なんや」

「そやから、武田やというたやないですか」

「武田良夫さんか。免許証は」

「運転、できませんねん」

「ほな、名刺を見せてもらおか」

「おれ、無職です」

「組関係かいな」

「おれがヤクザに見えますか」

「水商売……。ホストクラブのマネージャーふうやな」

「むかし、やってましたわ」

けっこうしぶとい。小沼より一枚上手だ。

「しゃあない。あんたを逮捕する。容疑は詐欺。小沼英二の共犯や」

ベルトにつけたケースから手錠を出した。「手、出せ」

「あほいえ。おれがなにをした」

「おまえは青木や。この部屋の捜索をするから、立ち会いせい」

「ごちゃごちゃとしつこいのう。そうや。おれは青木や。立ち会いは拒否する」

男は開き直った。眼鏡を指で押し上げ、佐竹を睨みつける。

「青木亮。生年月日と現住所は」

「昭和六十三年二月十八日。住所は四條畷《しじょうなわて》市片山二の八の十五の二〇五」

それを聞いて、酒井がそばを離れた。本部に連絡して青木の犯歴データをとるのだ。

「四條畷に住んでるのに、この部屋を借りてるんか」佐竹はつづけた。

「どこに住もうと勝手やろ。おまえらにいわれる筋合いはないぞ」

青木は虚勢を張る。小沼が隣にいるからだ。佐竹が取調べをした筋者にも、こういう手合いが多くいた。

「さっきはまちごうた」

「なんやと」

「掛け子のリーダーは小沼やない。青木亮、おまえや」

青木の表情が一変した。佐竹の視線を逸らす。

「な、こいつがリーダーやな」

小沼に訊いた。小沼は下を向く。

「ベースはどこや。どこから詐欺電話かけてるんや」

小沼は無言。青木は横を向いたままだ。ふたりを並べていたら答えない。

湯川が青木の肩を叩いた。

「立て」

「なんでや」

「向こうで事情を訊こ」

湯川は青木の腕をとった。振り払って青木は立つ。湯川と城間は青木を連れてリビングを出ていった。

「もういっぺん訊くぞ」

佐竹は小沼にいった。「青木が掛け子のリーダーやな」

「そうです」あっさり、小沼はいった。

「何人や。グループは」

「六人です」

「ベースは」

「ベース？」

「掛け子が集まって電話かける場所や」

「京田辺《きょうたなべ》市です」

「遠いな」

京都府だ。大阪からJR学研都市線で一本だが。「──駅は」

「同志社前駅です」

同志社女子大近くの賃貸マンションだという。

「青木が四條畷に住んでるのはほんとか」

「ほんまです。電車で通うてます」

四條畷駅も学研都市線だ。

「青木は毎日、出勤か」

「週に四、五日です」

「あんたは」

「おれは毎日です。月に三日、休めます」

朝八時半に部屋へ行き、青木から名簿を渡される。銀行の営業時間に合わせて、午前九時から午後三時まで電話をかけつづける。そのあと昼食。それからまた、主婦が家にひとりでいる午後六時ごろまで電話をかける。けっこうハードな仕事だと小沼はいった。

「相手がひっかかったときはどうするんや」

「青木さんが受け子に連絡します」

「受け子のリーダーは」

「おれは知りません。受け子のグループと連絡とれるのは青木さんだけです」

「そいつはおかしいな。あんたは永井研と河野明人を受け子に使うたがな」

「あれは青木さんにいわれたんです。誰か受け子に使えるやつを連れてこいと」

受け子のメンバーは固定していない。そのときどきの取引でメンバーは変わる、と小沼はいった。

「受け子のグループは複数あるということか」

「たぶん、そうですわ。よう知らんけど」

「青木は週に四、五日、顔を出して、ほかの日はなにしてるんや」

「受け子のリーダーとかと会《お》うたりしてるんやないですかね」

「青木があんたらに配る携帯と名簿はどこから買うてるんや」

「知りません。おれらには関係ないし」

「青木の上は誰や」

「上？　なんのことです」

「オーナーや。金主ともいう」

「さぁ……。聞いたことないですね」

少し、間があった。小沼はオーナーを知っている。

「青木とは、いつ知り合うた」

「去年ですわ。前の会社で大怪我して、ぶらぶらしてたころです」

「八尾の東和土建か」

「えっ……」

「ネタはあがってるんや。あんたが足を引きずってるわけも聞いた」

「ひどい会社ですわ。労災をおろそうとせんのです」

「どこで知り合うた。青木と」

「呑み屋ですわ。ミナミの」

宗右衛門町の馴染みのスナックで、前々から青木の顔は見知っていたという。「いつもええ装《な》りして金まわりもよさそうやった。おれが松葉杖ついてるの見て、声かけてきたんです」

「仕事がないんやったら紹介したると、そういうたんやな」

「後悔してますねん。まさか、詐欺の片棒担ぐとは思てもみんかった」

「オレ詐欺と分かったんなら、そのときにやめたらええのとちがうんか」

「麻痺《まひ》してしもたんです。この不自由な足で、月に四十万も五十万にもなる仕事て、ほかにないやないですか」さも情けなさそうに小沼はいう。

「老後のためのなけなしの金を掠めとられて、路頭に迷う年寄りもいてるんやで」

「ほんまに気の毒です。わるいことしたと思てます」

小沼の口調は軽い。ゲーム感覚でひとを騙してきた悔恨や罪悪感はない。

「京田辺市のマンションはなんていうんや」梨田が訊いた。

「『ヒルサイド中山』です。六階の603号室です」

「朝、八時半に六人の掛け子が集まるんやな」

「先週まではそうでしたけど、いまはカラですわ。あの部屋は」

「永井と河野が逮捕されたからか」

「その日のうちに青木さんがミニバンを借りてきたんです」

名簿、携帯、パソコン――。足のつきそうなものはすべて運び出したという。「キャビネットやデスクは引っ越し業者を呼んで処分しました」

「名簿や携帯はどこに運んだ」

「おれは知りません。青木さんがひとりで運転して行ったし」

「ミニバンのレンタル会社は」佐竹は訊いた。

「よう憶えてないけど、洛央《らくおう》レンタカーやったと思います」

洛央レンタカーで貸出記録を調べる必要がある。ミニバンのナビにデータが残っていれば、青木が行った先が判るかもしれない。

掛け子の六人について事情を聴取した。メンバーに個人的なつきあいはなく、名前も本名かどうか分からない、と小沼はいう。メンバーの特徴や役割分担をひととおりメモして、小沼に煙草を吸わせたところへ酒井がもどってきた。ちょっといいですか——。佐竹にいう。佐竹は立って、酒井といっしょに廊下に出た。

「青木亮のデータがとれました。元暴力団員です」

「ほう、そらええな。組は」

「神戸川坂会亥誠組内滝沢組です」

亥誠組は知っている。尼崎センタープール近くに本部をおく川坂の直系組織で、組長は本家の若頭補佐。傘下に二十あまりの組を抱えている。

「青木は一昨年の九月、滝沢組から除籍されてます」

除籍すなわち、破門か絶縁だが、暴対法施行以降の除籍は偽装の可能性がある。

「前科、前歴は」

「傷害、詐欺、有印公文書偽造、偽計業務妨害で、計四年の実刑を受けてます」

「二流やな。ヤクザとしては」

薬物事犯がないのはまだマシだ。青木のケツ持ちは亥誠組か滝沢組だろう。

リビングにもどった。奥の洋室のドアを開けて湯川を呼ぶ。

「青木は元〝ヤ印〟や。川坂会亥誠組の枝の滝沢組」耳打ちした。

「やっぱりね。調べに馴れてますわ」

「青木に金主を訊け。組筋とのからみもな」

そこへ、携帯が振動した。日野だ。ドアを閉めて、着信ボタンを押した。

——佐竹です。

小さく、いう。

——柏木、関本、大森がそっちに向かった。小沼と青木の身柄《ガラ》をとる。捜索は君が割り振りして、酒井くんはこっちに帰してくれるか。

——了解です。湯川、城間、梨田と家宅捜索します。

——小沼はアジトを吐いたか。

——吐きました。京田辺市の『ヒルサイド中山』６０３号室。同志社前駅の近くです。賃貸契約は解除されているはずだが、捜索して遺留品、指紋等を採取する必要があるといった。

——それと、東大阪で受け子を逮捕した日、青木はレンタカーで『ヒルサイド』の荷物を出しました。洛央レンタカー。自分と湯川があたります。

——分かった。そうしてくれ。アジトの捜索は手配する。

ご苦労さん、と電話は切れた。

佐竹はソファに座った。

「今日は徹夜やで」

梨田にいい、「あんたは本部に帰るんや」酒井にいう。

「わたし、大丈夫です」

「命令や。班長のな」

「すんません。おれも徹夜ですか」小沼がいった。

「おまえは留置場で寝るんや。ちゃんと暖房も効いてる」

「おれ、有罪ですか」

「寝言は寝てからいえ」

「ほんまに反省してます。二度と、こんなあほなことしません」

小沼は膝を揃え、頭をさげた。「執行猶予とか、つかんですか」

「オレ詐欺は心証がわるい。実刑や」

「一年くらいですか」

「三年はもらえるやろ」

「そんなん、きついわ」

力なく、小沼はいった。眼が潤《うる》んでいる。「――おれ、嘘つきました。刑事さんに」

「なんの嘘や」

「それをいうたら、ちょっとはマシになるんですか」

「どういうことや」

「三年が二年になるとか、です」

「おれは検事でも裁判官でもない。おまえの調書を書くだけや。ただし、調書に添え書きはできる。被疑者は深く反省し、取調べに対して協力的であった、とな」

「そうですか……」

「おまえがなにかを隠してるとか、誰かを庇《かぼ》うてるとか、そんなことは無駄や。おまえが喋らんでも青木が喋る。いいたいことがあるんやったら、洗いざらい喋って楽になれ」

「おれ、オーナーを知ってます」つぶやくように小沼はいった。

「なんやと……」

「名簿屋です」

「あほいえ。名簿屋がオレ詐欺の金主やて、聞いたことないぞ」

いったが、可能性はあると気づいた。名簿屋が金主なら名簿を買うことはない。青木に掛け子グループを組織させて、名簿を与えればいいのだ。

「嘘やないんです。おれは名簿屋を知ってます」小沼はいう。

「どこの誰や」

「高城いう男です。西成でＮＰＯ法人やってます」

「それ、ほんまやろな」

思わず、大声になった。小沼は怯《おび》えたように、

「NPOの事務所は萩之茶屋商店街の外れです。おれ、なんべんか行ったことあります」

「名簿をもらいに行ったんやな。青木にいわれた」

「いや、今日は徳山いうヤクザと行きました」

「おまえの話はバラバラやぞ。徳山はどこのヤクザや」

「亥誠組です」

「青木がおった組か」

「あのひとは亥誠組の下の滝沢組です」

意外に、小沼はよく知っている。この男はただの掛け子ではなく、グループのサブリーダーで、青木の子分格だったにちがいない。だから、青木の借りたこのマンションに住んでいるのだ。

「徳山は高城のケツ持ちか」

「そうです」

「徳山のフルネームは」

「知りません」

「齢は」

「四十くらいです」

酒井がそばを離れた。日野に連絡して徳山の犯歴データをとるのだ。徳山は亥誠組の構成員だからデータはとれる。

「で、徳山と高城の事務所に行ったんは、今日の何時ごろや」

「昼すぎです。一時か二時です」

「行った理由は」

「この四、五日ほど、高城さんと連絡がとれんのです」

「なんで、とれんのや」

「高城さんは飛んだんです。刑事に張られて」

「刑事が張った……」

事務所の前の喫茶店で飯を食ったことはある。事務所から出てきてSクラスのベンツに乗った高城を長居公園通まで追尾したが、気づかれてはいなかったはずだ。

「どこへ飛んだんや、高城は」

「四国です。名簿をベンツに積んで淡路島から徳島に渡ったと、若いのがいうてました」

「若いの、て誰や」

「橋岡と矢代いうチンピラです。高城さんが使うてる」

「チンピラの話を鵜呑《うの》みにしたんか、おまえと徳山は」

「おれはそうかな、と思たけど、徳山は先に帰りました」

「なんで帰ったんや」

「青木に会《お》うたんです。天王寺の都ホテルで」

「徳山はどういうた、青木に」

「どうも、ようすがおかしい、チンピラふたりを叩いてみると、そういうたみたいです」

「おまえはいつ、高城の事務所を出たんや」

「徳山が帰ったあとです。橋岡の携帯に電話がかかって、高城さんは徳島におる、といいました」

「その電話で、おまえは高城と話をしたんか。高城の声を聞いたんか」

「いや、聞いてません」

「徳山は青木に会うたあと、どうしたんや」

「知りません。おれはヤクザのパシリやないんです」

「な、小沼、ヤクザの尻についてまわって、おこぼれをもらうのがパシリなんや」

「おれ、つきあいないですよ、徳山とは」

青木に呼ばれて徳山といっしょに高城の事務所へ行っただけだ、と抗弁する。

「上着、脱いでみい」

さっき気づいたが、小沼のニットブルゾンの左腕が不自然に膨らんでいる。

小沼はブルゾンを脱いだ。グレーのTシャツ、肘《ひじ》の先に包帯を厚く巻いていた。

「どうしたんや、それ」

「こけたんです。バイクで」

「病院、行ったんか」

「行ってません」骨折はしていないという。

「それにしては、しっかり巻いてるな。包帯」

小沼の腕をとった。肘の裏に注射痕はない。シャブはやっていないようだ。「――誰に包帯巻いてもろた」

「誰でもええやないですか」

「バイクはどこに置いてるんや」

「壊れたし、修理に出しました」

「刑事相手に口から出任せはとおらんぞ」

「おれが嘘ついてるというんですか」

「嘘でないんやったら、包帯とってみい」

「…………」小沼は黙りこんだ。

「ほんまは、なんの傷や」少し間をおいて訊いた。

「喧嘩したんです。昨日の夜、キタで」

「相手は」

「知らんやつです。堂山を歩いてたらガンつけてきよったんです」

向こうはふたり。ナイフをちらつかせたという。「カツアゲですわ」

「刃物を持ってるやつと喧嘩したとは、ええ根性やな」

「気がついたら、腕を切られてました。血がとまらんから縫《ぬ》うてもろたんです。三針」

「どこの病院や」

「堂山の病院です。名前は憶えてません」

いわせるだけいわせた。こんな与太話が刑事にとおるとでも思っているのか。こいつは緩い。嘘をつく頭もない。

「話をもどすぞ。おまえは今日、高城の事務所を出たあと、なにしてたんや」

「青木に会うたんです。飯、食いました」

「青木は天王寺の都ホテルにおったんとちがうんか」

「ミナミで会うたんです。宗右衛門町で焼肉食うて、飲みに行きました」

「要するに、こういうことか」

メモ帳を広げた。小沼の話を確認しながら箇条書きにする。

《14・00小沼、徳山、西成の高城の事務所へ（青木の指示）。橋岡、矢代から、高城は四国へ行ったと聞く。

14・20徳山、天王寺都ホテルへ（青木に会う）。

14・30橋岡の携帯に高城よりＴＥＬ（徳島にいる）。小沼、事務所を出る。

17・30小沼、宗右衛門町で青木に会う。食事のあと、ミナミのバー、スナックで飲む。

22・10小沼、青木、中崎町の『メゾン中崎』に帰る。》

「――高城の事務所を出てから青木に会うまで三時間の空白がある。なにしてたんや」

「パチンコしてました。天王寺で」メモを見ながら、小沼はいう。

「おまえ、ほんまは高城の事務所でトラブったんとちがうんか」

「なんのことです」

「その包帯や。腕の傷」

「ちがいますよ。おれは昨日、堂山で……」

「おまえは堂山の病院を憶えてない。三針も縫うたのにおかしいやろ」

「憶えてないもんは憶えてないんです」

「治療費はなんぼやった」

「三万円です」

「えらい高いな」

「おれ、保険証持ってへんから」

「オレ詐欺の掛け子は保険に入れんか」

「そら無理ですわ。会社に就職したわけやないし」脱いだブルゾンを小沼は着る。

「宗右衛門町で青木に会うたとき、徳山のことはいうてたか」

「せやから、徳山は都ホテルで青木と話をして、高城の事務所にもどったんです」

「おれが訊いてるのは、そのあとや。徳山から青木に報告はあったんか」

「それはなかったみたいです」

ミナミで青木と飲んでいるとき、青木の携帯に徳山からの電話はなかったという。

佐竹はひっかかった。徳山はわざわざ高城の事務所にもどったのだ。なのに電話もないのはおかしい。

「徳山はいつから高城のケツ持ちをしてるんや」

「知りません。徳山に会うたんは今日が初めてです」

「どこで会うたんや」

「天王寺です。地下鉄の駅。青木が徳山を連れてきました」

徳山と小沼はタクシーで萩之茶屋の高城の事務所に向かい、青木は都ホテルへ行ったという。「徳山は見るからにヤクザですわ。髪はオールバックで目付きがわるい。口の利き方もヤクザそのものです」

「おまえはなんで徳山に随《つ》いて行ったんや」

「おれは電話で橋岡と話をしたことがあるんです」

「おまえは掛け子で、橋岡は受け子や。掛け子と受け子は接触せんのが普通やぞ」

「高城さんが飛んだからでしょ。青木も焦ってたんやないですか」

そこへ、チャイムが鳴った。梨田が立ってインターホンのボタンを押す。係長が来ました、といい、玄関へ行った。

柏木、関本、大森がリビングに入ってきた。柏木は小沼を見て、

「もうひとりは」と、佐竹に訊く。

「青木は隣の部屋です」佐竹は立った。

「捜索の立ち会いはどっちがええ」

「小沼にしてください。いまここに住んでるし、協力的です」

「よっしゃ。青木の身柄《ガラ》をとる」

「車は」

「下に駐めてる」

大森が運転し、柏木と関本が青木の隣につくという。

佐竹は洋間のドアを開けた。青木が顔をあげる。

「青木亮、小沼英二の詐欺共犯容疑で逮捕する。府警本部からお迎えや」

「なにを寝ぼけとんのや、こら」

青木は凄味を利かせた。「逮捕状、見せてみい」

「緊急逮捕や」

城間が青木の腕をとった。手錠をかける。青木は抵抗しなかった。

17

火曜日――。矢代が事務所に来たのは十一時だった。アルマーニのスーツはクリーニングに出したのか、トレーナーにジーンズ、革のフライトジャケットを着ていた。髪はリーゼントふうになでつけている。

「おまえ、ソファで寝てたんか」

「いつのまにか寝てしもた」

橋岡は起きあがった。「眼が覚めたら朝やったから、また寝た」

「ここでふたり死んだんやぞ。分かってんのか」

「おれは信じてへんのや。霊魂とかパワースポットとかな」

「ほな、ひとが死んだらどうなるんや」

矢代はスチール椅子に座って煙草を吸いつける。

「無や。脳が活動を停止したら、それでシャットダウンや」

「おまえはそういうやつや。なんでも理屈で考える。損得勘定も一流やしな」

「おまえにいうてもろたらうれしいわ。誰よりもな」せせら笑った。

「車は」

「裏に駐めたままや」

「捨ててこいや、名簿。そこらの産廃屋に」

「おまえも行くんや。ひとごとみたいにいうな」

立って流しのところへ行った。顔を洗う。タオルがないから布巾《ふきん》で拭いた。


橋岡がアルトを運転し、国道26号を南へ走った。堺から高石に入って、道路沿いに産廃処理場を見つけた。鋼矢板で囲まれた出入口に《残土・ゴミ　受け入れます》と、立て看板があった。

敷地にアルトを乗り入れた。手前に三階建の事務所ビル。奥にダンプカーが一台とブルドーザー。そばでショベルローダーが動いている。

橋岡は事務所に入った。カウンターに眼鏡の女が来る。丸顔で眼と口が大きい。

「車にゴミを積んできたんですけど、処分してくれますか」

「どんなゴミでしょうか」

「ファイルと書類ですわ。名簿が多いんで、焼却してもらいたいんです」

「量はどれくらいですか」

「引っ越し用の段ボール箱が十個です」

「分かりました」

女は橋岡と外に出た。アルトのラゲッジスペースを覗いて、「焼却炉はこの裏です。誰かいると思いますから、声をかけてください」

「で、料金は」

「焼却なので、六千円いただけますか」

意外に安かった。女に金を渡し、アルトを移動させた。焼却炉は四辺が二メートルほどのサイコロ型で、けっこう高い煙突が立っていた。

車を降り、ショベルローダーを操作しているヘルメットの男にいった。

「書類を燃やしたいんやけど、よろしいか。金は払いました」

「そこの右にスイッチがありますやろ。赤と白の」

男は大声でいった。「ゴミを放り込んでから赤のスイッチ押したら着火しますわ」

「了解。すんません」

アルトのリアゲートをあげた。矢代も降りてくる。焼却炉の扉を開け、ふたりで段ボール箱を投げ入れた。扉を閉めて赤いスイッチを押す。ファンがまわるような音がし、ほどなくして煙突から薄いけむりが出はじめた。

アルトに乗って処分場を出た。腹が減った、と矢代がいう。

「焼肉でも食うか。鶴橋で」

「鶴橋は遠い。肉ぐらい、どこでも食えるやろ」

矢代と食ったら、なんでも不味《まず》くなる。「それより、この車を売ろ」

徳山の死体を運んだときの汚れや、死体を埋めたときの泥が車のどこかに付いているかもしれない。証拠となりそうなものはなにもかも処分するのだ。

「車がなかったら不便やないけ」

「タクシーに乗れ。金はあるやろ」

「また、買い取り屋に売るんか」

「この車は、いつが車検や」

「来年やろ。春ごろやった」

「ほな、四十万や五十万にはなる。残債がなかったらな」

「そらええ。売れ。おまえには十万やる」

「どういう意味や。売れたら折半やろ」

「眠たいことぬかすな。これはおれの車やぞ。名義は高城やけどな」

「分かった、分かった」

吐き捨てた。「おれは十万。あとはおまえがとれ」

端金でもめたくなかった。ここはアルトの処分が先決だ。

信号で停まった。交差点の先に『カートレイダーズ』の青い看板が見えた。

「あこで値段を聞こ」指さした。

「高城の印鑑証明とって、高石まで持ってくるんかい」

「査定価格が知りたいだけや。売るのは西成の買い取り屋にしよ」

「おまえ、おれの鼻づら引きまわしてへんか。なにをするのも、おまえのいうとおりに動いてる気がするぞ」

「おれが提案して、おまえが同意する。それがわるいんか」

「気に入らんのじゃ。なんとなく、な」

「ほな、おまえがやりたいことをいえ。おれはおまえのいうとおりに動いたる」

「焼肉や。塩タンが食いたい」

「カルビでもミノでも、吐くほど食えや」

こいつといると、いらいらする。することなすこと気に障るのだ。いっそ殴りつけたいが、我慢するしかない。仲間割れの先には十年、二十年の懲役……いや、死刑の恐れもなくはない。

フロントガラスにポツンときた。空が暗い。

信号が変わった。ワイパーを作動させて走り出した。

『カートレイダーズ』にアルトを乗り入れた。車検証の名義は高城政司で、査定額は四十八万円だと従業員はいい、軽四の買い取りは所有者の実印も印鑑証明も不要——認め印と車検証があればＯＫだという。橋岡は了承し、四十八万円で売るといったが、係員は運転免許証をコピーしたいといった。

「なんで、おれの免許証が要りますねん」

「所有者ご本人でない方から車を買い取るときは、その方の氏名住所を確認しないといけないんです」軽四の売買は手続きが簡単なため、盗難車が多いという。

「あんた、この車が盗難車とでもいうんかいな」

「いえ、それはちがいます。警察の指導なんです」

「ほな、高城政司の実印と印鑑証明を持ってきたら？」

「それもダメです。ご本人ではありませんから」

「高城はうちの会社の経営者で、いま入院してますねん。おれは高城からアルトを売ってこいといわれたんです」

「事情はおありやと思います。しかしながら、警察の指導を……」

「いや、よう分かりました。おたくには売りません」

事務所を出た。ガレージに駐めていたアルトに乗る。

「おもろいのう。ベンツは売れたのに、軽四は売れんか」矢代が笑う。

「盗難が多いというのはほんまやろ」

「ま、ええわい。無理に売ることはない。おれの車や」

矢代はシートを倒した。橋岡はエンジンをかけ、ハンドブレーキを解除した。


萩之茶屋にもどり、『いすずモータープール』の高城が月極め契約していた区画にアルトを駐めた。商店街を歩いて事務所へ。通用口のドアに鍵を挿したとき、おい、と後ろから声をかけられた。

「おまえら、ここのもんか」

男がふたり、近づいてきた。左は茶髪、黒のブルゾン。右はセルフレームの眼鏡、グレーのハーフコート。橋岡はハッとしたが、刑事ではない。ふたりとも、見るからゴロツキだ。

「おまえらこそ、なんや」矢代がいった。

「見て分からんかい」

茶髪がにやりとした。「兄貴のことを訊きに来た」

「兄貴……」

「徳山さんや」

眼鏡がいった。「昨日、来たやろ」

「どういうことや。なにがいいたいんや」

「おまえ、名前は」

「矢代や」

「そっちは」

「橋岡……」

「ちょっと、顔貸せや」

「なんでや。話ならここでできるやろ」

ヤクザについていったら危ない。そう思った。

「兄貴から聞いとんのや。小沼を連れて高城の事務所へ行くとな」

「小沼？　誰や、それ」

「おまえらには平岡というたかもしれんな」

「足のわるいやつか」

「頭もわるい」

眼鏡のものいいには抑揚がない。「小沼も青木も手錠かけられた。徳山の兄貴からは連絡がない。おまえら、知っとんのやろ」

「平岡と青木は捕まったんか。警察に」

「なにをとぼけとんのや、こら。顔、貸せ」

「待ってくれ。平岡と青木はほんまに逮捕されたんか」

「昨日の晩や。青木のヤサでな」

「あんたら、高城さんのケツ持ちか」

「わしらはちがう。ケツ持ちは徳山の兄貴や」

「ほな、あんたらは徳山の弟分で、高城さんとは関係ないんやな」

「ごちゃごちゃぬかすな。わしらは徳山の兄貴を捜しとんのじゃ」

「徳山は来た。平岡とな。けど、高城さんが徳島におると知って、帰った。それだけや」

「嘘やない。ほんまや」矢代がいった。

「なんでもええ。顔、貸せ」眼鏡はあごをしゃくる。

「どこに貸すんや」

「うちの事務所や」

「組事務所か」

「このガキ、舐めとるな」

　眼鏡はコートのポケットから手を出した。右の拳を左の掌で撫でる。「そこの角に車駐めてる。乗れや」

「高城さんは徳島や。徳山も徳島に行ったんとちがうんか」橋岡はいった。

「んな話は聞いてへん。来い」

ふたりのヤクザに挟まれた。背中を押されて歩き出す。四つ角を左に曲がると、水道工事屋の前に白のマークⅡが駐まっていた。茶髪がリモコンキーでロックを解除する。

「乗れ」眼鏡がリアドアを開けた。

「事務所て、どこにあるんや」矢代が訊く。

「尼崎《アマ》や」

「尼崎……。どえらい遠いな」

「四の五のいわんと乗らんかい」

眼鏡は矢代の肩に手をやった。矢代は手を払う。

「おいおい、このボケはいうこときかんぞ」

「ぶち殺したれ」と、茶髪。

「乗れ。こら」

眼鏡が喚いた瞬間、矢代は殴りかかった。拳は空を切り、矢代はつんのめる。眼鏡は矢代の髪を摑み、膝を突きあげた。矢代の身体が浮いて肩から路上に落ちる。眼鏡は矢代の顔を蹴り、矢代はころがって電柱にぶつかる。眼鏡はところかまわず矢代を蹴り、矢代は電柱にしがみついて血へどを吐く。

橋岡は我に返った。逃げる。茶髪が追ってきた。パーカのフードに手がかかる。バランスを崩したが、振り切って走る。どこをどう逃げたのか、西成署の前で立ちどまったとき、茶髪は消えていた。そこでようやく、まともに息が吸えた。

あいつ、どうなるんや——。それればかりが気になった。血みどろの矢代をマークⅡに押し込み、走り去る光景が眼に浮かぶ。血へどにまみれた矢代はぴくりともしない。いっそ死んでくれ、と思った。矢代が死ねば、高城と徳山殺しがバレることはない。おれはなにがあっても喋らへん。たとえ八つ裂きにされても喋らへん——。そう、高城と徳山は消滅したのだ。死体が見つかることは永遠にない。

がしかし、矢代が死んだとは思えない。矢代が口を割ったら、なにもかも終わりだ。矢代は高城の銀行通帳二冊と改印届を出した高城の印鑑を大正のアパートに置いている、といっていた。矢代はアパートの鍵を持っている。分不相応な金も持っている。眼鏡と茶髪が大正へ行き、部屋中を探してまわることはまちがいない。

あかん。ぐずぐずしてられん。飛ぶんや——。

小走りでふれあい荘にもどった。玄関先にゴミ袋を持った江川が立っている。橋岡さん、と近づいてきた。

「今日はゴミ捨て日やないんかな」

「もう遅い。ゴミの回収は午前中や」

「ほな、ゴミ捨て場に置いててもええかな」

「生ゴミは腐る。金曜日の午前中に捨てて」

「臭いがするがな」

「分かった。寄越せ」

ゴミ袋をひったくって階段をあがった。五階の部屋に入る。

デイパックをベッドに放り、着替えや下着を詰めた。トイレの棚の奥に隠していた高城名義の三協銀行と和泉信用金庫の通帳、高城の銀行印をバッグの外ポケットに入れ、ジッパーを閉める。バッグを提げて部屋を出た。


天王寺まで歩いて三協銀行に入った。順番待ちのレシートをとり、預金引出依頼書に〝¥５０００００〟と書く。高城政司の名を書いて押印した。

待ち番号が呼ばれ、窓口に行った。依頼書と通帳を差し出す。窓口係は金額を見て、暗証番号を押してくださいといい、端末機をカウンターに置いた。〝９７３３〟――。憶えておいた番号を押す。渡されたプラスチックのプレートを持ってシートに座った。

ほどなくして、高城さま、と呼ばれた。窓口係はカウンターに通帳と帯封の札束を置き、橋岡は受けとってスポーツバッグに入れた。

三協銀行を出た。バッグを抱え、ストラップを肩にかけて歩いた。谷町筋——。和泉信用金庫に入った。五百万円をおろしてバッグに入れる。一千万円もの現金をこの手で触ったのは、三十三年の生涯で初めてだった。

さ、どこに飛ぶ——。あてはない。北か南か。

北海道、東北を思い浮かべた。重くどんよりした空、積雪、凍りついた道、ダウンジャケット、スノーブーツ……。北は寒いだろう。

沖縄か——。そう、沖縄には行ったことがない。石垣島、宮古島、西表《いりおもて》島まで行くのもわるくはない。

偽名で航空券は買えるのか——。可能だ。なにかの本で読んだことがある。国内線のカウンターでチケットを購入するとき、身分証明を求められることはない、と。

橋岡はタクシーをとめた。乗る。「関空」といった。

※　　※

朝食のあと、小沼英二を留置場から取調室に移し、取調べをはじめた。小沼は憔悴《しょうすい》し、眼が落ち窪んでいる。

「何時間、寝たんや」湯川が訊いた。

「寝てませんねん」

「一睡もしてへんのか」と、佐竹。

「いや、どうなんやろ。看守に起こされたら、朝でしたわ」

「けっこう寝とるんやないか」

メゾン中崎、407号室の家宅捜索のあと、小沼を府警本部に連行して留置したのが午前三時だった。湯川は家に帰り、佐竹は仮眠室で寝た。

「まず、掛け子グループや。六人おるというたな」

「そう、六人です」

「名前や。ひとりずつ、いうてくれ」

「青木がリーダーです。それと……」

野田、松尾、村山、富田の名を小沼はあげた。「おれは平岡です」

「みんな、偽名やな」

「と、思います」

青木はリョウと呼ばれ、ほかは名字しか知らない、と小沼はいった。

「全員の特徴をいうてくれ。年齢、背丈、顔つき、ものいい。それと、各々の役割や」

「野田は二十歳すぎです。ひょろひょろっとしてて、トークが巧い。声が甲高いから、孫の役とか多かったです」

小沼はひとりずつ、特徴を話した。佐竹が質問を挟み、湯川が書きとる――。

「掛け子をする前はなにをしてたとか、聞いたか」

「いや、そういうのは、訊いたらあかんし、話したらあかんことになってました」

掛け子同士の個人的なつきあいは禁じられていたという。「もう、完全なビジネスでした。定時に入って定時に出るんです」

「飲み会とかせんのか」

「大きな金が入ったときは祝勝会しました。ミナミのキャバクラとかで。締めはデリヘルです。払いはみんな、青木が持ちました」

「掛け子は青木がスカウトしたんか」

「そうです。おれはミナミのスナックで声かけられました」

青木はスナックの常連だった。小沼はたまたま隣に座り、松葉杖をついているわけを聞かれたりするうちに、いい稼ぎのバイトがあると誘われた——。「まさか、オレ詐欺のチームやとは、夢にも思わんかったですわ」

「青木はそのスナックをスカウト場にしてるんか」

「どうなんやろ。そこまでは分かりませんわ」

宗右衛門町、相合橋交番近くの『ベイブ』というスナックだと、小沼はいった。

「青木も掛け子をすることはあるんか」

「名簿見て電話かけたりはしませんわ。青木は餌がかかったとき、交通課の警官とか弁護士とか、駅の遺失物係とかの役をするんです」

「青木は巧いんか、トーク」

「超一流ですね。惚れ惚れしますわ」

「青木が組を除籍された人間やと知ってたか」

「なんとなく分かってました。堅気やないと。ケツ持ちの徳山いうヤクザと知り合いやから」

「徳山は青木が引っ張ってきたんか」

「知りません。おれがチームに入る前のことやし」

「名簿屋の高城がグループの金主やと、いつ知った」

「つい、こないだですわ。高城と連絡がとれんようになって、実はこうなんやと、青木から聞きました。青木とおれのほかは、高城がオーナーやと知りません」

「金主はふつう、ひとりやない。リスク分散で共同出資してるサブオーナーがおるやろ」

「あ、それは知ってます。新井いうおばはんですわ」

齢は五十すぎ。飛ばしの携帯や詐欺用の銀行口座を売買する道具屋だという。「おばはんは若いころ信用金庫勤めをしてて、口座を段取りするルートを持ってるみたいです」

「新井いうのは本名か」

「さぁ、どうですかね」

「ヤサは。新井の」

「そんなこと、いうわけないやないですか。道具屋が」

羽振りはよさそうだという。「高城とは古いつきあいみたいです」

「高城の女か」

「知りません」

新井が道具屋なら前歴があるはずだ。そこを洗えば、人物を特定できる。

そこへ、ノック。梨田が顔をのぞかせた。

「ちょっと、休憩しよ」

佐竹は取調室を出た。


「係長や大森さんらが貸倉庫の捜索に入りました」

耳もとで梨田はいった。「宝の山ですわ」

青木たち掛け子グループが使っていた飛ばしの携帯、名簿、銀行口座リスト、通帳、印鑑、私書箱業者のロッカーキー、デスク、椅子、パソコン、ファクス機——。いっさいがっさいが枚方《ひらかた》市津田元町の貸倉庫に預けられていたという。

「どんな倉庫や」

「広さは八畳ほどの、シャッター付きの倉庫やそうです」

貸倉庫の名称は『ボンド・ウェアハウス』。それが判明したのは『メゾン中崎』４０７号室のベランダを捜索して、室外機のブロックの下から小さく折った『ボンド〜』の契約書と鍵を発見したからだ。隠したのは青木だろう。佐竹たちが４０７号室に入ったとき、青木はベランダにいた。

「係長に掛け子の身元を割るよういうてくれ。青木と小沼のほかは偽名や」

「了解。連絡します」

「それと、青木の調べはどうや」

「黙秘してます。ひと言も口利きません」

「ちょっとは性根が据わっとるか」

青木は元ヤクザだ。一、二日はふてくされているだろうが、三日目には喋る。誰を庇ったところで利益にはならないのだから。

「なにかありましたら、また」

梨田は踵を返した。佐竹は取調室にもどり、椅子に座った。

「昨日のつづきや。おまえの腕の包帯、ほんまはなんの傷や」

「………」小沼は俯《うつむ》く。

「まさか、堂山でチンピラと喧嘩したとはいわんわな」

「切られたんです」小さく、いった。

「誰に切られた」

「矢代です」

「高城んとこの若いやつやな。矢代と橋岡」

「切りつけてきよったんです。包丁で」

「そら危ないな、え」

「向こうはふたりやし、負けますわ」

「で、どうした」

「旭町のクリニックへ行ったんです」

医者は事情を訊かなかった。三針縫って、三万円を払ったという。

「矢代に切られた理由はなんや」

「徳山がおらんようになったからです。高城の事務所を出ていって」

「答えになってへんな。矢代はなんで、おまえに切りつけたんや」

「あいつら、おれを脅したんです。包丁、突きつけて」

小沼は顔をあげた。「高城がオーナーやと知らんかったみたいです。なんやかんや訊かれました」

「おまえはみんな喋ったんか」

「そうです。知ってることは」

「踏んだり蹴ったりやな。徳山について行ったばっかりに」

「刑事さん、おれは被害者ですわ」

「あほか、おまえは。被害者はオレ詐欺にやられた老人やろ」

「あ、そうですね」小沼はまた下を向いた。

「徳山は青木に会うたあと、高城の事務所に引き返した。そのあと、徳山から青木に連絡がないのは、なんでや」

「そこが分からんのです。青木は、ひょっとして殺《や》られたんやないか、というてました」

「矢代と橋岡に徳山が殺された、てか」

「青木は徳山が高城を追いかけて徳島に行ったとは思てません」

高城が飛んだというのは橋岡と矢代から聞いただけで、証拠がない、と小沼はいう。

「高城と徳山は失踪した。青木にも連絡がない。そういうことやな」

「そのとおりです」

「新井いう道具屋の女にも連絡ないんやな」

「はじめは新井が青木に電話かけてきたんです。高城が消えた、おかしい、と」

「なるほどな」

佐竹は考えた。いまするべきは新井、橋岡、矢代を引くことだ。「新井の携帯番号、知らんのか」

「おれは知らんけど、青木は知ってます。青木の携帯に履歴があるはずですわ」

「分かった。調べる」

湯川にうなずいて、佐竹は取調室を出た。日野班の刑事部屋に入る。梨田がいた。

「梨やん、青木の携帯は」

「これです」

梨田はデスクトップのパソコンに眼をやった。青木の携帯から取り出したデータが読めるという。

「そこに新井いう名前はないか」

「ちょっと待ってください」

梨田はマウスを操作した。電話帳のア行のトップに〝新井〟があった。電話番号は〝090・5621・89××〟——。

「梨やん、NTTに照会してくれ。その番号の登録者の氏名住所をな」

「了解です」梨田はデスクの電話をとった。

佐竹は日野の前に立った。日野は読んでいたファイルを閉じた。

「班長、高城と徳山は死んでるかもしれません。そんな気がするんです」

「どういうことや、それは」

「十二月四日以降、高城の消息がぷっつり切れてます。徳山も昨日の午後から姿を消しました。ふたりとも、最後に会うたとみられるのは、橋岡と矢代です」

「殺されたんか、橋岡と矢代に」

「受け子が金主とケツ持ちを殺ったとは考えにくいけど、自分はひっかかりますねん。橋岡と矢代の逮捕状と、高城のＮＰＯ法人事務所、矢代と橋岡のヤサの捜索許可状をとってもらえませんか」

　萩之茶屋の事務所が殺しの現場になった可能性があるといった。「高城が高飛びして徳山が追いかけたとしても、いずれにせよ、橋岡と矢代が鍵を握ってます」

「よっしゃ。令状の請求書を書く」

「地裁は自分が行きますわ。令状をもろたその足で、萩之茶屋へ走ります」

　湯川と梨田を同行したいといった。「矢代は大正のアパートにいてるかもしれません。そっちのほうも段取りしてくれませんか」

「分かった。青木の調べを中断しよ。城間と大森を大正にやる」

「すんません。自分の思いつきです」

「いや、直感は大事や。高城と徳山が殺られてるとしたら、死体を始末する前に捜索せないかん」

　この勘が外れていたら大恥をかく。佐竹は覚悟した。

※　※

関西国際空港——。タクシーを降りて国内線出発・到着ロビーにあがった。ＪＡＬ、ＡＮＡ——。チェックインカウンターが並んでいる。

橋岡はインフォメーションで航空券販売カウンターを訊いた。各チェックインカウンターで購入できるという。それを聞き、ＡＮＡのカウンターに行った。

「沖縄行きのチケットありますか」

「本日の便でございますか」と、女性係員。

「そう。すぐに乗れる飛行機」

「十六時発の便に空席がございます」

パソコンを見ながら、係員はいった。

それ、ください——。いいかけたとき、携帯が振動した。開く。矢代だった。

橋岡は迷った。着信ボタンを押すか、無視するか。

「お客さま、チケットはいかがいたしましょう」

「いや、また来ます」

カウンターを離れた。携帯は震動をつづける。

くそっ、これきりやぞ——。着信ボタンを押した。

――もしもし。
――遅いぞ、こら。さっさと出んかい。
――誰や、おまえ。
――誰でもええやろ。おまえ、足速いのう。
西成署の前まで追ってきた茶髪だ。
――矢代はどうした。
――生きとるわ。おまえに会いたいというとるぞ。
ほら、喋れ――。茶髪はいった。少し間があった。
――おれや。
くぐもった声。矢代だった。
――大丈夫か。
――大丈夫やあるかい。三途の川を渡りかけてる。
喘《あえ》ぐように矢代はいう。
――両手の指が折れた。ぶらぶらしてる。痛いもなにも分からん。
矢代はリンチに遭ったのだ。
――おまえ、どこにおるんや。
――それはいえん。わるいけどな。

──な、橋やん、おれを助けてくれ。おまえが尼崎《アマ》に来たら、おれは病院に行けるんや。

──んなこと、できへん。おれの指もぶらぶらになる。

矢代は喋ったのだ。茶髪の狙いは、橋岡の持っている高城の銀行通帳と銀行印だろう。

──橋やん、高城は死んだけど、徳山は生きてるよな。どこへ行ったか、知らんよな。

──そのとおりや。おれらみたいな若造が本物のヤクザに手出しするわけない。

──それをいうてくれ。おれがなんぼいうても信じへんのや。

──茶髪に代われ。おれが説明する。

また、間があった。

──なにがいいたいんや、こら。

茶髪に代わった。

──矢代のいうとおりや。徳山のことはほんまに知らん。どこに行くとも聞いてへん。

──ぶち殺すぞ。おどれはどこにおんのや。

──ぶち殺される人間が喋るわけないやろ。

──おどれが高城を殺《や》りくさったんやな。

──あほいえ。おれはとめたんや。

──じゃかましい。ほざくな。

──おまえら、高城の金が欲しいんやろ。ちがうか。

——このくそガキが通帳持ってるらしいな。

——矢代はアパートに高城の通帳を置いてるけど、それは無効や。矢代は銀行に喪失届と改印届を出した。新しい通帳は来週の火曜か水曜、矢代のアパートに書留で郵送される。書留の受取人は矢代やから、矢代が死んだら、金は宙に浮くぞ。矢代を大事にせいや。

——なんぼや。高城の預金は。

——聞いてへんのか。

——一千万とちがうんかい。

——大同銀行と協和冨士銀行で、残高の合計は四千万ほどや。

——そうかい。そら大金やのう。

——矢代を病院に連れてったれ。でないと、四千万がパーになるぞ。

——おどれも高城の通帳を持ってるそうやないけ。なんぼや。

——おれは四千万や。矢代と折れにした。

——高城はどこに埋めた。

——矢代に訊けや。

——こいつは、橋岡が埋めたというとるわ。

——そうや。高城はおれが埋めた。骨が粉になっても見つからんとこにな。

——徳山の兄貴はどこに埋めたんや。

——しつこいぞ。徳山を殺って、おれにどんなメリットがあるいうんや。ヤクザを手にかけたら地の果てまで追われるやないか。そんなことも分からんと思てんのか。勘ちがいもたいがいにせい。

——へっ、電話やと思て余裕かましてくさるのう。このクソを介抱しに来たれや。のこのこ組事務所に行くあほがどこの世界におるんや。考えてものいえ。

——おどれをぶち殺したいのう。さっきは惜しいことしたで。

——おれは足が遅いんやけどな、おまえはもっと遅かったんや。

——ほざいとけ。

——明日、おれのほうから電話する。もし矢代の声が聞けんかったら、大同銀行と協和冨士銀行に行って、通帳の盗難届を出す。そしたら、再発行の通帳も無効や。

それらしくいった。ほんとうのところは分からない。

——どこにおんのや、おまえ。いうてみい。

——飛田や。隣で裸の姉ちゃんが寝てる。

電話を切った。電源を切る。

ANAのカウンターに行き、十六時発、沖縄行きのチケットを買った。

18

西天満の大阪地裁で、橋岡恒彦と矢代穣の逮捕状、ＮＰＯ法人『大阪ふれあい連動事業推進協議会』事務所と『ふれあい荘』５０１号室、『大正ハイツ』３０３号室の家宅捜索許可状をもらったのは午後三時だった。佐竹、湯川、梨田は車で西成区萩之茶屋に向かい、城間と大森は大正へ走る。

三時半、萩之茶屋に着いた。商店街近くの路上に車を駐め、『ふれあい協議会』へ歩く。事務所はシャッターが降りていた。通用口のノブをまわしたが、施錠されている。湯川がノックした。誰かいてますか――。

返答はなかった。佐竹はシャッターに耳をあてたが、物音はしない。

「おらんな」

「どうします」と、湯川。

「この建物の所有者は」

「果物屋のはずですわ。店閉めた」

「そうか……」

家宅捜索には立会人が要る。通用口の鍵もない。

「商店街の会長か自治会長に果物屋の連絡先を訊かんとあかんな」

「その前に、橋岡はアパートにおるんとちがいますか。ふれあい荘」

「そうやな。ふれあい荘に行こ」

いったとき、携帯が鳴った。

――はい。佐竹。

――わしや。大森。

――あ、どうも。

――いま、『大正ハイツ』や。３０３号室の前におる。そっちはどうや。

――事務所に誰もいてません。

――ほな、ひとり残して、こっちに来てくれ。

――矢代がいてるんですか、部屋に。

――ドアホンを押した。返事はない。けど、中に誰かおる。テレビの音が聞こえた。

部屋にいるのが複数なら、大森と城間では対処しづらい、と大森はいった。

――『大正ハイツ』の裏は児童公園や。そっちは城間が張ってる。

――了解。すぐに行きます。

電話を切った。

「ゆーちゃん、応援や。大正へ行こ」

「自分はどうしたらいいですか」梨田が訊く。

「ここを張れ。橋岡が顔出すかもしれん」

湯川とふたり、車に走った。


大正ハイツ――。足音をひそめて鉄骨階段をあがった。廊下に大森がいた。

「どうです」小さく訊いた。

「テレビの音は聞こえんようになった。ドアホンを押したあとや」

「このアパートの大家は三軒家商店街の福島いう電器屋ですわ」

佐竹は振り向いて、「ゆーちゃん、電器屋のおやじを連れてきてくれるか。マスターキー持たせてな」

湯川はうなずいて、階段を降りていった。

「城間は」

「裏や」

「見てきますわ」

階段を降り、町内を迂回してアパートの裏にまわった。ブランコと藤棚、公衆トイレのある、そう広くもない公園だ。銀杏の大木が周囲を取り巻いている。城間は藤棚のベンチに座っていた。

佐竹は藤棚の下に入った。格子の屋根を這う藤の枝は葉を落としている。その格子の隙間から『大正ハイツ』が見えた。公園から三階のベランダまで十メートル近い高さがある。ベランダから公園へは雨樋《あまどい》を伝って降りるしかないが、落ちると大怪我をするだろう。

「いま、湯川が大家を呼びに行った」

腕の時計を見た。ちょうど四時。「大家が来たら、303号室に踏み込む。矢代がベランダから逃げるとは思えんけど、もし降りて来よったら確保してくれ」

「分かりました。なにがあっても逃がしません」城間は手錠ケースに手をやった。

「ほな、頼むぞ」

いって、藤棚を離れた。

公園を出てアパートにもどった。階段をあがる。

「この部屋の間取り、知ってるか」大森が訊いてきた。

「ワンルームです。広さは八畳ほど。バス、トイレに小さい流しがついてると聞きました。入ったことはないです」

「ワンルームか。そいつはええな」

捜索がしやすい、と大森はいった。

十分ほど待つうちに、湯川が小肥りの四十男を連れてもどってきた。以前、訊込みをした『パルショップ』の店主だ。

「すんませんな。ややこしいことといいまして」

佐竹はいった。「これから家宅捜索にかかります。矢代がドアを開けんときは、福島さんが開けてください」

「分かりました。マスターキーはこれですわ」

鍵をポケットから出し、緊張した面持ちで福島はいった。

「よっしゃ。ええな」

大森がドアホンを押した。チャイムが鳴る。返答はない。

大森はノックした。

「矢代さん、警察です。ここ、開けてくれますか」

やはり、応答なし。

「福島さん、開けてください」

湯川がいい、福島は鍵を挿した。ドアを引く。開いた。

佐竹は中に入った。薄暗い。右のベッドに男が腰かけていた。

「矢代さん?」

反応がない。男はじっとしている。

大森と湯川も部屋に入った。佐竹は壁のスイッチを探して押す。明かりが点いた。

「誰や、あんた」

　過去の逮捕写真で見た矢代ではなかった。半透明のセルフレームの眼鏡、グレーのハーフコート、室内なのに靴を履《は》いている。ぼんやりこちらを見あげる表情は、堅気のそれではない。

「ここは矢代穣の部屋やろ。矢代に鍵もろて入ったんか」

「………」男は黙っている。齢は三十すぎか。ディップで固めた髪が立っている。

「名前をいえ」大森がいった。

「山本や」低く、男は答えた。

「フルネームは」

「山本和夫」

「矢代とはどういう関係や」

「ダチや」

「オレ詐欺の仲間か」

「おまえら、なんやねん」

「警察や。特殊詐欺捜査班」

大森は手帳を提示した。「あんたが山本和夫であると証明してくれ。免許証は」

「運転、できんのや」

「ポケットの中のもん、出してくれるか」

「いややな。うっとうしい」

「そうかい。ほな、おまえを逮捕しよ」

大森は男のそばに行った。「住居不法侵入、窃盗罪で現行犯逮捕や」

「あほか、こら。おれがなにを盗ったというんや」

「盗ってないんなら、ポケットの中のもんを見せてみぃや」

「えらそうにぬかすな。向こう行け」

「公務執行妨害。手、出せ」

大森はベルトにつけたケースから手錠を出す。

「ええ加減にせぇや、おまえら。おれをなんやと思とんのや」

「空き巣に入ったコソドロとちがうんか」

「コソドロが鍵持ってんのかい。見てみい」

男はコートのポケットから鍵を出した。「矢代から預かっとんのじゃ」

「ほう、矢代はどこや」

「知らんな」

「いつ、矢代に会うた」

「忘れた」

「どこで会《お》うた」

「いちいちうるさいのう。萩之茶屋で会うたんや。なんとかいうNPOの事務所や」

「矢代はなんで、おまえに鍵を預けたんや」

「んなこと、おまえらにいうことやないわい」

「な、山本さんよ、刑事《デカ》三人を相手に突っ張る根性は認めたろ」

佐竹はいった。「けど、そういう反抗的態度はようない。おれはこないだまで四課におったんや」

「四課がどうした。大きな顔さらすな」

「おまえ、極道やな」佐竹は男の前に出た。

「なんじゃい。極道やったらどうやねん」

「ゆーちゃん、閉めてくれ」

湯川にいった。湯川は福島に礼をいってドアを閉め、錠をおろした。

「立て」

男にいった。さも面倒そうに立つ。

男の襟首をつかんで引き寄せるなり、股間に膝を突き入れた。男は呻き、腰を折る。足を払ってベッドに倒し、俯せにさせて腕を逆手にとる。大森がもう一方の腕をとり、手錠をかけた。

佐竹は男のハーフコートを探った。銀行の通帳二冊と印鑑、スマホ、煙草──。ズボンのポケットから札入れと使い捨てライターを出した。

札入れから免許証を抜いた。《氏名　玉城朝洋　昭和58年2月16日生》とある。住所は《尼崎市東七松1―3―15―403》だ。

「玉城朝洋……。おまえ、亥誠組か」

亥誠組は尼崎センタープール近くに本部事務所をおいている。「亥誠組の徳山はおまえの兄貴分やな」

「くそっ……」玉城は喘いだ。

佐竹は通帳を開いた。一冊は大同銀行あべの支店の普通預金通帳で、名義は高城政司、残高は約二千七百万円。もう一冊は協和冨士銀行のそれで、名義は高城政司、残高は約千三百万円だった。

「これはどういうことや。なんで、おまえが高城の通帳を持ってるんや」

「徳山の兄貴から預かったんや」

「もっと気のきいた嘘をつけ。残高が四千万もの通帳をヤクザに預けるヤクザがどこにおる。おまえはこの部屋を物色して、通帳と銀行印をポケットに入れたんや」

矢代が高城の通帳を隠し持っていたとすると、高城はやはり殺されたとみるのが常套《じょうとう》だ。殺したのは矢代と橋岡――。ふたりは徳山も殺したのかもしれない。

「徳山はどうした。どこにおるんや」大森が訊いた。

「じゃかましい」玉城は喚く。

「矢代をどうしたんや。なんで、おまえがこの部屋の鍵を持ってるんや」

「あほんだら。刑事が暴力をふるうてもええんか。殺すぞ、こら」

「ええ性根や」

大森は後ろから玉城の股間に手を入れた。玉城は悲鳴をあげる。

「潰れるぞ、おい。大事なもんが」

「やめろ。やめんかい」泣くように玉城はいう。

「聞こえんな。矢代をどうした」

低く抑揚のない口調で大森は訊く。大森も元四課だからヤクザの扱いに馴れている。

「知らん。なにもしてへん」

「そうか……」

ぐわっ、と玉城はまた悲鳴をあげた。必死で逃げようとするが、大森の手は抜けない。

玉城は息も絶え絶えにいった。

「ほんまに知らんのや。おれは鍵を預かっただけや」

「おまえ、徳山を探しとんのやろ。それで矢代に会うた。矢代を殺ったんか」

「あほいえ。なにが悲しいて、あんなチンピラを殺らなあかんのじゃ」

「なんや、こいつは。まだ元気やな」

大森がいっそう強く握ったのか、玉城は呻いた。もがく。

「矢代を殺ったんか」

「殺ってへん……」

「この鍵は、どういうことや」

「矢代を攫《さろ》うたんや」

「どこに攫うた」

「車ん中や。痛めつけた」

「それで、どうした」

「鍵を奪《と》った」

「車ん中で聞いたんか。このアパートに通帳と印鑑があると」

「ああ、そうや」

「鍵を奪っただけか。矢代はほかにも持ってたやろ。財布とか携帯とか」

「携帯は折って捨てた。財布は奪ってへん。強盗やないんやぞ」

「矢代はどうした」

「車から蹴り出した」

「どこで放り出した」

「阪神高速を降りたとこや。尼崎東」

「矢代とはそれきりか」

「それきりや」

「おまえは矢代から奪った鍵を持って尼崎から引き返した。この部屋に入って通帳と銀行印を見つけた。そういうことか」

「そのとおりや」

「おまえ、連れがおったな」

「なんのことや」

「おまえひとりで矢代を攫うたりできへん。車を運転するやつが要る。矢代を痛めつけるのも、ひとりでは無理や」

「知らん、知らん。おれはひとりで矢代をどつきまわしたったんや」

「佐竹、こいつはさっきから嘘ばっかりついとるぞ」

こちらを向いて、大森はいった。「どないしたら、ほんまのことを喋るんや」

「潰したらよろしいがな」

佐竹は応じた。「タマはひとつあったら充分ですわ」

「それもそうやな」

「待て。やめんかい」

玉城がいった。「矢代を攫うたんは、おれと比嘉《ひが》や」

「比嘉……。ふたりとも沖縄生まれか」

「どこで生まれようと勝手やろ」

玉城はいい、次の瞬間、悲鳴をあげた。腰をひき、のたうつ。「――やめろ。堪忍や」

「比嘉は極道か」

「――そうや。亥誠組や」

玉城はえずいた。胃液を吐く。

「おまえと比嘉は矢代を攫うた。車ん中で痛めつけて、高城の通帳の在《あ》り処《か》を聞いた。おまえは矢代から鍵を奪って、この部屋に侵入し、通帳二冊と印鑑を手に入れた。そこへチャイムが鳴って警察が来た。おまえはじっと黙ってやりすごそうとしたけど、いまは手錠かけられて泣き喚いてる。そういうことやな」

「ああ……」玉城はえずきながら、首を縦に振る。

「オレ詐欺の容疑者、青木亮を逮捕した」

佐竹はいった。「青木は高城と徳山が橋岡と矢代に殺されたと考えてる。おまえと比嘉もそうか」

「――そのとおりや」

「おまえと比嘉は橋岡にも会うたんやろ。橋岡はどうした」

「橋岡は逃げた。矢代だけ攫うた」

「ふれあい協議会の事務所で会うたんか、橋岡と矢代に」

「萩之茶屋の商店街や。事務所の前で橋岡と矢代に会うた」

ふたりを車に乗せようとしたとき、矢代が殴りかかってきた。玉城は矢代を殴り倒したが、橋岡は逃げた。比嘉が橋岡を追ったが、捕まえられなかったという。

「嘘やない。これはほんまや」

「矢代は吐いたんか。高城を殺したと」

「吐いた。橋岡が殺して埋めたというた」

「どこに埋めた」

「知らん。埋めたんは橋岡や」

「徳山も埋めたんか」

「徳山の兄貴も殺られたと思う。携帯はつながらんし、連絡もない」

「おまえ、矢代を殺ったな」

「あほぬかせ。尼崎で放り出したんや」

「兄貴分を殺ったチンピラをあっさり放したんか。ヤクザの風上にもおけんな」

矢代もどこかで死体になっているはずだ。でないと、話の筋がとおらない。「比嘉はいま、どこにおるんや」

「スケんとこやろ。豊中の」

「豊中な……」

玉城のスマホを拾った。掃《は》き出し窓を開けてベランダに出る。スマホの電源を入れ、電話帳を出した。スクロールして《比嘉》をクリックし、発信ボタンを押した。

──おう、あったか。

いきなり、そういった。通帳のことだろう。

──あった。四千万や。判子も見つけた。

──ええぞ。ええぞ。明日、銀行へ行こ。その通帳は無効やというとるけど、んなことはないはずや。金をおろしたら、矢代を始末しよ。

始末……。矢代はまだ生きているようだ。

──おまえ、いまどこや。

──ガレージやないけ。帰ってこい。通帳持って。

──ああ。分かった。

長く話をすると気取《けど》られる。電話を切った。

佐竹は手すりのそばへ行き、下の公園を見おろした。藤棚の陰に城間がいる。部屋にあがってこい、と合図した。

佐竹はベランダから部屋にもどった。

「ヤクザを相手にオレ詐欺の掛け子をしてしまいましたわ」

ベッドに腰かけている大森にいった。「矢代は生きてます。どこかのガレージにころがってるみたいです」

「ガレージな……」

うなずいて、大森は玉城に訊いた。「比嘉はどこのガレージにおるんや」

「豊中や」玉城はいった。

「ただ、豊中では分からんやろ」

「知らんのや。比嘉が借りたガレージや」

「おまえ、それでもええんか」

佐竹はいった。「おまえがガレージにもどらんかったら、比嘉は矢代を始末するぞ。おまえは殺人の共犯や」

「知らんわい。ごちゃごちゃぬかすな」

「舐めとるのう。まだ懲《こ》りんか」

大森は玉城の髪をつかんでベッドから引きずり落とした。玉城の口に二本の指を入れ、無造作に引きあげる。玉城の顔が横を向き、エビ反りになる。

大森はしばらく玉城を吊り、指を外した。玉城は突っ伏して苦しそうな息をつぐ。唇の端が切れて血が滲《にじ》んでいる。

そこへドアが開き、城間が入ってきた。こいつは？　と玉城を見る。亥誠組の徳山の弟分や――。湯川がいった。事情の呑み込めない城間は流しのところに立つ。

「もういっぺん訊こ。比嘉は豊中のどこのガレージにおるんや」佐竹はいった。

「刀根山や。弥彦神社の敷地ん中や」玉城の声は掠れている。

「ほんまやろな」

「嘘やない。おれも殺しの片棒は担ぎとうない」

「ガレージにおるのは比嘉と矢代だけか」

「そうや。比嘉と矢代や」

「モリさん、刀根山に行きましょ」大森にいった。

「こいつはどうする」

大森は玉城を見る。

「班長にいうて、二、三人、呼んでください」

「そうやな」

大森は日野に電話をした。玉城という亥誠組のヤクザを逮捕したといい、身柄を府警本部に送るための人員を寄越して欲しいといった。そうして状況を説明し、大森、佐竹、湯川、城間の四人で刀根山に行く、と報告した。

「――そうですわ。事態は差し迫ってます。――いや、なんとかします。刀根山の弥彦神社の貸しガレージです。そっちのほうも応援を頼みますわ」

大森は電話を切り、梨田に向かって、「ここで玉城の守《も》りをするんや。わしらは刀根山に走る」

「了解です」

梨田は後ろ手に手錠をかけられた玉城を俯せにした。湯川が押入から布テープを探し出してきて、玉城の膝と足首をぐるぐる巻きにする。

「ほな、頼むぞ」

大森、佐竹、湯川、城間は部屋を出た。


刀根山——。弥彦神社の参道に二台の車を駐めた。湯川が降りて社務所へ行き、すぐにもどってきた。ガレージは境内の裏手だという。

佐竹たちは特殊警棒を手に車を降りた。湯川につづいて境内に入り、本殿横の砂利道を奥へ行く。

フェンスの向こうに平屋の建物が見えた。スレート屋根、横並びのシャッターはみんな閉まっている。

「どれや」大森がいった。

「どれですかね」

シャッターには白のペイントで《1》から《11》の数字がふられている。

「見てきますわ」

湯川がフェンスの切れ間からガレージ内に入った。通路をゆっくり歩く。何度か往復したあと《8》のシャッターの前で立ちどまり、こちらを向いて手招きした。

佐竹たちは足音をひそめて湯川のそばに行った。《8》のシャッター奥でなにか鳴っている。ラップのような曲だ。

「ほかには」小さく、大森が訊いた。

「ここだけです。音が聞こえるのは」と、湯川。

「比嘉はたぶん、車に乗ってCDかラジオを聞いてますわ」

佐竹はいった。「ガレージは寒いし、エンジンかけてヒーター入れてる気がします」

「そら、まずいな。シャッターあげた途端、飛び出してきよる」

「車、まわしますわ。こっちに」

城間がいって、境内に走っていった。

五分ほど待って、城間の運転するアコードがガレージ内に入ってきた。《8》のシャッター前に車体を寄せて駐める。城間は車を降りた。

「よっしゃ。カチ込も」大森がいった。

全員、特殊警棒の紐《ひも》を手首に巻き、警棒を振り出した。湯川と城間が左右に分かれてシャッター下部の把手《はしゅ》をつかむ。

佐竹は左の拳でシャッターを叩いた。

「おれや。比嘉、開けてくれ」

「おまえが開けろや。錠はかけてへん」声が聞こえた。

湯川と城間がシャッターをあげた。白のマークⅡが頭をこちらに向けて駐まっている。運転席の男が眩しそうに佐竹を見た。

「降りろ。比嘉」大森がいった。

瞬間、マークⅡが突っ込んできた。佐竹は避ける。マークⅡはアコードにぶつかり、タイヤを軋《きし》ませる。

佐竹は運転席のドアを開けた。ステアリングを握る比嘉の腕に警棒を叩きつける。比嘉のブルゾンをつかみ、引きずりおろした。比嘉は反転し、佐竹の手を払って逃げようとする。比嘉の膝に警棒を振りおろした。ゴツッと鈍い音がして比嘉はモルタルの床に倒れた。

城間と湯川が比嘉を俯せにし、手錠をかけた。比嘉は観念したのか、動かない。

大森がマークⅡのエンジンをとめ、佐竹はガレージ内に入った。奥の右隅に男が横たわっている。身体中にロープが巻かれ、口には粘着テープが貼られていた。

「矢代……」

声をかけ、男を起こした。男は呻く。顔は紫色に膨《ふく》れあがり、眼は両方とも塞がっていた。こめかみ、耳、額に血が染みついている。男は小便臭い。

「矢代穣やな」

　粘着テープを剝いだ。矢代は泡まじりの血を吐く。

「警察や。分かるか」

　矢代は小さくうなずいた。

「ゆーちゃん、救急車」

　振り向いて、湯川にいった。湯川は携帯のボタンを押す。

「玉城と比嘉を逮捕した」

　矢代に話しかけた。「しっかりせい」

「助けてくれ」微《かす》かに、矢代はいった。

「分かってる。助けたる」

「寒い……」

「辛抱せい。救急車が来るまで」

　ジャケットをかけてやろうかと思ったが、やめた。汚れる。

「おまえ、高城を殺したんか」

「おれやない。あいつが殺した」

「誰や、あいつて」

「橋岡……」

「橋岡が高城を殺したんか」

「そうや……」

「どこで殺した」

「事務所や。〝ふれあい〟の」

「おまえもその場におったんか」

「おれは知らん」

「高城の死体はどこや」

「埋めた。橋岡が」

橋岡が死体を車に乗せ、運び去ったという。

「亥誠組の徳山はどうした」

「知らん」

「会うたんか」

「会うた。事務所で」

「徳山も殺したんか。橋岡が」

「知らん」

ひどく腫《は》れた矢代の顔には表情がない。歯も折れているから言葉が聞き取りづらい。

「橋岡はどうした。どこにおるんや」

「フケた……。あいつは」

「どこにフケた」

「分からん」

「分からんやないやろ。なにか聞いてるはずや」

「あいつはフケた。おれが逃がした」

「おまえを放って逃げたんやな」

「うう……」矢代は嗚咽《おえつ》した。ふさがった眼から涙が伝う。

矢代を横たえて、佐竹は立ちあがった。比嘉のそばに行く。

「橋岡はどこや。矢代を責めて訊いたやろ」

「沖縄や」

「確かか。それは」

「んなこと知るかい。矢代はそういうた」比嘉は唾を吐いた。

佐竹はガレージを出た。モリさん、ちょっと――。大森を呼ぶ。

「空港に行きたいんですけどね。橋岡は沖縄に飛んだみたいです」

「沖縄な……」と、大森。

「比嘉がそういうてます。この状況で嘘はいわんでしょ」

「沖縄便は伊丹か、関空か」

「両方から出てますやろ。おれは湯川と伊丹から関空へ行きますわ」

「分かった。行け。ここはわしが片づけとく」

遠く西のほうから救急車の音が聞こえた。近づいてくる。

佐竹は湯川を連れて参道にもどり、駐めていたカローラに乗った。


伊丹――。大阪国際空港は大阪、兵庫のふたつの府県にまたがっているため、大阪府警と兵庫県警の合同警備派出所が空港内にある。佐竹と湯川は中央ターミナル一階の空港警察に入り、手帳を示して府警の制服警官に協力を求めた。

「橋岡恒彦いう特殊詐欺の被疑者が今日の午後の便で沖縄に飛んだ可能性があります。北海道とか東京とか、ほかの便も含めて調べてくれませんか」湯川がいった。

「橋岡恒彦ですね」

制服警官はメモ用紙に名前を書きとり、派出所を出ていった。佐竹と湯川は椅子に座って待つ。

「先輩、沖縄行ったことは」湯川が訊く。

「いっぺんもないな。……ゆーちゃんは新婚旅行で行ったんやろ」

「水族館がよかったですね。それと、首里城」

「食いもんは」

「ハリセンボンの味噌汁が美味かった。脂がのってて」

牧志《まきし》の市場で魚を買うと、二階の食堂で料理してくれるのだという。「夜光貝の刺身も美味《うま》かったです」

「どんなんや、夜光貝て」

「大きな貝ですわ。サザエの四、五倍はあるんとちがうかな」

「そら、ほんまに大きい」

沖縄に行きたいと思った。橋岡を追って。

二十分ほど待って、制服警官がもどってきた。橋岡恒彦という男が今日の国内便に搭乗した記録はないという。

「念のため、これが搭乗者名簿です」

13時10分発のＪＡＬ、14時35分発のＡＮＡ、14時55分発のＪＡＬ——。三枚のコピーをもらった。

「すんません。お手数かけました」

礼をいって、派出所を出た。

阪神高速から阪和道、空港連絡橋を渡って関西国際空港に着いたときは午後七時をすぎていた。関西空港警察署は五階建、屋上にパラボラアンテナを設置した、けっこう見栄えのいい建物だった。

駐車場に車を駐め、署に入った。手帳を提示して刑事課の責任者を呼んでもらう。亀山という課長が一階に降りてきた。小肥《こぶと》りの赤ら顔、丸い黒縁眼鏡、頭はみごとに禿《は》げあがっている。〝海坊主〟という徒名《あだな》の、高校三年のときの担任を思い出した。

「特殊詐欺捜査班の佐竹といいます」

「湯川です」

ふたり、頭をさげた。

「ま、座りましょ」

ロビーの奥、応接コーナーのようなところに案内された。湯川と並んでシートに腰をおろす。

「で、用件は」

「オレ詐欺の被疑者です。橋岡恒彦。三十三歳。今日の午後の便で高飛びした可能性があります」

佐竹はいった。「沖縄便を主に、搭乗者を調べていただけるようお願いします」

「国外には飛んでないんですか」

「それはないと思います。パスポートを所持してるという情報はないので」

「生年月日、分かりますか」

「昭和五十五年、三月二十二日です」

メモ帳を開いて、いった。「本籍は和歌山の海南市です」

「それ、書いてください」

姓名、生年月日、本籍をメモ帳に書き、ちぎりとって手渡した。

「国内便のチケットは身分証明なしで買えるんですか」湯川が訊いた。

「旅行代理店をとおしたときは証明が要るけど、空港のカウンターで買うときは要らんですな」ただし、旅行代理店も厳密なチェックはしない、と亀山はいう。

「ほな、偽名でも？」

「買えますわ」

亀山は立って、カウンター横の階段をあがっていった。

佐竹は日野に電話した。

——佐竹です。いま、関空署です。

経緯を報告し、沖縄行きの国内便搭乗者名簿をあたってもらっている、といった。

——それで、班長に頼みがあります。橋岡が逃走資金を引き出してないか、金融機関に問い合わせて欲しいんです。

——どこや、その金融機関は。

──不明です。……矢代穣は高城政司名義の通帳を持ってました。大同銀行あべの支店と協和冨士銀行あべの支店の通帳です。

──それは大森から聞いてる。ふたつで残高が四千万やな。

──矢代と橋岡は高城の金を山分けにしたはずです。橋岡は大同と協和冨士以外の、高城名義の通帳を複数所持してると思います。

──分かった。銀行と信用金庫を調べる。

電話は切れた。携帯をたたむ。

「ゆーちゃん、腹減ったな」

「ほんまですね。立ち食いのうどん屋とかないですか」

「空港島にそういうのはないわな」

所轄署の刑事課長に調べを依頼しておいて、ものを食うわけにもいかないだろう。

「なんか、飲み物でも買うてきますわ」

いって、湯川は地階に降りていった。

小一時間待って、亀山がもどってきた。今日の関空発の国内便に橋岡恒彦という搭乗者はいないという。

「那覇空港行きは念入りに調べましたけど、ヒットせんかったですね」

「そうですか……。いや、ありがとうございました」

「橋岡は特殊詐欺の頭目ですか」

「受け子グループのリーダーですわ」

「いままで騙しとった額は」

「確たることはいえんけど、二億や三億はいってるんやないですかね」

「よほど巧《うま》いこと騙すんですな。舌先三寸で」

「ま、あいつらのシナリオ見たら、さもありなんと思いますわ。確かに、ようできてます。ひとの不安と情と虚を衝《つ》くようにね」

「とことん叩いてください。同じ警察官がいうのもなんやけど」

「ありがとうございます。心強いです」

念のため、今日の沖縄行き搭乗者名簿のコピーをもらった。明日以降の発便で橋岡恒彦の名があがったときは連絡してくれるよう頼み、名刺を渡して関空署をあとにした。

19

十二月十一日、水曜──。

午前九時、班の全員が顔を揃え、これまでの経過を日野がまとめて伝達した。各々がメモをとり、今後の捜査について意見を交わす。いちばんの議論となったのは、高城政司と徳山英哲の失踪を殺人と考え、捜査一課との合同捜査にするか、ということだった。

「管理官には報告した」

日野がいう。「高城殺しについては、矢代穣の証言があるだけで、死体が見つかったわけやない。徳山殺しは信憑性《しんぴょうせい》があっても証言が弱い。管理官の意見は、橋岡の身柄《ガラ》を引いて情況証拠を固めるなり、高城の死体を発見するなりしてから、一課に協力を要請しても遅くはないということや」

「それはなんですか、管理官の様子見ですか」

大森がいった。「わしはさっさと一課に丸投げして、日野班はオレ詐欺に専念すべきやと思うんですけどね」

「そこは管理官も考えてる。うちの班で道筋をつけてから一課に引き継ぐべきやというてるんや」

「そんなもん、縁の下の黒衣やないですか。しんどいめして地均《じなら》しして、ええとこばっかり一課にさらわれたら、あほを見るだけですがな」

「んなことは重々分かってる。わしは折を見て二課長に話をするつもりや」

「その折はいつですねん」さも不服そうに大森はいう。

「ここ四、五日や。いまは橋岡の逮捕に全力を注ぐ」

管理官が様子見なら日野は日和見《ひよりみ》だ。あとあと、とばっちりが来ないよう考えているらしい。日野は前任が薬物対策課長代理だから、強行事犯に疎《うと》い。

「それと、新井いう道具屋が判った。新井登茂子。五十四歳。贓品《ぞうひん》売買の前歴がある。NTTに登録してる住所は、浪速区上塩草二—一—二五—八〇六——」

日野は佐竹と湯川を見た。「このあと、行ってくれるか」

「了解です」佐竹はうなずいた。

そこへ電話。日野がとった。しばらく話をして受話器を置き、

「昨日の午後、高城政司名義の口座から預金が引き出された。十三時二十四分、三協銀行の天王寺駅前支店で五百万、十三時三十八分、和泉信用金庫のあべの支店で五百万がおろされてる。橋岡は一千万円の逃走資金を入手したんや」

三協銀行の残高は約四百五十万円、和泉信金の残高は約二千七百万円、と日野はいい、今後も高城名義の口座で金の出し入れがあれば報せが来るよう手配している、と補足した。

「五百万もの金、暗証番号がないとおろせんでしょ」柏木がいった。

「橋岡は高城を責めたんやろ。それで番号を聞き出しよった」

「どえらいワルですな、橋岡」

「前科前歴は矢代のほうが上やけど、ほんまの粗暴犯は橋岡かもしれんな」

「一千万もの金があったら、半年や一年は遊んで暮らせますな」

橋岡は遠い沖縄などではなく、東京、名古屋、福岡といった都会へ逃げたのではないか、と柏木はいう。「それやったら飛行機に乗らんでも新幹線で行けますわ。切符買うのに、いちいち名前書かんでもええしね」

「要するに、橋岡の逃走先は分からんということですか」関本がいった。

「橋岡が次にどこで金をおろすか、や。それで逃走先が絞れる」

「橋岡もあほやない。金をおろしたら足がつくと知ってるから、一千万の大金持ってフケたんとちがいますか」

「そら、ま、関やんのいうとおりやろな」あっさり、柏木は同意する。

「橋岡の話はおいといて、貸倉庫はどうなんや。枚方の『ボンド・ウェアハウス』」

日野がいった。柏木に向かって、「説明してくれるか」

「そらもう、山のような遺留品ですわ」

柏木はいってファイルを繰る。「携帯が四十八個。名簿が百四十冊。銀行の通帳が二十三冊に、キャッシュカード、クレジットカードは二百枚。印鑑は三百本以上ありました。通帳の総残高は三百五十万ほどやけど、金の出入りは大きい。百万単位の入金があった次の日には、全額がおろされてます」

振り込まれた金と受け子が運んできた金は掛け子のリーダーである青木亮が管理していたらしい。青木は取調べに対していっさいを黙秘しているが、金の流れは読める。青木はグループに入った金を現金でプールし、月に三、四回、オーナーの高城にとどけていたのではないか、と柏木はいった。

「金の詳細を詰めるのは半月、いや、一月はかかるかもしれませんわ」

「青木亮の調べですけど、滝沢組にガサかける必要はないですか」城間がいった。

「青木は一昨年の九月に滝沢組を除籍されてる。ガサはむずかしいやろ」

日野が応じる。「徳山は亥誠組の組員やから捜索令状はとれるけど、亥誠組のガサは徳山の死体が見つかったときやな」

「オレ詐欺の捜査班がヤクザの組事務所までガサかけるのはやりすぎとちがいますか。四課に任せたらよろしいねん」

柏木がいい、なにがおかしいのか笑い声をあげた。ほかの誰も笑わない。

「よっしゃ。ここまで」

日野が手をあげた。城間と梨田は青木の取調べ、佐竹と湯川は新井登茂子の訊込み、柏木、大森、関本には掛け子グループの遺留品調べを指示し、捜査会議は終わった。

※　　※

クラクションの音で目覚めた。窓越しの喧騒《けんそう》が聞こえる。テレビのDVDはメニュー画面でとまっていた。なんの映画を見ていたのか憶えていない。ナイトテーブルには泡盛の瓶とグラス。飲みながら寝入ってしまったらしい。

橋岡はベッドからおりてカーテンを引き開けた。日差しが眩《まぶ》しい。青い空。雲が高い。腹が減っていた。ニコチンも切れている。トイレに行って放尿し、部屋にもどって煙草を吸いつけた。さて、なにを食お――。

ジーンズを穿き、ジップパーカをはおった。足もとのデイパックを蹴る。一千万の札束の感触があった。

バッグをベッドの下に押し込み、煙草を消して灰皿に捨てた。キーカードをポケットに入れて部屋を出る。ドアの自動ロックを確かめ、カーペット敷きの廊下を歩いてエレベーターホールへ。ボタンを押すと、すぐにドアが開いた。


橋岡は国際通りに出た。昨日、空港のインフォメーションでもらったマップを広げる。牧志第一公設市場は沖縄三越近くの交差点を南へ行ったところだった。

朝十時、さすがに寒い。人通りは少なく、一目でそれと分かるような観光客は見あたらない。沖縄の観光シーズンは冬ではなく夏なのだろう。

牧志公設市場に入った。いきなり豚の顔と眼が合う。耳がこりこりして旨そうだ。豚の顔は笑っているのがいいと聞いたことがある。

果物店には柑橘類が多かった。マンゴーやパパイヤがあれば買いたかったが、店のおばさんに訊くと、夏と秋の果物だといわれた。

市場の二階、食堂街にあがった。島らっきょう、豆腐よう、ミミガーの和《あ》え物とソーキそばを注文し、ビールを飲む。いくら食っても安いものだ。まだ四千万ある。どこか古アパートでも探せば十年は暮らせるだろう。

※　　※

浪速区上塩草——。二丁目一番地に十数階建のマンションがあった。湯川はマンション敷地内にカローラを乗り入れ、玄関前の車寄せに駐めた。佐竹は降りる。風除室に入り、インターホンのボタン、8・0・6、を押した。

——はい。どなた？

つながった。年かさの女の声。

——警察です。特殊詐欺捜査班の佐竹といいます。新井登茂子さんですね。

返事がない。黙っている。

——ちょっと、お訊きしたいことがあります。ドア、開けてもらえませんか。

——なんの用ですか。

——オレ詐欺ですわ。高城政司さん失踪について、事情を訊きたいんです。

——わたし、お話しすることなんかないです。

——新井さん、協力してください。我々は高城さんを捜してますねん。

——そう……。じゃ、十分だけですよ。

カチャリとガラスドアのロックが外れた。佐竹はエントランスホールに入る。湯川もつづいた。

エレベーターで八階にあがった。806号室をノックする。鉄扉が細めに開き、髪を赤く染めた小肥《こぶと》りの女が顔をのぞかせた。表情は固い。

「府警特殊詐欺捜査班、佐竹です」手帳を提示した。

「湯川です」湯川も提示する。

「どうぞ。お入りください」

新井はドアチェーンを外した。

お邪魔します——。中に入った。新井は先に立って奥へ行く。甘いコロンの香りがした。

佐竹と湯川は勧められてリビングのソファに腰をおろした。そう広くはないが、洒落たインテリアだ。壁面に沿って白い革張りのソファがL字に配され、華奢《きゃしゃ》なガラスのセンターテーブルの下にはアラベスク文様の絨毯《じゅうたん》が敷かれている。テレビは大型の液晶、両脇のスピーカーは『JBL』、サイドボードはオーク、飾り棚にはコニャックとシングルモルトのスコッチ。インテリアも凝っているが、家具調度類にも金がかかっている。

「新井さんは独り住まいですか」訊いた。

「ええ、そうですよ」新井はうなずく。

「いや、ブランデーとかウイスキーがあるから、誰か、ほかのひとが飲むんかと思たんですわ」

玄関の靴脱ぎに男物の靴はなかったが。

「お酒は好きです。たくさんは飲みませんけど」

「晩酌されるんですか」

「そうですね……。外で飲むほうが多いです。友だちと食事しながら」

料理はしない、と新井はいう。「外食ばっかりやと栄養が偏《かたよ》ってしまうんですけどね」

「ええやないですか。それだけの金銭的余裕があるんやから」

笑いながらいった。新井は反応しない。「──で、さっきの話ですけど、ふれあい運動協議会の高城さんとは、どういったお知り合いですか」

「古い知り合いです。高城さんはむかし、業界紙の記者をしてはって、なにかの会合で出会ったのが初めてでした」

「それはいつのころですか」

「もう二十年以上前ですね。高城さんもわたしも若かった」

「新井さんは信用金庫にお勤めやったそうですね」

「えっ……」

新井は驚いた。「なんで、そんなことを……」

「小沼から聞いたんですわ。小沼英二。平岡ともいう。詐欺容疑で逮捕しました」

新井は眼を逸らせた。膝の上に組んだ手をじっと見つめる。

「小沼がいうには、新井さん、道具屋をしてたそうですね」

「………」新井は黙っている。

「主に銀行口座の売買。いまもしてはるんですか」

「………」新井は動かない。

「高城さんの詐欺グループに出資して、サブオーナーになったんはいつからですか」

「刑事さん」

新井は顔をあげた。「さっきから、なにをいうてるんですか。訳の分からないことばっかり訊かないでください」

「そら、すんませんね。小沼のいうてることがでたらめかもしれませんわ」

ソファにもたれた。脚を組む。靴下をあげた。

「十二月九日の月曜日、おたくは小沼英二と亥誠組の徳山英哲を連れて、萩之茶屋の高城さんのNPO法人事務所に行きましたね。まちがいないですか」

「それがどうしたんですか。行ったらわるいですか」

「おたくは、橋岡と矢代に高城さんの行方を訊いた。ふたりは、高城さんはベンツに段ボール箱を積んで、どこかに消えた、というた。おたくはその言葉を信じられず、徳山をけしかけて橋岡と矢代を脅した」

「あほらしい。それこそ嘘です」

新井は大げさにかぶりを振った。「小沼が嘘ついてるんです」

「高城さんは橋岡と矢代に殺された……。新井さんもそう考えますか」

「そんなこと、考えるわけないやないですか。わたしは高城さんのことが心配やから、萩之茶屋に行ったんです」

「徳山はおたくと別れたあと、失踪したんですわ」

「えっ、あのひとも行方不明なんですか」

「我々は殺されたと考えてます。橋岡と矢代に」

「………」新井の顔から赤みがひいた。口もとがひきつる。

「橋岡と矢代はいつからの知り合いです」

「知り合いなんかとちがいます。わたしは先週の金曜日に、初めてあのふたりに会ったんです」

高城がNPO法人にスタッフを雇っていることは知っていたが、人数も名前も聞いたことはなかったという。

「それはしかし、話がおかしいですな。おたくは高城グループのサブオーナーやないですか。高城から掛け子や受け子のことは聞いてるはずでしょ」

「やめてください。サブオーナーとか道具屋とか」

新井は鼻白んだ。「なんの証拠があって、そんなでたらめいうんです」

「おたくが高城の掛け子グループに段取りした通帳類や飛ばしの携帯を押収したんですわ」かまをかけた。

「いまは架空名義の通帳なんか作れませんよ。携帯電話の契約も身分証明が要るやないですか」

「なにもおたくが通帳を作ったり、携帯の契約をしたとはいうてへん。道具屋いうのは不良中国人や貧困ビジネスの元締に仕入れのルートを持ってて、ブツを詐欺グループに流すブローカーです」

「ふーん、わたしが仕入れのルートを？　おもしろい発想やね」

新井はどこまでもとぼける肚のようだ。

「そしたら新井さん、仕事はなにしてるんですか」

「仕事？　無職です」

「無職ね……」

部屋を見まわした。「これだけの生活を維持するには、相応の収入が必要でしょ」

「別れた夫が資産家なんです」

吉野の山持ちだといい、離婚の際、数億円の財産分与を受けたと新井はいう。

「離婚の理由はなんでした」

「失礼やね。なにが悲しいて、そんなこといわんとあかんの。プライバシーの侵害やわ」

「すんませんな。ついつい訊いてしまいますねん。刑事の性《さが》で」

佐竹は新井のデータをとったが、犯歴を除く履歴の詳細はまだつかんでいない。

「話をもどします。……高城と徳山は失踪したけど、死体が発見されたわけやない。新井さんに心あたりはないですか」

「そんなもん、あるわけないでしょ。いま初めて知りましたわ。徳山が行方不明やて」

「徳山をグループのケツ持ちにしたんは高城ですか」湯川が訊いた。

「なんです、ケツ持ちて」新井は眉をひそめた。

「新井さんはいつ、徳山を知ったんです」

「さあ、いつからやろ……」

新井は間をおいて、「去年かな」

ミナミで高城と食事をしたとき、高城が連れてきたという。

「もちろん、組関係のひととは聞いてません。古いつきあいや、と高城さんはいってました」

「徳山の人相物腰を見て、まともな人間やと思たんですか」

「わたし、ひとを見る眼がないんです」

湯川を嘲《あざけ》るように新井はいう。太い女だ。さっきはひきつっていた顔が、いつのまにかもとにもどっている。

ここで無理押ししても得るものはない——。佐竹は思った。いま新井を任意同行するには身辺情報が少なすぎるし、任同後の逮捕状をとっているわけでもない。

「いや、ありがとうございました」

佐竹はいった。「出直しますわ」

「あら、そう……」拍子抜けしたように、新井はいった。

「高城と徳山について気がついたことがあったら、連絡してください」

名刺をテーブルに置き、立ちあがった。玄関へ行く。新井がついてきて、佐竹と湯川が外に出た途端、施錠の音がした。

「むかむかしますわ」

湯川がいう。「あいつは警察を舐めてる。さっさと手錠《ワッパ》かけたいです」

「生簀《いけす》の魚や。いつでも料理できる」青木が自白すれば、新井もそれまでだ。

「料理する前に飛びませんかね。橋岡みたいに」

「あんな五十すぎのおばはんがどこに飛ぶんや。野垂れ死ぬのが関の山やで」

エレベーターのボタンを押した。「ゆーちゃん、つきおうてくれへんか」

「はい。どこへ？」

「関空や。搭乗者名簿に橋岡の名前はなかったけど、気になるんや。発券カウンターの人間に橋岡のブロマイドを見せてみたい」

佐竹は班を出るとき、橋岡の逮捕写真と戎橋筋商店街で隠し撮りした写真をメモ帳に挟んできた。

「橋岡は空港でチケット買うたんですかね」

「橋岡は比嘉と玉城に追われて逃げた。事前にチケットを用意してたとは思えんのや」

「なるほどね……」

「無駄足になると思うけど、つきおうてくれ」

エレベーターの扉が開いた。


関西国際空港──。佐竹と湯川は二階国内便フロアのＪＡＬの発券カウンターに行った。手帳を提示し、昨日、カウンター業務をしていた係員を訊く。シフトの四人のうち三人がいたが、橋岡の写真を見て、みんな首を振った。

ＡＮＡの発券カウンターに行った。髪をスチュワーデス風のアップにした、きれいな女性が微笑みかけてきた。

「すんません。警察です」

手帳を見せた。「昨日、空港で国内便のチケットを買うた客を調べてます。失礼ですけど、昨日はここにいてはりましたか」

「はい、おりました」女性はうなずく。

「そしたら、こういう客に見憶えないですか」

一枚ずつ写真を見せた。女性は商店街を歩く橋岡をじっと見つめて、

「このひとです。憶えてます」と、指さした。

「まちがいないですか」勢い込んで湯川がいった。

「クレジットカードではなく、現金でチケットを購入されました」

空港の発券カウンターで予約なしにチケットを買う客は少なく、現金で買う客はもっと少ないので印象に残ったという。「十二月十日、十六時発の沖縄行きだったと思います」

女性はキーボードを叩いた。モニターを見て、

「そうですね。まちがいありません」

「客の名前は」

「永井大輔さんです」

「永井大輔……」

メモ帳に書いた。「沖縄は、那覇空港ですね」

「そうです」十八時、那覇空港着だという。

「ゆーちゃん、どうする」振り返った。

「行きたいですね。沖縄」

「次の便は何時ですか」女性に訊いた。

「十四時発です。空席もあります」

佐竹は時計を見た。十二時二十分――。十四時までには間があるが、昼飯でも食って待てばいい。

ちょっと相談しますわ――。女性にいって、カウンターを離れた。班に電話をする。

――はい、特殊詐欺捜査班。

――佐竹です。いま、関空です。

状況を話した。日野は黙って聞いている。

――それで、湯川と十四時発の飛行機に乗りたいんですわ。かまわんですか。

――ああ、乗れ。かまわん。共助課にいうて、沖縄県警に話をとおしとく。

――勝手なことで、すんません。

――ようやった。手柄や。応援が要るようやったら連絡せい。

――ほな、沖縄に着いたら、また電話します。

――領収書、忘れんなよ。飛行機の。

電話は切れた。

「ゆーちゃん、沖縄や」

「よろしいね。空の旅」

湯川は笑う。「なんか食いますか」

「まず、チケットを買お」

発券カウンターにもどった。

午後四時——。飛行機は定刻どおり那覇空港に着いた。タラップを降りる。風は冷たかった。

空港ビル。日野に沖縄着を報告し、インフォメーションに行った。カウンターの女性に手帳を提示する。

「大阪府警です。つかぬことを訊きますけど、昨日のこの時間、カウンターにいてはりましたか」

「いえ、わたしはいなかったです」宮里という女性がいたという。

「宮里さんは……」

「いま、休憩中です。呼びましょうか」

「すんません。お願いします」

女性はカウンターの電話をとった。佐竹と湯川は待つ。ほどなくして、グレーの制服を着た長身の女性が来た。宮里です――。そういった。

　佐竹はメモ帳に挟んでいた五枚の写真を抜いた。

「昨日の同じころ、ホテルとか宿泊施設を紹介してくれと、カウンターに来た可能性があります。この男に見憶えないですか」

　写真を手渡した。女性はゆっくり写真を繰って、

「このひとは来なかったと思います」小さくいった。

「もしホテルを予約してたら、永井大輔と名乗ったかもしれません」

「ごめんなさい。そんな名前も聞いてません」

「いや、休憩中に申しわけなかったです」

　佐竹は写真をまたメモ帳に挟んだ。「ついでというたらなんですけど、ホテルをとってもらえますか。シングルを二部屋。ビジネスホテルでけっこうです」

「ホテルは国際通りの近くがいいですか」カウンターの女性が訊いた。

「お任せします」

「刑事さんのお名前は」

「佐竹正敏と湯川優です」

　久茂地《くもじ》の『ホテルちばな』がとれた。

タクシーで久茂地へ行き、ホテルにチェックインしたあと、国際通り近くの沖縄料理店に入った。店主に勧められて泡盛のシークァーサー割りを飲む。さっぱりした香りがあって美味い。グルクンのから揚げとラフテーの青野菜盛りを肴に古酒《くーす》も飲んだ。けっこう酔ったが、十時にはホテルに帰って寝た。

20

十二月十二日――。橋岡は朝食を終え、エレベーターに乗った。十七階。エレベーターホールから廊下へ行くと、ワゴンがとまり、ルームキーピングがはじまっていた。

橋岡の部屋のドアは閉まっていた。キーを挿し、中に入る。ドアロックをかけた。

ベッドの下からバッグを出した。ジッパーをひく。一千万円は無事だった。

クロゼットの貴重品入れに金を詰めて施錠した。長いホテル暮らしはできない。どこかアパートでも借りるか――。

那覇に住むと決めたわけではない。本島中部、本島北部、久米島《くめじま》、宮古島、石垣島――。どこに住んでもいい。慌てることはない。

煙草を一本吸い、部屋を出た。おはようございます――。ルームキーパーの女性と眼が合った。

「フェリー乗場て、この近くですか」

「はい。近くです」

歩いて十分ほどのところに『とまりん』というフェリーターミナルがあるという。「どちらに行かれます？　フェリーで」

「いや、決めてないんですわ」島に渡ってみたい、といった。

「フェリーはたくさん出てます」

『とまりん』からは久米島、粟国島《あぐにじま》、渡嘉敷島《とかしきじま》、座間味島《ざまみじま》に渡れるという。

「いちばん近い島は」

「渡嘉敷島です」

「いちばん大きいのは」

「久米島ですね」

「渡嘉敷島には何時間くらいで渡れます？」

「高速船だと、四十分ほどです」

「久米島は」

「フェリーで三時間半くらいでしょうかね」

「ほな、今日は渡嘉敷島にしますわ」

「お客さん、大阪から来られたんですか」

「分かりますか」

「大阪弁はすぐ分かります」

にこやかに、ルームキーパーはいった。

※　※

ナイトテーブルの電子音で、佐竹は目覚めた。腕の時計を見る。八時だ。

シャワーを浴びてバスルームを出たが、下着の替えがない。しかたなく昨日のパンツを穿き、汗臭いシャツを着た。

ベッドに腰かけて、日野の携帯に電話をした。すぐにつながった。

——おはようございます。佐竹です。

——ご苦労さん。よう寝たか。

——寝ました。ぐっすり。

泡盛を飲んだとはいわない。

——朝飯食うたら沖縄県警に行け。二課の国吉いう次席に挨拶するんや。

共助課からの連絡で、国吉はこれまでの経緯を知っている、と日野はいった。

電話を切り、湯川の携帯にかけた。

——おはようさん。起きてたか。

——七時に起きました。

湯川は近くのコンビニへ行き、白のTシャツとブリーフ、靴下を買ってきたという。

——ついでに先輩の分も買うてきましたけど、余計でしたかね。

——ありがたい。ゆーちゃんはよう気がつく。

——持って行きますわ。

少し待ってドアがノックされた。佐竹はノブをまわしてロックを外す。部屋に入ってきた湯川はスーツを着ていた。

佐竹は下着と靴下を替え、ズボンを穿いた。襟の黄ばんだワイシャツを着てネクタイを締めた。


ホテルのそばのファミリーレストランで朝食をとり、沖縄県警本部へ歩いた。受付で身分をいい、捜査二課の国吉次席に面会を求める。ほどなくして、ごま塩頭のがっしりした男がロビーに降りてきた。

「大阪府警の方ですか」

にこやかにいう。「国吉です」

「特殊詐欺捜査班の佐竹です」

「湯川です」

名刺を交換し、国吉にいわれて、ロビーの奥に移動した。

「昨日、府警の共助課から連絡をもらいました。事情は聞いてます」

橋岡恒彦の画像も送られてきた、と国吉はいい、指名手配がされたら県警として動く、といった。

「橋岡が那覇に入ったんは一昨日の午後六時です。今日は我々ふたりで橋岡の足どりを追うつもりです」佐竹はいった。

「そうしてください。人員が必要なときは、わたしに連絡してもらったら協力します」

「ありがとうございます」

頭をさげた。「それでは、お言葉に甘えて、那覇市と沖縄市、糸満市、浦添《うらそえ》市、豊見城《とみぐすく》市の宿泊施設のリストをお願いできませんか」

「ホテル、民宿、ウィークリーマンションでいいですか」

「あと、貸しバンガローみたいなものもありましたら」

「分かりました。じゃ、リストを作ってきましょう」

国吉はいって、階段をあがっていった。

「愛想のええひとですね。偉いさんやのに」

湯川がいった。そう、県警本部捜査二課次席の階級は警視だろう。

「沖縄人はひとがええんやろ。のんびりしてて、あくせくしてへん」

ものいいもゆっくりしている。早口の大阪弁とは対照的だ。

国吉は二十分ほどしてもどってきた。佐竹はリストを受けとり、丁寧に礼をいって県警本部をあとにした。捜査二課次席に挨拶したことで、仁義を切ったことになる。他府県の沖縄で大阪府警の佐竹と湯川が橋岡を逮捕したときの軋轢《あつれき》を、事前に回避したわけだ。

佐竹と湯川はいったんホテルにもどり、国際通りから沖映通りの宿泊施設を順にまわった。橋岡恒彦、永井大輔という名の宿泊客がいないかを訊き、橋岡の写真を見せて確認をとる。

そうして、二十数軒目の松山のホテル『サンルート那覇』で、長井大介という宿泊客にあたった。宿泊者名簿を見ると、長井の住所は神戸市中央区で、生年月日は昭和五十六年三月だった。年齢的にも橋岡に近い。長井は女連れだったが、写真を見せると、フロントマンは、似てます、といった。部屋に電話してもらうと応答がない。長井と女は外出しているようだった。

佐竹と湯川は別行動をとることにした。佐竹が『サンルート那覇』で張り、湯川は松山から若狭の宿泊施設の訊込みにあたる。佐竹はフロントマンの了解をとり、ロビーのテレビの前に陣取った。

※　　※

橋岡はアッパーデッキに出た。潮風が吹きつける。ベンチシートに腰をおろし、掌で口もとを覆って煙草を吸いつけた。けむりが横に流れる。マリンライナーは時速三十ノットで高速航行すると聞いたが、一ノットが何キロなのか橋岡には分からない。海はどこまでも青く、白い波が後方に広がっていく。

渡嘉敷港——。旅客ターミナルを出ると、ホテルの送迎バスが広場に駐まっていた。そばに立っている男が橋岡を見て、どちらへ？　と声をかけてきた。

「いや、鯨でも見られるかなと思て船に乗ったんですわ」

「鯨はまだですよぉ」

一月から四月がホエールウォッチングのシーズンだといって、男は笑う。

「今日はこの島に泊まりたいんやけど、おたく、ＯＫですか」

バスの車体に《あはれんマリンビレッジ》とペイントされている。

「はいはい、部屋は空いてます」

男はバスのドアを開けた。「お客さん、初めてですか。渡嘉敷は」

「沖縄も初めてですねん」

「大阪のひと？」

「京都です」

那覇のホテルのルームキーパーには、大阪といってしまったが、あれはまずかった。

「渡嘉敷島の見どころて、どこですか」

「さあねぇ……。ビーチでのんびりするか、シュノーケリングをするか……。でも、いまは冬だからぁ」

「シーズンやないんですね」

「そういうことだねぇ」

季節外れの観光客は目立つ。そのことに気づいた。やはり、沖縄本島でアパートかワンルームマンションを借りるべきだ。

橋岡はバスに乗った。煙草をくわえたが、灰皿がなかった。

※　　※

それらしい男と女がロビーに入ってきたのは午後四時すぎだった。フロントマンが目配せする。佐竹は立って、ふたりに近づいた。並んでエレベーターを待つ。男は橋岡とは似ても似つかぬ〝色黒の眼鏡〟だった。

いったいどう見たら、この男が橋岡なんや――。腹は立ったが、黙ってホテルを出て、湯川に電話をした。

――ゆーちゃん、どこや。

――若狭大通りです。『とうま』いうウィークリーマンションを出たとこです。

――いま、長井大介を見た。空振りや。

――しゃあないですね。合流しますか。

――どこへ行ったらええ。

――通りの斜向《はすむ》かいに郵便局がありますわ。久米郵便局。

――分かった。若狭大通りの久米郵便局やな。

――自分は十七軒、まわりました。

――腹減ったやろ。どこぞで飯食うか。

――郵便局の隣が食堂ですわ。沖縄食堂。

――よっしゃ、そこへ行く。先に食うててくれ。

電話を切った。こんな調子で橋岡の逃走先を突きとめられるのか。

日野にいって、国吉に協力を仰ぎ、沖縄県警の人員をもらって訊込みをする方法もあるにはある。がしかし、橋岡は指名手配中の被疑者ではない。高城と徳山の死体が発見されない限り、橋岡はただのオレ詐欺の被疑者であり、そんな小者の捜査に沖縄県警が本気で協力するとも思えない。

那覇の市内地図を手に若狭大通りへ歩いた。南国とはいえ、寒い。コートのボタンをとめた。

※　※

十二月十三日――。橋岡はチケットを買い、待合室に入った。マリンライナーの白い船体がゆっくり桟橋に近づき、係留される。タラップがかけられて乗客が降りてきた。待合室横の通路を抜けてターミナルを出ていく。橋岡のような観光客は数人しかおらず、あとはみんな島の住人らしかった。

マリンライナーは折り返し、渡嘉敷港を出る。本島の泊港着は十時三十五分。今日はどこへ行って、どこに泊まろうか。

昨日のホテルはなにもないところだった。テレビを切り、灯を消すと、聞こえるのは遠い潮騒だけ。高城と徳山を埋めた情景が何度も瞼に浮かんだ。篠《しの》つく雨、崩れる土、穴に流れ落ちる泥、高城を包んだブルーシート、徳山をくるんだ花柄の毛布――。

なんで、おれが……。なんで、こんなめに……。眠ろうとして眠れなかった。何度も目が覚めた。カーテン越しの空が白むまで、ずっと、うなされていたような気がする。

乗船案内が聞こえて、待合室の客が出ていく。橋岡も立ってデイパックを肩にかけた。

※　※

佐竹と湯川はホテル近くの喫茶店でハムサンドを食べ、上之蔵大通り沿いの宿泊施設から訊込みをはじめた。橋岡は那覇にいるのか、名護《なご》や本部《もとぶ》へ行ったのか、沖縄中に散った蜘蛛《くも》の子の一匹を捜すような捜査だが、正式な指名手配がなされていない現在《いま》、ほかに思いあたる有効な手段《すべ》はなかった。

上之蔵大通りから西消防署通り、九軒目のビジネスホテル『サンプラザ那覇イン』に入った。狭いエントランス、短いカウンター。フロントマンに手帳を提示して、橋岡恒彦、永井大輔という客が泊まっていないか訊いた。フロントマンはパソコンのモニターを覗き込んで首を振る。

「――ほな、こんな客に見憶えはないですか」数枚の橋岡の写真を見せた。

「この男のひとですか……」

フロントマンは戎橋筋商店街で撮った写真に見入った。「たぶん、お泊まりになったと思います」

「ほんまですか」

勢い込んで湯川がいった。「よう見てください。齢は三十三ですわ」

「茶髪ですよね。この縁なし眼鏡と細いあごが似てるように思います」平静な口調でフロントマンはいう。

「大阪弁でしたか」

「そうですね。関西弁でした」

「男の名前は」

「はい……」

フロントマンはマウスをクリックする。「――高橋正人さんです」

「部屋は」

「１７０２号室にお泊まりでした」

十日の夜にチェックインし、昨日、十二日の朝にチェックアウトしたという。

「高橋が書いた宿泊の申込書、見せてもらえますか」

「お待ちください」

フロントマンは後ろのキャビネットからファイルを出した。カウンターに置いて手早く繰る。「これですね」

筆跡をごまかすような乱暴な字だ。ほとんど枠からはみ出している。生年月日は〝昭和六十年八月九日〟、住所は〝和歌山県西牟婁《にしむろ》郡白浜町堅田１２３２―２〟だった。

「橋岡やな」

佐竹はいった。「西牟婁郡という字をまちがわんと書いてる。橋岡の本籍は和歌山の海南市や」

「この高橋いう客について、なにか憶えてることはありますか」フロントマンに訊いた。

「そうですね……」

フロントマンは首筋に手をやり、少し間をおいて、「チェックアウトのとき、泊港はどこかと訊かれて、地図をお渡ししました」

「泊港にはなにがあるんですか」

「フェリーターミナルがございます」

「フェリーはどこに行くんですか」

「渡嘉敷島、座間味島、久米島、粟国島、北大東・南大東島です」

橋岡は離島に渡ったのか。いまのいままで離島という発想はなかったが、気づいてみれば分からないでもない。逃亡者はひとに紛れる大都会か、ひとのいない僻地《へきち》を目指すものなのだろう。

「高橋の荷物は」湯川が訊いた。

「デイパックでしたね。黒い大型のデイパック」

「この宿泊申込書、いただけますか」

「はい。コピーしましょう」

「コピーしたら、原本のほうをもらいたいんです」

「わたしはどちらでもかまいませんが……」

フロントマンは怪訝な顔をする。橋岡の指紋採取という目的が分かるはずもない。

宿泊申込書をメモ帳に挟んでホテルを出た。昨日、国吉にもらった名刺を手に、県警捜査二課に電話をする。国吉本人が出た。

――大阪府警の佐竹です。昨日はお世話になりました。

――いやいや、大したことはしてません。

――橋岡恒彦が泊まったホテルが判りました。西一丁目の『サンプラザ那覇イン』です。

――それはよかった。で、被疑者は。

――昨日の朝、チェックアウトして泊のフェリーターミナルに向かった形跡があります。

――島に渡ったんですか。

――まだ確証がないんです。次席にお願いがあるんですけど、よろしいですか。

――泊から渡れる島の民宿、ホテル、コテージ等を調べるんですな。

――申しわけないです。お願いします。

――現地の署に手配しましょう。被疑者が宿泊しているようなら、佐竹さんに知らせます。

――なにからなにまで、ありがとうございます。

――これが仕事ですよ。わたしのね。

国吉は笑い、佐竹はまた礼をいって電話を切った。

「ゆーちゃん、泊のフェリーターミナルを張ろ。橋岡がどの島に渡ったにしろ、泊にもどってくるのはまちがいない」

「そら、よろしいね。先輩のいうとおりですわ。行きましょ」

湯川はタクシーに手をあげた。

※　※

マリンライナーは十時三十五分、泊港に着いた。橋岡はフェリーターミナルの売店で朝日と読売の朝刊を買い、近くの喫茶店に入ってコーヒーを飲む。朝刊二紙を隅から隅まで読んだが、振り込め詐欺の記事はなく、関西で遺棄された死体が発見されたような事件は載っていなかった。

矢代はヤクザに拉致された。たぶん、あいつは死んでる。死体はセメント詰めで海に沈められたか、山ん中に埋められた——。

関空で沖縄行きのチケットを買ったあと、橋岡はトイレで携帯を踏みつぶし、洗面所で水浸しにしたあと、トイレットペーパーにくるんでトラッシュボックスに捨てた。だから、電話がかかってくることはないし、携帯の微弱電波で場所を知られることもない。携帯がないのは不自由だが、なければないでかまわない。

橋岡が気になっているのは金だ。このまま残りの金を銀行に預けたままにしておいてもいいのか。高城名義の三協銀行の預金残高は四百五十万円、和泉信金のそれは二千七百万円だ。わざわざ支店に行きながら、なぜ全額を引き出さなかったのか。ひどく悔やまれる。万が一、矢代の死体が見つかったりすれば、警察の要請で銀行は高城の預金を凍結する。また、橋岡が預金を引き出せば、通報される恐れもある。

そう。高城の株を売ることはもうできないが、預金はみんな引き出して手元においておくべきだ。それも、一日でも早く。警察の捜査が及ばないうちに。

がしかし、沖縄で引き出すのはまずい。足がつく。それに沖縄には和泉信金の支店がない。

橋岡は喫茶店を出た。タクシーをとめる。「那覇空港」、そういった。

※　※

タクシーを降り、佐竹が料金を払った。後ろに立っていた湯川が、

「先輩、見ましたか」

「なにを、や」

「いや、交差点の向こうでタクシーに乗った男、橋岡みたいな気がしました」

「ほんまに、橋岡か」

「黒いバッグを肩にかけてたんです。紺色のキャップかぶって」

いいながら、湯川は笑った。「けど、ちがいますわ。いまは黒いバッグ持った男がみん

な橋岡に見えますねん」

「そのバッグはデイパックやったか」

「ちゃんと見てないんです」

茶髪ではなかったようだ、と湯川はいった。

「橋岡が昨日、フェリーで離島に渡ったとしたら、今日はまだ本島にもどってないやろ。おれはそう思う」

刑事の勘だ。橋岡が午前中に本島にもどるには、早起きして船に乗らないといけない。

「先輩、先にターミナルに行っててください。そこのコンビニで、食いもん買うて行きますわ」

「おれはおにぎりと味噌汁やな」

鰹節と梅干し、塩昆布――。言いおいて、佐竹はフェリーターミナルに向かった。

※　※

午後二時二十分、橋岡は関空エアポートビルを出た。タクシーに乗り、空港連絡橋を渡る。泉佐野市内の和泉信用金庫佐野支店前でタクシーを降りたのは二時四十五分だった。

橋岡は支店に入った。払戻申請書に二千五百万円と記入し、日付と名前、〝高城政司〟と書いて印鑑を押す。受付番号の紙をとってシートに座った。ふたり待ちだ。

番号が呼ばれて窓口へ行った。女性行員に通帳と払戻申請書を見せて、

「金をおろす前に確認したいんやけど、この通帳は有効ですよね」

「あの、どういうことでしょうか」訝しげに行員はいう。

「ちょっと事情があって、うちの経理担当が通帳の紛失届を出したかもしれんのです。先に調べてもらえませんか」

「あ、はい……」

行員は端末に口座番号を打ち込んだ。こちらからモニター画面は見えない。

「おっしゃるとおりですね。この通帳はお使いになれません」

「ほんまですか、それ」

動揺を隠した。「つい最近まで使えたんですけどね」

「そうですか……」

「いつ出たんですか、紛失届」

「それはちょっと、お答えできません」

行員の態度がぎごちない。奥のほうをちらちら見る。

ヤバい――。そう感じた。警察に手配されている。

「通帳、返して」低く、いった。

「もう少し、お調べしますから」

「ええから、返して」

ひったくるように通帳を取りもどして支店を出た。後ろを振り返る。追ってくるやつはいない。横断歩道を渡り、南海本線の泉佐野駅まで歩いて難波駅までの切符を買った。

※　※

午後三時──。携帯が振動した。着信ボタンを押す。沖縄県警の国吉だった。

──橋岡恒彦、渡嘉敷島に渡ったようです。

昨日の午前九時四十分ごろ、渡嘉敷島のフェリーターミナルから出てきた男が、客待ちをしていた送迎バスで阿波連地区の『あはれんマリンビレッジ』に入り、一泊したという。

──男はなんと名乗ったんですか。

──宿泊の申込書には〝田中正人〟と書いてました。

──その男は橋岡にまちがいないですか。

──駐在がマリンビレッジの主人と奥さんに確認しました。橋岡の写真を見せてね。

国吉は佐竹が渡した橋岡の写真のコピーを久米島や座間味島、渡嘉敷島の警察署、駐在所にメールで送った、といった。

──橋岡は今朝、マリンビレッジを出ました。送迎バスで渡嘉敷港へ行って、十時発のマリンライナーに乗ったようですね。

——マリンライナーはいつ、泊港に着くんですか。

——十時三十五分です。

しまった。一歩、遅れた。佐竹と湯川が泊のフェリーターミナルに来たのは十一時前だった。

——橋岡はデイパックを持ってましたか。

——黒の大きなバッグを肩にかけていたそうです。

橋岡の服装は、フードのついた灰色の上着にジーンズ、黒っぽい野球帽をかぶっていたという。

——その野球帽はマークがついてましたか。タイガーズとかヤンキースとか。

——そこまでは分かりません。

——いや、ありがとうございました。橋岡が本島にもどってきたと分かっただけでも大収穫です。

礼をいい、電話を切った。

「ゆーちゃん、橋岡は十時三十五分に泊港に着いた。このターミナルを出たんは四十分ごろやろ」

「ほな、自分が見た紺色のキャップの男は」

「どうやろな。橋岡やったかもしれん」

「くそっ、あのとき自分がちゃんと見てたら……」湯川は唇を嚙む。

「タクシー会社をあたろ。橋岡が乗ったんなら、行き先が分かる」

フェリーターミナルを出た。タクシー乗場へ行く。先頭の『コーラルＴＡＸＩ』に手をあげると、ドアが開いた。佐竹は手帳を提示して、

「すんません。協力願います。……那覇にタクシー協会はありますか」

「ありますよ。泉崎に」と、白髪の運転手。

「そこへ連れてってください」

乗り込んだ。佐竹も乗る。タクシーは走り出した。

「いつもフェリーターミナルで客待ちしはるんですか」湯川が訊いた。

「港の近くに来たときは、ですね」

「那覇のタクシー協会に加盟してるのは何社くらいですか」

「沖縄県全体で百四十社と聞きましたね。那覇はそのうちの半分でしょう」

那覇のタクシー台数は千五百台ほどだろうという。

千五百台なら、橋岡の乗ったタクシーを割れるかもしれない、と佐竹は思った。今日の午前十時四十分前後、泊フェリーターミナル周辺で黒の大型デイパックを持った客を乗せたタクシーを特定すればいいのだから。

佐竹は日野に電話をした。

――特殊詐欺捜査班。

――佐竹です。橋岡は今日の十時三十五分、渡嘉敷島から泊港にもどってきました。経緯を報告した。日野はときおり相槌《あいづち》を打ちながら聞いている。

――橋岡がフェリーターミナルからタクシーに乗ったとみて、足どりを追います。

――ちょっと待て。ついさっき、信金の閉店間際に高城の通帳で預金をおろそうとしたやつがおる。和泉信用金庫の佐野支店や。

――それ、橋岡ですか。

――橋岡やろ。高城の通帳と印鑑を持ってんのは橋岡しかおらん。

男は茶髪、レンズの角張った縁なし眼鏡をかけ、黒のデイパックを提《さ》げていた。

――齢は三十代半ばや。眼が細うて鼻が高い。橋岡に一致する。

――紺色のキャップはかぶってなかったですか。

――それは聞いてない。

――和泉信金の佐野支店は関空から何分ほどですか。タクシーで。

――十五分から二十分やろな。

――そうか。そういうことですか。

橋岡はタクシーで泊のフェリーターミナルから那覇空港へ行ったのだ。そうして十二時前後発の飛行機に乗り、大阪へ飛んだ。関空着は二時前後だから、和泉信金の佐野支店へ行くには間に合う。

　佐竹はほぞを噛んだ。すんでのところで橋岡を逃がしたのだ。

「運転手さん、那覇空港へ行ってください」

「タクシー協会は」

「いや、もう用事がなくなったんですわ」

「だったら、この道をまっすぐ行って明治橋を渡りましょう」

「すんませんね。ややこしいことをいうて」

「刑事さんは大阪から？」

「そう。大阪府警」

「飛行機の切符は支給されるんですか」

「航空運賃は事後精算ですわ。タクシー代もね」

「なにか旨いものを食べましたか。沖縄で」

「グルクンとかラフテーは旨かったですね」

「テビチやイリチーもいけますよ」

　運転手はよく喋る。適当に相手をするうちに那覇空港が見えてきた。

※　　※

難波——。橋岡は改札を出た。地下街に降りる。喫茶店に入ってコーヒーを注文し、煙草を吸いつけた。

なんでや。なんで五百万ずつしかおろさんかったんや——。

四千万の札束はかさばるから？　重いから？

それもあっただろう。が、あのときは考えが及ばなかったのだ。

電車に乗っているあいだ、ずっと悔やんでいた。四千万円が頭の中をぐるぐるまわっていた。

三協銀行の通帳はまだ使えるのか——。

甘い。高城の通帳はもうダメだ。使い物にならないし、持っていると足がつく。

そう。矢代の死体が発見されたのだ。警察はその事実を伏せている。

どうする。これから——。

大阪は危ない。どこか遠いところへ飛ぶのだ。

北海道。札幌、函館——。雪に降り込められる。

東京、横浜——。高校のころの連れが何人か働いている。どこで鉢合わせするとも限らない。

四国、九州——。気が向かない。

なにも、そこに根を張ることはないのだ。日本中を転々とすればいい。女と知り合っていっしょに暮らすのもわるくない。

コーヒーを飲み、キャップをかぶって喫茶店を出た。地下街の旅行代理店に入ってパンフレットを見る。カウンターの女が立って、そばに来た。赤いセルフレームの眼鏡をかけている。

「ご旅行ですか」

「まあね……」

「スキーツアーとか？」

「寒いのは嫌いやねん」

「ご旅行はおひとりで？」

「いや、ふたり」

「この時期、おふたりなら、宮崎、長崎がお勧めです」

うるさい女だ。向こうへ行け。

〝石垣島・宮古島〟のパンフレットが目についた。手にとる。〝二泊三日　三万八八〇〇円〟とある。

「石垣島と宮古島はどっちが広いんかな」

「同じくらいですね。石垣島のほうが少し広いです」

「人口は」

「人口も同じくらいだと思います。五万人です」

「へーえ、そんなに多いんや」

意外だった。沖縄から遠く離れた諸島に五万人――。「石垣島のツアー、ここで買えるんですか」

「もちろんです」女はにっこりした。「お日にちは」

「明日」

「明日ですか……」

「無理？」

「いえ、チケットはとれると思います」

女はカウンターに座った。キーボードを叩く。「大丈夫です。おふたりですね」

「いや、ひとりにする。行っておもしろかったら、次、ふたりで行くし」

「お客さまのお名前をちょうだいしていいですか」

「高木、高木正人」

「承知しました。高木正人さまおひとりでチケットをおとりします」

明日、十二月十三日九時五分、関空発のＡＮＡ１７４７便を予約した。橋岡は料金を支払い、ツアー予約票をもらって代理店をあとにした。

21

那覇空港——。ＡＮＡの発券カウンターに行った。係員に手帳を提示し、今日の昼ごろ、この男が関空行きの航空券を購入したか、と橋岡の写真を見せると、あっさりうなずいた。

「よく憶えてます。十一時半ごろに来られて十二時二十分発のチケットを現金で購入されました」

「紺色のキャップをかぶって、黒いデイパックを持ってましたか」

「キャップはかぶってられたように思います」デイパックは記憶にないという。

「名前、分かりますか。その客の」

「分かります」

係員はマウスを操作した。「永井正人さまです」

永井正人——。まちがいない。橋岡だ。

「便名は」

「１７１０便です」

「関空着は」

「十四時二十分です」

「ありがとうございました」

カウンターを離れた。日野に電話をする。

――佐竹です。橋岡は〝永井正人〟という名前で那覇空港発、関空着の飛行機に乗りました。

橋岡が関空で沖縄行きのチケットを買ったときは〝永井大輔〟、那覇の『サンプラザ那覇イン』に宿泊したときは〝高橋正人〟、渡嘉敷島の『あはれんマリンビレッジ』に宿泊したときは〝田中正人〟の偽名を使ったといった。

――永井大輔、高橋正人、田中正人、永井正人……。橋岡は〝永井〟いう名字と〝正人〟いう名前を使うことが多いみたいですね。

――分かった。橋岡が和泉信金の佐野支店から関空へもどった可能性を考えて、空港署に手配する。橋岡がまたどこかに飛びよったら、同じような偽名を使うかもしれん。

――いま、那覇空港にいてます。このあと大阪に帰りたいんですけど、よろしいか。

――そうやな。そうしてくれ。

――夜、班にもどります。

電話を切った。カウンターに行く。十七時四十五分発の便がとれた。

「ゆーちゃん、あと二時間ほどある。なんか食うか」

「ソーキそばですね」

「ビールも飲も」

関空に着くころには酔いも覚めているだろう。

※　※

島之内――。ラブホテルに入って寝た。目覚めたのは夜の十時。また眠ろうとしたが、眼が冴えて眠れない。フロントに電話をした。

――ここ、女の子を呼べるんかな。

――ごめんなさい。そういうサービスはしてないんです。

斡旋《あっせん》はしないが、泊まり客が女を呼ぶのは自由だという。

――ほな、夕刊紙とかスポーツ新聞はある？

――はい。お持ちしましょうか。

――頼みますわ。

受話器を置いた。少し待って、ノック。ドアを開けると、四十がらみの女が立っていた。

橋岡は新聞を受けとって部屋にもどった。

タブロイド判のスポーツ新聞を開くと、見開きのすべてが〝デリヘル〟の案内広告だった。ご丁寧に、いくつかの広告がピンクの蛍光ペンで囲われている。なんのことはない、このホテルが斡旋をしてリベートをとっているのだ。

橋岡は蛍光ペンのデリヘルの番号を押した。

──お電話ありがとうございます。『フェミニン』です。

──おたく、泊まりもやってるんかな。

やってる、といった。料金は五万円と女の子の送迎費だという。

──お客さん、どこにいてはるんですか。

──島之内。『マンハッタン』。

──あ、島之内なら送迎費は要りません。

──チェンジできる、て書いてるよね。案内に。

──いまスタンバイしてるのは、その写真の子です。二十歳です。

──分かった。頼むわ。泊まりで。

『マンハッタン』の６０５号室。高木という名をいって電話を切った。

※　※

午後九時──。特殊詐欺捜査班に帰着した。班長の日野、係長の柏木以下、班の全員がそろっていた。

「ご苦労さん」

日野がいった。「橋岡の偽名は手配した。関空、伊丹空港、神戸空港、旅行代理店。航空券を扱うとこはみんなや」

「沖縄はどないやった。温《ぬく》かったか」柏木がいった。

「大阪と変わらんですわ。けっこう寒いです」

「ま、茶でも飲め。捜査会議や」

いわれて、急須の茶を湯飲みに注ぎ、デスクに腰をおろした。湯川も座る。

「みんな疲れてるやろから、手短にしよ」

日野がいった。「徳山英哲は依然、消息不明。足どりもなし。死んだとみてまちがいないやろ。高城グループサブオーナーの新井登茂子については、もうちょっと泳がせといて、掛け子グループといっしょに引く」

青木亮、小沼英二を除く掛け子四人について、野田、松尾と名乗っていた男の身元は割れたが、村山と富田のそれがまだ判明していない――。

「青木は思てたよりしぶとい。いまだに完全黙秘や」

柏木がいう。「青木は掛け子のアガリを高城と亥誠組に納めてた。高城はともかく亥誠のことを喋ったらタダではすまんと怯えとる」

「いっそ、ガサかけるのはどうですか、亥誠組に」大森がいった。

「そいつは考えもんやな。いま網を広げすぎたら穫れる魚も逃がしてしまうやろ」

亥誠組に対する捜索令状の題目もない、と柏木はいう。「なんにしても、青木を落とさんことには前に進まん。我慢比べや」

「玉城と比嘉はなにもかも吐いたんですか」湯川が訊いた。

「吐いたな」

柏木がいった。「けど、オレ詐欺のことは知らん。あのチンピラどもは兄貴分の徳山を捜してただけや」

「矢代の容体はどうです」

「全身打撲。頭蓋骨陥没。左眼は潰れたけど、死にはせん。運のええやっちゃ」

瀕死の重傷を負い、片眼が失明しても、運がいいというのだろうか。矢代が高城、徳山殺し、それも強盗殺人の共犯なら、死刑は免れない――。

「野田と松尾の身元は」佐竹が訊いた。

「野田の本名は渡部勇樹、二十三歳。元ホストクラブ従業員。ヤサは鶴見区徳庵のアパートやけど、もどった形跡はない」

松尾の本名は北尾健、二十一歳。渡部と同じホストクラブに勤めていた。大東市赤井のアパート住まいだが、これも逃走中だと、柏木はいう。「村山と富田は青木がスカウトしてきた。チームに入って四、五カ月らしい。枚方の貸倉庫で押収した遺留品から指紋を照合してる」

「橋岡、渡部、北尾、村山、富田を引く」

日野がいった。「むろん、重点目標は橋岡恒彦や。頑張ってくれ」

「五人を引くまで休みはないぞ」柏木がつづけた。

「すまじきものはなんとかですね」

小さく、湯川がいった。佐竹はうなずいて、湯飲みの茶を飲みほした。

※　　※

目覚めたとき、女はいなかった。明け方、シャワールームから出てきて化粧をしていたような気がする。

ハッ、と思った。橋岡は毛布を蹴って飛び起きた。クロゼットの扉を開ける。デイパックはあった。ジッパーを引く。ショッピングバッグに包んだ一千万の札束は無事だった。

なにをしてたんや。この金がなかったらどこにも行けんぞ——。

胸をなでおろした。ペニスが縮んでいる。昨日は二回もしたのだ。ブリーフを穿き、ベッドの脇に落ちていたコンドームを拾って屑箱に捨てた。

ラブホテルを出たのは七時だった。タクシーで南海電鉄の難波駅。ラピートに乗って関空へ向かう。九時五分発の石垣便には充分、間に合うだろう。

※　　※

八時二十分――。刑事部屋に入った。城間と梨田が席にいる。湯川がデスクでシェーバーを使っていた。

「よう寝たか」訊いた。

「寝ましたね。家に帰ってビール飲んだら、バタンキューですわ」

湯川はシェーバーをとめた。「朝、シャワー浴びて、髭も剃らずに出てきました」

「勤勉や。公務員たるもの、かくあるべし」

椅子に座って首をまわした。カクカクッと音がする。「よめさんの調子はどうや」

「順調ですわ。昨日が定期検診でした」

「順調がなによりや。丈夫な子が生まれるようにな」

「人間の脂肪細胞て、子供のころに数が決まるらしいですね。もし女の子が生まれて、父親と同じ体型やったら悲惨ですわ」

「ゆーちゃんは子供のころから肥えてたんか」

「標準体型やったときはないですね。首のまわりとか膝の裏とか、冬でも汗疹《あせも》だらけで、天花粉が離せんかった」

「天花粉……。いまどき聞かん言葉やな」

「ベビーパウダーとかシッカロールですよね」

湯川はまたシェーバーを使いはじめた。

日野が部屋に入ってきた。北尾の女が割れたという。

「南堀江一丁目のマンションや。中山奈々。『パルムメゾン堀江』１２０８号室。四人で行ってくれるか」

捜索令状はない。北尾が部屋にいたら任意同行を求めるよう、日野はいった。

佐竹は立ってコートを持った。湯川と城間、梨田も立ちあがった。


南堀江――。『パルムメゾン堀江』の塀際に車を駐め、敷地内に入った。玄関ガラスドアはオートロックだが、待つ間もなく、スーツの男が出てきた。佐竹たちは替わってエントランスホールに入り、メールボックスを見る。１２０８号室のネームプレートは《中山》だった。

十二階にあがった。湯川がインターホンのボタンを押す。はい、と女の声で返答があった。

――大阪府警です。

湯川はレンズに向けて手帳をかざした。

――中山奈々さん、訊きたいことがあります。開けてくれますか。

――なんですか、朝から。

――北尾健というひとを知ってはりますよね。

――誰です、それ。

女は動揺している。声で分かった。

――ドアを開けてくれませんかね。話はすぐに済みますから。

――はい。

少し経って錠がはずれた。ドアが細めに開く。湯川はすかさず、靴先を入れた。

「すんませんね。特殊詐欺捜査班です」

「…………」女は黙っている。

「北尾健さん、ここにいてますよね」

「いません。そんなひとは」

女はそういったが、奥のほうをちらちら見る。

「部屋を見せてもろてもよろしいか」

女はうなずいた。北尾を逮捕してくれと、顔でいっている。

湯川、佐竹、城間、梨田と、つづけて中に入った。靴を脱ぎ、廊下にあがる。女は右のドアを指さした。

佐竹はドアを開けた。白いスウェットを着た小肥りの男がソファに座っていた。

「北尾健さん？」

訊いた。男は俯いたまま、なにかつぶやいた。

北尾を車に乗せ、城間と湯川が両脇に座った。佐竹は車のそばに立ち、日野に電話する。

——佐竹です。北尾を確保しました。これから本部に向かいます。

——待て。いま、共助課から連絡がきた。昨日の午後四時すぎ、なんばウォークの旅行代理店で石垣島ツアーの航空券を買うた男がおる。高木正人。橋岡が使う偽名と一致する。

——その男の特徴を教えてください。

——齢は三十すぎ。眼鏡に野球帽。大きなバッグを提げてた。

——それ、橋岡ですわ。

——旅行代理店に行ってくれるか。なんばウォークの『OSウイングツアー』や。

男に応対したのは古谷という女性だと、日野はいった。

「ゆーちゃん、難波へ行こ」

湯川にいった。「橋岡の足どりをつかんだ」

湯川は車を降りた。梨田が運転して、車はマンションを出ていった。


歩いて難波へ行き、地下街に入った。なんばウォークの案内表示を見ると、『OSウイングツアー』は駅の東、千日前筋あたりにあった。

なんばウォークを東へ歩いた。喫茶店やファストフード店は開いているが、物販の店はどこも閉まっている。まだ十時前だ。

「ゆーちゃん、コーヒーでも飲も」

ハンバーガーショップに入った。湯川はチーズバーガーとブレンド、佐竹はカフェオレを注文し、トレイに載せてテーブルに運ぶ。

「朝飯、食わんかったんか」

「食いましたよ。卵かけご飯と味噌汁、鯵《あじ》の干物」

「そら、脂肪細胞が増えるはずや」

「食いもの屋に入って飲みものだけいうのは、頭の回路にないんですわ」

湯川はチーズバーガーを頰張り、佐竹はカフェオレに口をつけた。


十時すぎ、ハンバーガーショップを出た。千日前筋のほうへ行く。『OSウイングツアー』はまだ開いていなかった。シャッターに〝10：50〜20：50〟と、営業時間が書かれている。シャッターに通用口はなく、中にひとがいる気配もない。

「なんと、悠長な商売しとるわ」

「夜は九時前までやってるからでしょ」

「また、なんぞ食うか」

「堪忍してください。もう食えませんわ」大きな腹を湯川はさすった。

近くの書店に入った。沖縄のガイドブックを手にとる。〝石垣島〟の項を開いた。

《沖縄本島からさらに南西へ約430km。年平均温度24・3度と温暖な気候に恵まれた八重山諸島の中心で、観光や交通の起点となっている。沖縄県の最高峰於茂登《おもと》岳（526m）を主峰として山並みが連なり、美しい海を見おろせるビュースポットが点在。港の周辺は、日本最南端の都市として活気づいている。

石垣島は周囲が約162km。島の南側に隆起サンゴ礁の平野が開け、市街地や空港、離島行きの港などがある。北側には山を連なった半島が幾重にも連なり、海岸沿いに道路が延びている。大きな島なので、観光ポイントを回りながらゆっくりドライブすると、1日はかかる。島内には多くのレンタカー会社があり、ほとんどがホテル、空港、港へ無料送迎をしてくれる。

面積は222・6平方キロ、人口は約45000人で、島の南部に集中している。》

「ゆーちゃん、四万五千人も住んでるんやと」

「そら多いですね。夏場は五万人になるんとちがいますか」

高校二年の夏休み、石垣島で五日ほどキャンプ生活をしたことがある、と湯川はいった。

「それはなんや、サークルか」

「生物研究部です。サンゴ礁の底生動物と、ウニの発生をリポートしました」

初耳だ。ウニを食うのが目的ではなかったのか。

「先輩、パイプウニて、知ってます？」

「知らんな」

「パイプみたいな太い長い棘《とげ》のウニでね、生きてるときは紅色ですねん。かわいいですよ」潜ると、サンゴの陰でときどき見つけたという。

「食うたんか」

「食えますかいな。採ったら罰せられますねん。自分が研究したんはガンガゼです」

研究、という言葉は笑えた。

「ガンガゼいうのは食えるんか」

「棘ばっかりで身がないんですわ」食用にはなるのはムラサキウニとバフンウニだという。

「しかし、ゆーちゃんが生物研究部とはな」

「仲良しサークルです。九官鳥の鳴き方とかハリガネムシの生態とか研究してるやつもいてました」

残念ながら生物研究部に女子はいなかったという。

「ハリガネムシて、なんや」

「知りませんか、カマキリの寄生虫」

「寄生虫には興味ないな」

「有鉤嚢虫《ゆうこうのうちゅう》とか、怖いんですよ。人間の脳に寄生するし」

「分かった。そういうのは独りで研究してくれ」湯川は感染したのかもしれない。その寄生虫に。

ガイドブックを買って領収書をもらった。

十一時──。『OSウイングツアー』に行った。いらっしゃいませ。おはようございます──。カウンターの女性が愛想よくいった。

「いや、お客とちがいますねん。大阪府警です」

手帳を見せた。「古谷さんは」

「わたしです」

赤いセルフレームの眼鏡、色の白い丸顔の女性だ。

「府警に通報してくれたんは古谷さんですか」

「はい、そうです」

昨日、本町の大阪支社に警察から問い合わせがあり、総務部長が〝永井〟〝正人〟という客の名をメモした。そのメモを古谷が見て、支社から警察に通報したという。

「この男ですか。石垣島ツアーを申し込んだのは」

橋岡の逮捕写真と戎橋筋商店街で撮った写真を見せた。古谷は覗き込んで、

「そうです。このひとでした」と、うなずく。

「服装は」

「さぁ、どうでしたか……」服装は記憶にない、といった。

「バッグは黒のデイパックでしたか」

「はい、デイパックでした」

橋岡がカウンターに置いたデイパックは、けっこう膨らんでいた、と古谷はいった。

「野球帽のマーク、憶えてはりますか」

湯川が訊いた。ごめんなさい、憶えてません、と古谷は首を振る。

「石垣島行きの航空券は」

「本日、午前九時五分、関空発のＡＮＡ１７４７便です」

十一時三十分、石垣空港着だという。

「十一時半か……」橋岡はいま、飛行機に乗っている。

佐竹は日野に電話をした。

――班長、石垣島に飛んだんは橋岡です。沖縄県警に協力を要請してください。橋岡は十一時半に石垣空港に着きます。

空港で橋岡らしい搭乗客に職質をかけ、デイパックを改めるよういった。

――デイパックの中には一千万の札束が入ってるはずです。

――分かった。共助課にいう。

——それと、ゆーちゃんと自分も石垣に飛んでよろしいか。

——ああ、飛べ。橋岡を引け。

——了解です。

電話を切った。古谷に訊く。

「今日、石垣島に飛ぶ便はありますか」

「本日はもう、直行便はありません」

「那覇経由は」

「関空発ですね」

いって、古谷はキーボードを叩いた。「十三時四十五分発のジェットスターがございます。那覇着が十五時五十分。十六時二十分那覇発のANAに乗り継げば、十七時二十分に石垣着です」

「それ、とれますかね。ふたりです」

「たぶん、とれると思います。シーズンオフなので」

古谷はマウスを滑らせた。

※　　※

飛行機は定刻どおり石垣空港に着いた。橋岡はウイングから延びた通路を歩いて空港ビルに入る。エスカレーターでロビーに降り、ガラス張りのビルを出た。広大な駐車場、その向こうに一面の緑が広がっている。名は分からないが、棕櫚《しゅろ》のような葉の細長い木が多い。日差しは強く、暖かい。大阪とは十度はちがうだろうか。冬からいきなり春に来た。

デイパックからキャップを出して被った。タクシー乗場へ行く。客待ちのごま塩頭の運転手が、観光ですか、と訊く。橋岡はうなずいた。

「お泊まりは」

「まだ決めてない」

「それなら、案内しましょうかねぇ。民宿？　ホテル？」

「いや、島を一周してみたい。ホテルはそのあとで決めるわ」

機中読んだガイドブックだと、御神崎《おがんざき》や玉取崎といったところがおもしろそうだ。

橋岡はタクシーに乗った。運転手も乗ってシートベルトを締める。

「わたし、宮良《みやら》といいます。よろしくねぇ」

「おれ、高木」

煙草をくわえた。「ええかな」

「はいはい、どうぞ。わたしも吸いますから」

そういえば車内に煙草の臭いが染みついている。

宮良はエンジンをかけた。発進する。

「鍾乳洞から行きましょうか。この近くだから」

「好きに行って。急いでるわけやないし」

空港を出たところでパトカーとすれちがった。赤色灯はまわしていたが、サイレンは鳴らしていない。橋岡は振り返った。パトカーは空港に入っていった。

「あのパトカー、どこから来たん？」

「登野城《とのしろ》に八重山署がありますよ」日本最南端、最西端の警察署だという。

「交番もあるん？」

「交番も派出所も駐在所もあります」

いやな感じがした。日本中、どこへ行っても警察署があり、警察官がいる。

矢代はたぶん、殺された。矢代は永遠に失踪したままだ。矢代はヤクザに責められて高城と徳山を埋めた場所を吐いたかもしれないが、ふたりの死体——けっこう腐っているだろう——が掘り起こされることもない。

そう、矢代は死んだ。あいつさえ死んだら、おれはどうってことない——。

自分に言い聞かせた。もう大阪と和歌山にはもどれないが、生きていけるところはいくらでもある。この一千万があれば、二年や三年はしのげる。

考えている間もなく、タクシーはとまった。石垣島鍾乳洞、と宮良がいう。駐車場の奥に朱塗りの門が見えて、〝龍宮城鍾乳洞〟と切り文字が取り付けてある。

「中は広いですよ。迷路のようになってます」

「金が要るんかな。入るのに」

「入場料は千円と消費税です」

「高いな」

入る気は失せた。金を払ってまで洞窟を見ることはない。「次、行って」

「じゃ、川平《かびら》湾に行きますか」

「遠いとこにして。島の北のほう」

駐車場を出た。道路の両側にサトウキビ畑が広がっている。眠い。シートにもたれて眼をつむった。

※　※

石垣島――。空港派出所に入った。身分を明かすと、地域課の登野城《とのしろ》という五十がらみの警官が応じて、県警本部から八重山署に手配連絡が入ったのは十一時四十分だったといい、ANA１７４７便の高木正人という搭乗客は空港ビルを出たあとだったといった。

「高木こと橋岡恒彦とみられる男は空港からタクシーに乗りました。個人タクシーです。運転手は宮良洋次といいます」

「宮良さんは、どこに橋岡を乗せて行ったんですか」

「島の北端の平久保崎まで行ったあと、引き返して崎枝《さきえだ》の『さきえだホテル』に橋岡は投宿しました。午後三時ごろです」

大阪から捜査担当の刑事が来ると聞いて、さきえだホテルには連絡をしていないが、ホテルは崎枝湾を西へ行った屋良部《やらぶ》岳の麓《ふもと》にあり、付近に観光施設や飲食店がないため、橋岡はホテルから出ていないだろう、と登野城はいった。

「大きなホテルですか、さきえだホテルは」

「ホテルというよりは民宿ですね。二階建で、部屋は十二、三室でしょう」

「橋岡が何号室に入ったかは分からんのですか」

「分かりません。電話をしましょうか」

「いや、我々が行きますわ。ホテルに」車を貸してくれ、と頼んだ。

「おふたりだけで行かれますか」

「できたら、登野城さんに連れていってもらえたら」

「了解です。行きましょう」

登野城はデスクの抽斗からキーを出した。

車は白のミニバンだった。車体に艶はなく、潮風のせいだろう、下まわりのところどころに錆《さび》が浮いている。湯川は助手席、佐竹はリアシートに座り、登野城が運転して崎枝に向かった。

佐竹は日野に電話をし、状況を報告した。

——一時間ほどで崎枝に着きます。橋岡の部屋を確認したらカチ込みます。

——応援は車の中で待たせとけ。橋岡を引くんは大阪府警や。

——はい、そのつもりです。

日野にいわれるまでもない。登野城は制服を着ているから、橋岡に気取られる恐れがある。

——大森が病院で矢代の調べをした。徳山は死んでる。橋岡が殺した、と吐きよった。

——死体は。

——橋岡が埋めた。場所は橋岡が知ってる。

——高城の死体も同じとこですか。

——そうやろ。たぶん。

——矢代は殺しを否定してるんですね。

——なにもかも橋岡に被せる肚や。

——自分は、矢代が主犯のような気がします。

——予断はええ。橋岡を引け。それで判る。

——崎枝に着いたら、また連絡します。

——分かった。そうしてくれ。

電話は切れた。車は二車線の国道を走っている。夕陽が西の空を染めていた。

※　※

フロントに電話をして、夕食は六時半からと聞いた。橋岡は煙草を消し、立ってジップパーカをはおる。窓越しに、坂道をあがってくる車が見えた。白っぽい車体はタクシーではなさそうだ。

車寄せに停まったのはミニバンだった。ヘッドランプが消え、ドアが開く。ルームランプが点いて運転手が見えた。

「えっ……」

思わず声が洩れた。制服警官だ。

ふたりの男が車外に出た。どちらも丈の短いコートを着ている。リゾート客ではない。運転の警官を残して、ふたりは玄関に入っていった。

橋岡は窓から離れ、デイパックを手にとった。ベッドルームにもどり、バルコニーの掃き出し窓の錠を外す。まだ逃げるのは早い。さっきの男たちが刑事とは限らない。

ドアがノックされた。返事はしない。高木さん、と呼びかける声がする。

橋岡はバルコニーに出た。デイパックを背負って、手すりを跨《また》ぎ越す。下は芝生だ。

身体をかがめて飛んだ。着地と同時にころがる。左の足首を捻《ひね》ったが、痛みはなく、大したことはない。

起きあがって芝生の庭を走った。蘇鉄《そてつ》の植込みのあいだを抜けて灌木の茂みに入る。ホテルの明かりがとどかず、足もとが見えない。

うずくまったまま、じっとしていた。少しずつ眼が馴れてくる。空を見あげると満天の星、月が丸い。

ホテルを見やると、二階のバルコニーに男がふたり立って周囲を見まわしていた。橋岡の部屋に入ったのだ。もうまちがいない。やつらは刑事だ。

橋岡はあとずさり、ホテルを離れた。どこをどう歩いているのか分からない。捻った足首が痛みだした。やがて灌木が途切れて視界が開け、潮の匂いがしてきた。遠く点滅している光が見えるのは灯台だろうか。

草むらに腰をおろしてデイパックを肩から外した。ジッパーを引き、中の札束を確かめる。煙草をくわえたが、火をつけようとしてやめた。煙草を捨てる。

ジーンズをめくり、靴下をおろした。左の足首が腫れている。踝《くるぶし》のあたりを押すと激痛が走った。

捻挫《ねんざ》や――。ここまで歩いてこられたのだから骨は折れていないようだが、痛みは強くなる一方だ。足首全体に熱をもっている。

デイパックを背負って立ちあがった。左足に体重がかかるとかなり痛い。それでも、ゆっくり歩きだした。

小高い丘を越えると、灯台に出た。海風が吹きあげてくる。コンクリート擁壁《ようへき》の遥か下、薄闇の底に波頭が見えた。磯まで四、五十メートルはある断崖だ。

海水で足首を冷やそうと思った。でないと歩けなくなる。

月明かり、灯台から崖に沿って左へ行くと、眼下に階段らしいものがあった。岩を刻んで下に延びているが、幅は狭く、傾斜はきつい。ほんの少しバランスを崩しただけで崖下の磯に叩きつけられるだろう。

あかん。こんなとこ降りられへん――。岩陰にまた腰をおろした。寒い。正面から風が吹きつける。

おれはいま、どこにおるんや――。ホテルが崎枝にあり、山の麓にあったことは知っている。橋岡はバルコニーからホテルの裏に飛び降りて、灌木の茂みを抜けてきた。山を少しずつのぼり、崖に出た。ということは、ホテルから西へ来たらしい。

石垣島の市街地は島の南端だ。空港もその近くにあるが、飛行機でこの島を出ることはできない。

船だ。どこか漁港まで歩いて、漁師に頼むのだ。西表《いりおもて》島に渡してくれ、と。

金はある。十万でも二十万でもいい、金を見せれば漁師を雇える。

捕まってたまるか。西表でも台湾でも、どこまでも逃げたる。この一千万で――。

矢代は死んだ。このおれが逃げおおせたら、高城と徳山殺しが明るみに出ることはない――。

足首が痛い。腫れもひどい。磯へ降りて冷やさないといけない。歩けなくなったら漁港へも行けないのだから。

膝をついて立った。痛みをおして階段を降りはじめる。傾斜の急なところには、錆が浮いてごつごつしたチェーンが張られていた。

※　※

佐竹はバルコニーから部屋にもどり、ドアのそばに立っているフロントマンに訊いた。

「高木正人がこの部屋におったんは確かですね」

「はい。外出されるところは見てませんから」

部屋のキーは客が外出する際もフロントで預かりはしない、といった。

「廊下から声をかけたときに、バルコニーから飛び降りよったな」湯川にいった。

「自分が裏で張ってるべきでした」

「それはしゃあない。こっちはふたりしかおらん」

佐竹はいい、フロントマンに、「ホテルの裏はどこにつづいてます」

「道路はありません。山を二キロくらい行くと御神崎に出ます」

「御神崎いうのは」

「太平洋を望む絶壁です。灯台があります」

橋岡は御神崎へ向かったような気がする。佐竹は地図を広げた。御神崎から南へ行くと牧場、そこから東へ行くと崎枝の集落にもどる。

佐竹と湯川は部屋を出た。ロビーに降り、外に出る。登野城はミニバンのシートにもたれて眼をつむっていた。

佐竹はドアを引いた。ハッと、登野城は起きる。

「橋岡は部屋にいてませんわ」

逃げられた、とはいわない。「裏のバルコニーから山に入ったみたいです」

「遺留品は、煙草の吸殻が三本と缶ビールの空き缶が二本です」

湯川がいった。「そのままにしてますから、指紋を採取してください」

「はいはい、鑑識に頼みましょう」

「我々は山に入って御神崎に行きます」

佐竹がつづけた。「登野城さんは本署に連絡とって、崎枝の集落を張ってくれますか」

「もう日が暮れました。橋岡を追うのは明日でいいんじゃないですか」

たかがオレ詐欺の容疑者に大げさだとでもいいたそうだ。「島を出るのは飛行機かフェリーしかないんだから」

「とにかく、我々は橋岡を追います。集落を張ってください」

「分かりました。そうしましょう」登野城はうなずいた。

「ほな、頼みます」

一礼して、ミニバンを離れた。

ホテルに入って懐中電灯をふたつ借りた。また外に出て建物の裏にまわる。橋岡のいた203号室のバルコニーの下、芝生にくっきりと飛び降りた痕があった。

「たぶん、こっちや」

裏庭を出た。蘇鉄の植込み。灌木の枝が一本、折れていた。橋岡はやはり、山に入ったようだ。

佐竹と湯川は懐中電灯を消した。明かりは遠くから見えるから、橋岡に勘づかれる恐れがある。茂みを歩くうちに眼が馴れてきた。

三十分ほど歩くと、開けた場所に出た。風が左から吹きつける。

「冷たいな」

「師走の風ですわ。大阪はもっと寒いでしょ」

「あと半月で正月か」

「今年もあっというまに過ぎました」

「来年は父親やな、ゆーちゃんも」

「子供ができたら、めちゃ早いといいますね。齢とるの」

「そら、子供の成長は早いからな」

懐中電灯を消し、おたがい、小声で話す。どこに橋岡がいるか分からないから。

段丘を越えた。御神崎の灯台の光がみえる。そう遠くはない。水平線の先、真っ白な月が輝いている。雲がない。航行する船もない。

足もとを確かめながら進み、灯台にたどり着いた。擁壁に立って海を見おろす。微かに聞こえるのは潮騒か。波が磯を巻き込み、青い光が散った。

「夜光虫か……」

コートの襟元を合わせた。

※　　※

二十メートルほど降りただろうか、草の生えた平坦な岩棚を越えた先で崖が崩れていた。階段は途切れてチェーンが垂れさがっている。昼間ならまだしも、ここで無理をすれば滑り落ちる。海面まではまだまだ遠いし、大きな岩が壁から突き出している。
あかんな——。磯へ降りるのは諦めた。少しもどって壁面に寄りかかった。左の足首は痺れている。右足もだるい。こんな状態で夜明けまでに漁港へ行き、船に乗れるのか。西表島に渡れるのか。
最低やで——。独りごちた。おかしい。笑いがこみあげる。煙草をくわえ、堂で風を避けて吸いつけた。

※　※

崖の下でなにかが光った。赤い光だ。

「ゆーちゃん、見たか」

「見ました」

「橋岡か」

「ですね」

「行こ」

懐中電灯を点けた。灯台を離れ、崖に沿って左へ移動する。岩を穿《うが》った階段があった。

「これや。ここから降りよったな」

「どうします」

「降りるのは危ないな」

ふたり並んでは降りられない。橋岡が抵抗すると転落する恐れがある。佐竹は階段の上に立ち、崖下に懐中電灯を向けた。

※　　※

橋岡──。声が聞こえた。

あがってこい──。見あげると、明かりがちらちらしている。

「これまでか……」

つぶやいた。刑事もしつこい。大阪から追ってきたのだろうか。

疲れた。逃げることに疲れた。もうええ──。

煙草を捨てた。岩棚をもどる。右手でチェーンをつかみ、左手を伸ばす。左の靴先が窪みをとらえた。チェーンをつかんだまま壁に張りつき、体重を左に移していく。

橋岡──。また聞こえた。

やかましい。待っとれ──。

瞬間、窪みが崩れた。滑る。デイパックがなにかにぶつかった。

月が見えた。えっ……。橋岡は宙に浮いていた。

22

矢代穣が回復し、事件の詳細を供述した──。

矢代は高城政司に拾われたころから橋岡恒彦にあごで使われていたといい、橋岡に脅されて、橋岡が殺害した高城と徳山英哲の死体遺棄を手伝ったといった。

矢代の描いた地図により、富南市東岐田の廃業した生コン作業場近くの雑木林で高城と徳山の死体を掘り起こしたところ、高城が埋められていた穴からツルハシが発見され、また、富南市樫尾の樫尾川中流にかかる石槌橋近くの川底からシャベルを発見、回収し、ツルハシとシャベルの柄に油性ペンで水道事業者である『小林工業』という社名が書かれていたため、以前から『小林工業』代表者の小林倫夫を見知っていた橋岡が高城と徳山を殺害し、矢代を同道して死体を埋めた疑いが濃厚になった。

大阪地裁における第一回公判で、橋岡恒彦は被疑者死亡による公訴棄却、矢代穣は詐欺および二件の死体遺棄容疑で懲役十年を求刑された——。

第一回公判前の四月、大阪府警特殊詐欺合同特別捜査班の佐竹正敏は大阪府南部、岬署の刑事課、湯川優は大阪府東部、石切署の刑事課に異動したが、それはふたりが橋岡主犯説に与《くみ》せず、橋岡恒彦死亡の責を負ったのではないかと事件を追った記者たちに噂されている。

解説

平山ゆりの（ライター）

黒川博行さんにお会いしたのは、三度だけだ。なのに、黒川さんのお人柄にけっこう詳しい、ような気がする。黒川さんについて、夫から繰り返し聞いているからだ。

出版社に勤める夫は、編集者として黒川さんを担当している。編集者と作家の間柄を超えて、夫は黒川博行さんに心酔する。結婚して今年で五年になるが、夫との会話に黒川さんが登場することは少なくない。黒川さんと食事したとき、麻雀をしたとき、ＰＬ花火大会や忘年会に集まったときの一部始終にはじまり、そこでの黒川さんの言動から、ご夫人である雅子さんや京都芸大時代のご友人のエピソード、メール返信の一言一句まで、夫は嬉しそうに話してくれる。ちなみに、「葉巻を吸っている」「麻雀がめっぽう強い」「夏はアロハシャツを着ている」「文庫カバーの著者プロフィール写真にパスポート写真を使っていたことがある（なんという自意識の低さ！）」といった、黒川博行基礎情報も夫から教わった。

夫にとって、黒川さんはかっこいい男を体現する存在であり、その生き様や人間性に憧れ、指標にしているらしい。こんな話をすると、熱血漢の夫だと思うかもしれないがまったく違う。感情の起伏が少なく、いつも穏やか。そんな男が、まるで盃を交わした組長のように慕う相手とは、どんな人なのだろうと思っていた。

わたしが黒川さんに初めてお会いしたのは、二〇一二年の秋。夫と結婚式を挙げる目前だった。「婚姻届けの証人に黒川さん夫妻になってもらいたい。一緒に会いに行こう」と夫が言った。夫は二度目の結婚だった。黒川さんと夫は親子ほどに年が離れているが、その証人には両親ではなく黒川さんを希望した。覚悟が見えるようだった。

東京から羽曳野《はびきの》のご自宅にお邪魔することになった。作家に会うのに作品を数冊読んだことがあるぐらいでは失礼だろうと、慌てて読み始めようとするわたし。黒川作品をもちろんすべて読んでいる夫は、ニコニコしながら断言した。

「慌てて読まなくてもいいよ。黒川さんは気にする方じゃないから」

実際、そんな方ではなかった。器が違う、と形容される人と初めて会った気がした。

黒川邸のリビングで婚姻届けに署名をもらい、雅子さんが出してくださった和菓子とお茶で一息……する間もなく、黒川さんはぶっきらぼうに言った。

「めし、いくやろ」

「若い人らやから、お肉がエエのとちがう？」

雅子さんはふわふわした髪を揺らし、のんびりと聞いてくれた。おふたりのゆったりした雰囲気は、相手を緊張させない。一気にくつろいだ気持ちになった。

「この間、急に買うてきてん」。雅子さんがふふふと笑いながら説明する、黒川さんが相談もなしに買ってきたらしい白い新車のベンツに乗せてもらって、一時間ぐらい走った。着いた先は、大阪駅近くにある、入り口から高級そうな鉄板焼きの店だった。

カウンターの角席に、黒川さんと雅子さん、夫とわたしというペアで座り、ステーキのコースを食べた。「そうかぁ、京都の子か〜」「京都のどこなん？」などとわたしの出身地の話をしたり、わたしのほうは「文章がうまくなるにはどうすればいいですか？」と黒川さんに真面目な質問をしたりした。黒川さんは一見強面《こわもて》の印象を受けるけれど、澄んだ瞳がとても綺麗だ。「あほ言え」と、はにかみながら目じりが下がる笑い方は、三十歳以上も年齢の離れた方ながら、かわいいと思った。

食事のあとは、恰幅のいいマスターがいる新地のスナックへ行った。黒川さんの行きつけの店らしい。黒川さんは何かを語るわけでもなく気持ちよさそうに飲み、後半はマスターと将棋を指していた。居心地のいい時間だった。日づけが変わる頃に店を出て、おふたりは雅子さんの運転で帰られた。わたしたちは、二軒とも支払いをしていない。

食事に行こうとなったとき、羽曳野のご自宅から高速道路に乗ってまで梅田へ出ることを怪訝《けげん》に思った。それは、わたしたちが大阪駅近くのホテルに泊まると伝えたゆえのお気遣いだったのだと、あとから気づいた。婚姻届けの証人になってもらうはずが、我々は完全にもてなされたのだった。わたしは黒川さん夫妻にまたすぐに会いたくなり、その年の黒川邸での忘年会に参加させてもらった。

実際にお会いして抱いた黒川さんの愛情深さや、大きな毛布で包まれているようなやさしさは、そのまま作品に通じている。

黒川さんは犯罪者側に立って書くことが多い。視点は、裏社会の住人ややくざと癒着《ゆちゃく》する警察官など多種多彩な悪党ばかりだが、読んでいて不愉快な気分にはならない。オレオレ詐欺《さぎ》グループの実態と犯行手口を緻密《ちみつ》に描く本作『勁草』でもそう。詐欺に加担する若者たちは、お年寄りを食い物にするゲス野郎と分かりながらも憎めない。特に、オレ詐欺の受け子で視点人物でもある橋岡は愛嬌たっぷりだ。打算的で悪知恵のかたまりのような人間なのに、じわじわと好きになり、どうか捕まらずに逃げきってほしい！　と思わされる。橋岡を主人公と考えると、詐欺グループの末端として細々と生きていくはずが、いつの間にか血なまぐさい殺人犯になってしまったという、不条理コメディのようにも読める。犯罪をおかした人間に対しても、黒川さんは「アホなやっちゃな〜」と、愛情を持って見つめているのだと思う。

魅力的な人物に仕立てているのは、黒川作品の代名詞といえる、大阪弁を駆使した軽妙な会話によるところが大きい。黒川さんの生み出す会話は、そのかけ合い自体も最高級のエンターテインメントであるわけだけれど、次に展開するための情報が盛り込まれ、言葉を発した人間の印象を伝えるだけでもない。語り手となる視点人物が相方についての印象や特徴を語り、そして相方がしゃべる会話によって語り手の人物像をも浮かび上がらせている。それもごくごく自然に。今作も、犯罪に手を染めたことで、意に反してコンビとなる橋岡と矢代のやりとりは一級品だ。

本筋に関係ないような無駄話を重ね、それが一つずつ洗練されていて面白いのは、クエンティン・タランティーノ監督の映画を見ているよう。橋岡と矢代が死体を埋めに車を走らせているシーンの会話を読むとき、頭の中で映画『パルプ・フィクション』のテーマ曲『ミザルー』（のちに映画『ＴＡＸｉ』でも使われた有名なアレです！）が流れたのは、わたしだけだろうか。

三度目に黒川さんにお会いしたのは、『果鋭』（元大阪府警マル暴刑事コンビ堀内&伊達シリーズ三作目）の新刊インタビューだった。取材のなかで、「会話のかけ合いがタランティーノの映画みたい」との感想をそのまま伝えた。海外作品を中心に、映画を年間２００本程度観る黒川さんは、映画の物語の進め方や展開が参考になるという。「タランティーノ、エエねぇ～。この間観た『ヘイトフル・エイト』はおもしろかったわ」と前置きしつつ、こう説明した。

「しゃべり言葉と活字は違うから、会話に映画の手法はそのまま持ち込めへん。映画よりも、上方落語の間や落とし方を手本にしている。とはいえ、感覚的なところも大きい。自分の基準はあっても、人に教えられるものではないんやわ」

そういえば、ステーキを食べながら黒川さんに文章上達方法をたずねたときの返事も、「文章はセンスや」だった。

新聞記者や元警察官らへの取材によって裏打ちされたリアルな題材、読む手を止めさせないスピーディーな展開、研ぎ澄まされた大阪弁の会話とそこから生み出される人間の性《さが》――。『勁草』は、黒川作品の味わいがすべて詰まっている。ふとにじみ出る、人間に対する黒川さんの懐の深さも一緒に堪能してほしい。

二〇一七年　十一月

この作品は2015年6月徳間書店より刊行されたものに加筆訂正しました。なお、本作品はフィクションであり実在の個人・団体などとは一切関係がありません。

徳間文庫

勁《けい》草《そう》

2017年12月15日 初刷
2023年8月25日 6刷

著者 黒《くろ》川《かわ》博《ひろ》行《ゆき》
発行者 小宮英行
発行所 株式会社 徳間書店
東京都品川区上大崎三—一—一 〒141—8202
目黒セントラルスクエア
電話 編集〇三(五四〇三)四三四九
販売〇四九(二九三)五五二一
振替 〇〇一四〇—〇—四四三九二
印刷
製本 大日本印刷株式会社

ISBN978-4-19-894285-4 (乱丁、落丁本はお取りかえいたします)